Wo immer du bist

von Melina Maris

Originalausgabe: 2018

Copyright © Melina Maris

Autor und Herausgeber: Melina Maris

Cover- /Umschlaggestaltung: Buchgewand (www.buch-gewand.de)

Herstellung und Verlag: BoD – Books on Demand, Norderstedt

ISBN: 9783751981217

Für Felix und Emma

1

Er parkte den Mercedes in der Nähe des Hafens. Kurz darauf stieg er aus, eilte um das Auto herum und öffnete ihr die Tür. Ein fremder Beobachter mochte den hochgewachsenen Mann als Gentleman beschreiben, der einer jungen hübschen Blondine in einem dunkelblauen Abendkleid aus dem Wagen half. Nur spürte dieser nicht den schweren Druck, den seine Hand auf ihrer nackten Schulter verursachte, um sie gleich darauf besitzergreifend um ihre schmalen Hüften zu schlingen, als würde sie ihm ohne diese Maßnahmen entwischen wie ein scheues Tier.

Marlene blinzelte gegen die untergehende Sonne und inhalierte die frische Luft, die leicht nach Fisch und Seetang roch. Es war ein herrliches Gefühl wieder einmal unter freiem Himmel zu stehen, und für einen kurzen Moment vergaß sie seinen Arm, der sie nach wie vor fest umklammert hielt.

Sie verließen den Parkplatz und gingen wortlos einen schmalen Fußweg an der Donau entlang. Die Blätter an den Bäumen, die den Weg säumten, hatten bereits begonnen sich zu verfärben. Sie leuchteten in den schönsten Gelb-, Orange- und Rottönen um die Wette, nichtsahnend, dass sie in schon absehbarer Zeit, auf die vom heißen Sommer ausgetrocknete Erde fallen würden, wo sie dann in einigen Wochen nur noch ein braunes Häufchen Elend hinterlassen würden.

Es war ein ganz gewöhnlicher Samstagnachmittag Anfang September. Vielleicht ein bisschen zu warm für diese Jahreszeit, doch ansonsten ein Tag wie jeder andere. Für Marlene jedoch sollte er etwas ganz Besonderes sein. Denn er würde alles was danach kam für immer verändern.

Sie hatte seit Wochen auf diesen Zeitpunkt gewartet, regelrecht darauf hin gefiebert. Sollte ihr Plan schief gehen, es war in gewisser Weise einerlei.

So oder so: es würde der Tag ihres Todes werden.

Mit jedem Schritt, den Marlene auf den Anlegeplatz zu steuerte, begann ihr Herz heftiger zu schlagen und sie hatte das Gefühl, auf ihren zu hohen Absätzen zu schwanken. Ganz ruhig, ermahnte sie sich, während sie versuchte mit ihrem Ehemann Schritt zu halten.

Als sie ihr Ziel erreicht hatten und über die Gangway des kleinen Ausflugsschiffs schritten, leicht schwankend wie zwei Betrunkene, verwandelte sich Martins bis dahin grimmigen Gesichtsausdruck in ein vornehmes Lächeln, als hätte er eine Maske aufgesetzt. Eine von vielen.

Sie wurden von einer dunkelhaarigen Empfangsdame begrüßt. Marlene bemerkte den anhimmelnden Blick, als diese ihrem Mann, in ihrem viel zu tief ausgeschnittenen smaragdgrünen Abendkleid, beim Betreten des Schiffes Sekt anbot. Die junge Frau blickte zu Martin hoch als würde sie sagen: „Nimm mich und ich mache dich für den Rest deines Lebens glücklich." Sie wirkte plötzlich viel kleiner als sie tatsächlich war – fast unterwürfig, wie sie mit ihren großen, zu dunkel geschminkten, Augen zu dem gutaussehenden Mann aufsah, den Marlene geheiratet hatte.

Martin jedoch zog nur eine Augenbraue hoch und nahm korrekt sein Sektglas entgegen, ohne ihr auch nur den Ansatz eines Lächelns zu schenken. Diese Frau spielte nicht in seiner Liga, das hatte Marlene sofort erkannt, als sie das Kleid gesehen hatte. Zu leicht zu haben. Zu billig.

Schade, dachte Marlene noch bitter und nahm ebenfalls ein Glas Sekt von der nun nicht mehr sonderlich bemüht wirkenden Empfangsdame entgegen. Wie zu Beginn ihrer Ehe bewegte sie sich auch jetzt im Schatten ihres Mannes, wurde entweder gar nicht wahrgenommen oder als lästiges Anhängsel empfunden.

Mit seinen einen Meter neunzig wirkte Martin beinahe zu groß für dieses Schiff und er musste beim Betreten den Kopf einziehen. Doch abgesehen von seiner überragenden Körpergröße strahlte er auch eine gewisse Macht aus, die Menschen dazu brachte, sich in seiner Gegenwart in willenlose Wesen zu verwandeln. Vor allem Frauen neigten dazu, alles zu tun, um ihm zu gefallen. Sie vergaßen nicht selten, wer sie wirklich waren. War es Marlene nicht ebenso ergangen? War sie damals nicht beinahe ehrfürchtig mit ihm mitgegangen, dankbar auserwählt worden zu sein? Er wusste um seinen Charme und spielte sowohl die Rolle des charmanten Schwiegersohns, den sich jede Mutter für ihre Tochter nur wünschen konnte, als auch die des gebildeten und wohlhabenden Gentlemans, der wusste, was eine Frau von einem Mann erwartete, mit Bravur. Je nachdem, was die aktuelle Situation gerade erforderte, um sein Ziel zu erreichen.

Marlene verspürte weder Eifersucht noch Stolz, dass ihr Ehemann von fremden Frauen angestarrt wurde. Nicht mehr. Es war, als hätte sie diese beiden Emotionen gemeinsam mit ihrem Selbstbewusstsein beerdigt.

Stattdessen musste sie an ihre eigene Mutter denken, die vor vielen Jahren an zu viel Alkohol zugrunde gegangen war. Was würde sie jetzt wohl zu ihr sagen, könnte sie ihre Tochter sehen? Würde sie ihren geheimen Plan gutheißen oder würde sie ihr davon abraten? Wahrscheinlich weder das eine noch das andere. Marlenes Mutter war noch nie besonders gut darin gewesen, Ratschläge zu erteilen. Hatte sie doch nicht einmal ihr eigenes Leben in den Griff bekommen.

Marlene spürte einen Zug an ihrem Arm, als Martin sie zu ihrem Tisch führte. Der harte Blick in seinen Augen, der nur ihr galt, ermahnte sie folgsam zu sein, als wäre sie ein unartiges Kleinkind.

Als sie sich gesetzt hatten, merkte Marlene, wie seine Anspannung allmählich nachließ. Noch immer wunderte sie sich, dass er sich überhaupt dazu hatte überreden lassen, an Bord eines Schiffes zu gehen, um mit ihr einen romantischen Abend auf der Donau zu verbringen. Diese Zeiten waren schon lange vorbei. Und obwohl sie nicht an Gott glaubte, dankte sie ihm im Stillen dafür. Allerdings musste sie nun weiterhin daran arbeiten, das Vertrauen ihres Mannes zu erhalten. Zu leicht könnte er sie sonst von ihrem Plan abhalten. Und dann wäre alles umsonst gewesen. Denn um ihr Ziel zu erreichen, brauchte sie einen Moment der Unaufmerksamkeit seinerseits, einen Augenblick, in dem er sie nicht unter seiner Kontrolle hatte. Etwas Selbstverständliches für normale Menschen, mochte man meinen, doch nicht für sie. Marlene war kein normaler Mensch – nicht mehr. Sie war sein Ein und Alles, sein Spielzeug, sein Leben, … Seine Geisel.

Sie aß die garnierten Lachshäppchen, die als Vorspeise serviert wurden, mit nur wenig Appetit, obwohl dies sicher das letzte Mal war, dass ihre Geschmacksknospen etwas so Köstliches erleben durften.

Als sie aufgegessen hatte, teilte sie Martin leise mit, dass sie auf die Toilette müsse. Wie erwartet war er nicht erfreut über die Vorstellung, sie aus seinem Blickfeld zu verlieren, weshalb er aufstand und sie mürrisch bis zur Tür der Damentoilette führte. Hätte es nicht alle Blicke auf sich gezogen, hätte er sie wahrscheinlich sogar bis zur Kabine begleitet. So wirkte er einfach nur wie ein besonders fürsorglicher Ehemann. Fast glaubte Marlene selbst daran, wüsste sie es mittlerweile nicht besser.

Sie betrat den eleganten, jedoch kleinen, Waschraum und die Luft entwich aus ihrem Körper wie aus einem Luftballon, als hätte sie sie die ganze Zeit über angehalten, seit sie das Schiff betreten hatten. Sie sah sich um - der Raum war ganz in schwarz und Chrom gehalten - und suchte sich schließlich die Kabine aus, welche am weitesten vom Eingang entfernt war. Eine Angewohnheit, die sie wahrscheinlich von ihrer Mutter hatte. Die ihr als Kind immer eingebläut hatte, dass die hinteren Kabinen seltener benutzt werden würden und daher sauberer wären. Eine der wenigen Erinnerungen, in denen sie ihre Mutter außerhalb ihres Schlafzimmers sah. Und die einzige Lebensweisheit, die diese ihrer Tochter mit auf den Weg gegeben hatte.

Wahrscheinlich glaubte das jeder und es war genau andersherum, dachte Marlene nun, kehrte um und öffnete beinahe trotzig die erste Kabinentür. Sie ignorierte die auf den Boden gefallene Rolle WC-Papier und setzte sich seufzend auf die Klobrille.

Kurz darauf stand sie wieder vor dem großen Spiegel im Waschbereich. Sie wollte nicht noch mehr Martins Unmut wecken, der mit jeder Sekunde, in der er nicht wusste, was sie gerade trieb, stärker an die Oberfläche drang und jederzeit explodieren konnte, wie ein Kleinkind, dem man sein liebstes Spielzeug weggenommen hatte.

Als sie sich die Hände wusch, betrachtete sie die Frau im Spiegel über dem Waschbecken mit Erstaunen. Sie blickte in ein makelloses ovales Gesicht, welches von einem Schleier blonder Haare umrahmt wurde. Ihre großen dunkelbraunen Augen hoben sich von ihrem blassen Teint und dem hellen Haar ab.

Rehaugen hatte er ihre Augen zu Beginn ihres Kennenlernens oft zärtlich genannt, doch diese vertrauten Momente schienen für sie Jahre zurück zu liegen, selbst wenn es nur etwas mehr als ein Jahr war.

Sie hatte das Gefühl, sie stünde einer fremden Frau gegenüber, die nichts mit dem verängstigten Wesen zu tun hatte, das sich unter der Schicht Make-up versteckte. Ihr äußeres Erscheinungsbild war lediglich eine perfekte Nachbildung der Person, die sie einmal gewesen war. Doch dahinter verbarg sich jetzt ein neuer Mensch. Ängstlich und zerbrechlich wie eine Porzellanpuppe.

Sie schob mit einer Hand ihren Pony in die Höhe und inspizierte ihre Haut. Nichts deutete mehr auf die blauen Flecken auf ihrer Stirn hin, die sie noch vor zwei Stunden verunstaltet hatten. Auch die Augenringe waren wie ausgelöscht. Sie hatte ganze Arbeit geleistet. Hätte man noch geringste Folgen ihrer sogenannten *Tollpatschigkeit* bei ihr gesehen, wäre er nie und nimmer mit ihr aus dem Haus gegangen. Er hätte sie zu Hause eingesperrt, wie all die Monate zuvor.

Bis zuletzt hatte Marlene gezittert, ob Martin sein Versprechen, den Gutschein für die Schifffahrt, den sie von ihren Freundinnen zum Geburtstag geschenkt bekommen hatte, einzulösen, halten würde. Ihre Freundinnen, die sie nie wieder in ihrem Leben sehen würde. Sie spürte bereits jetzt den Schmerz des Verlustes in sich aufsteigen, in Form einer Welle der Übelkeit. Sie musste sich kurz am Rand des Waschbeckens festhalten, da sie fürchtete einfach umzukippen. Sie hatte Sabine und Andrea nicht einweihen können. Es wäre zu riskant gewesen, wenn irgendjemand Bescheid wüsste.

9

Außerdem, hatte Marlene sie nicht bereits verloren, in dem Moment, in dem Martin in ihr Leben getreten war?

Als sie heute Nachmittag in ihre hochhackigen Pumps gestiegen war, hatte Marlene sich seiner kritischen Musterung unterziehen müssen. Als er dann zufrieden genickt hatte, konnte sie es zuerst gar nicht glauben. Erst als er zu seinen Autoschlüsseln gegriffen hatte, hatte sie verstanden, dass es wahr war. Sie würde heute mit ihm die Wohnung verlassen, die immer mehr zu einem Gefängnis für sie geworden war.

Was für ein Glück, dass sie in früheren Jahren eine Ausbildung als Maskenbildnerin gemacht hatte, bevor sie sich dem Beruf als Grafikdesignerin gewidmet hatte, der ihr viel mehr zugesagt hatte. Außerdem war dieser Job viel lukrativer, was jedoch jetzt, wo sie den Boss eines aufstrebenden Unternehmens geheiratet hatte und ihr Dasein als Hausfrau fristete, nicht mehr wichtig war.

Martin war nicht nur sehr attraktiv, sondern auch steinreich, wie man so schön sagte. Sie hatte sich, oberflächlich betrachtet, einen Traummann geangelt. An manchen Tagen fragte sie sich, warum sie nicht einfach glücklich sein konnte. Hatte sie nicht alles? Er überschüttete sie mit Schmuck und sonstigen materiellen Dingen - vor allem dann, wenn er ein schlechtes Gewissen hatte. Doch all dies war nicht umsonst. Der Preis, den sie zahlen musste, war sie selbst bzw. ihre Freiheit.

Es hatte lange gedauert, bis ihr das bewusst geworden war. Und ebenso lange hatte es gedauert, bis sie die Schuld nicht mehr bei sich selbst gesucht hatte. Ein Prozess, der bis jetzt noch nicht ganz abgeschlossen war, wie Martins Verhalten ihr heute wieder bewiesen hatte. Denn wenn sie sich nur stark genug anstrengte, so zu sein, wie er sie gerne haben wollte, dann konnte er ein anderer Mensch sein. Was in weiterer Folge auch ihr zugute kam. Auf eine gewisse Art konnte sie ihren Mann lenken, doch irgendwann kam immer der Punkt, wo er das Steuer ohne Vorwarnung herumriss.

Als die Tür der Damentoilette plötzlich nach innen aufschwang und eine junge Frau den Waschraum betrat, um gleich darauf in der letzten Kabine zu verschwinden, löste sich Marlene aus ihrer Starre und drehte sich hektisch auf dem Absatz um. Sie trocknete ihre vom langen Waschen bereits geröteten Hände und beeilte sich Richtung Tür. Vorher überprüfte sie noch mit einem raschen Handgriff, ob die Wölbung an ihrem Oberschenkel auch nicht durch das Kleid zu sehen war.

Gerade als sie die Tür Richtung Speisesaal aufziehen wollte, wurde ihr diese mit solch einer Wucht entgegen geschleudert, dass sie mit einem dumpfen Schlag gegen ihre Schulter krachte. Der Schmerz raubte ihr für einen Moment den Atem. Kurz darauf starrte sie entsetzt in das wutverzerrte Gesicht ihres Mannes.

„Was tust du so lange da drinnen?", knurrte er durch zusammengebissene Zähne und warf einen prüfenden Blick an ihr vorbei in den Waschraum, als würde er einen Liebhaber darin vermuten.

„Ich …", stammelte Marlene nur, ohne zu wissen, was sie überhaupt zu ihrer Verteidigung sagen sollte. Was hatte sie getan? Sie war sich keiner Schuld bewusst.

„Komm." Er nahm sie bei der Hand und zog sie unsanft zu ihrem Platz zurück.

Als sie sich auf ihren Stuhl setzte, spürte sie ein Pochen in ihrer rechten Schulter sowie das unkontrollierte Zittern ihrer Beine. Sie hob ihren linken Arm, um die Prellung an ihrer rechten Schulter zu berühren, hielt aber auf halbem Weg inne, als sie Martins strengen Blick bemerkte, der sie von seinem Platz gegenüber genau beobachtete. Folgsam ließ sie ihren Arm wieder sinken. Stattdessen presste sie ihre Knie aneinander, um das Zittern vor ihm zu verbergen. Martin durfte ihre Angst nicht bemerken. Auch wenn er jetzt keine Möglichkeit mehr hatte, das Schiff mit ihr zu verlassen – es war bereits losgefahren - konnte er immer noch alles kaputt machen.

Als ein junger Kellner zu ihnen an den Tisch trat, um zu fragen, ob sie noch einen Wunsch hätten, tätschelte Martin Marlenes Hand über den Tisch hinweg und lächelte den jungen Mann auf eine Art an, die ihm auf eine höfliche Weise signalisieren sollte, dass er sich verpissen solle, da er mit seiner Frau alleine sein wolle. Der Kellner, der nun verwirrt zu Marlene sah, tat ihr leid, doch sie senkte nur beschämt ihren Blick, bis dieser sich schließlich umdrehte und sich einem anderen Tisch zuwandte. Sie hatte gelernt, wie sie sich in der Gegenwart ihres Mannes zu benehmen hatte. Und Gespräche mit fremden Personen, ganz besonders Männern, waren nicht erlaubt, es sei denn Martin bezog sie bewusst in eine Unterhaltung mit ein.

Zufrieden mit ihrer Reaktion, ließ er von ihrer Hand ab und fragte sie mit zuckersüßer Stimme, wie es ihr denn auf dem Schiff gefalle. Der plötzliche Stimmungswechsel brachte Marlene kurz aus dem Konzept. Es war, als hätte der Vorfall auf der Toilette nie stattgefunden. Doch sie kannte Martin inzwischen gut genug, um zu wissen, was da lief. Sie beschloss ebenfalls in die ihr zugedachte Rolle zu schlüpfen. Bald, dachte sie, würde sowieso alles vorbei sein.

So unterhielten sie sich eine Weile wie ein ganz gewöhnliches Ehepaar, während sich Marlene verstohlen umsah und sich fragte, wie viele andere Paare auf diesem Schiff sich ebenfalls nur etwas vorspielten. Die wenigsten Menschen waren wirklich authentisch in Gegenwart anderer. Im Grunde schlüpfte jeder gelegentlich in eine Rolle, manche öfter als andere. Und manche Menschen verloren sich komplett darin und wussten selbst nicht mehr, wer sie wirklich waren. Soweit wollte Marlene es nicht kommen lassen. Sie hoffte, dass es noch nicht zu spät war. Dass sie noch wusste, wer sie einmal gewesen war und wieder sein konnte.

Die Hauptspeise wurde serviert: Schweinsmedaillons mit Kroketten und Speckfisolen. Sie musste sich zwingen einen Bissen Fleisch nach dem anderen in den Mund zu schieben, zu kauen und zu schlucken. Ohne etwas zu schmecken, wiederholte sie diese drei Schritte mechanisch, solange, bis ihr Teller sich langsam leerte. *Schneiden, kauen, schlucken, ...* Schließlich wollte sie sich noch ein letztes Mal satt essen, redete sie sich gut zu.

Ihre Aufregung steigerte sich, je mehr sich das Ende der Mahlzeit anbahnte. Heimlich schielte sie auf die Uhr an seinem Handgelenk. Er hatte die Ärmel seines weißen Hemds hochgekrempelt, was den Blick auf seine leicht getönte

Haut mit den schwarzen Härchen freigab. Alles an ihm schien perfekt. Ihre eigenen Handgelenke dagegen waren beinahe krankhaft blass und bis auf ein sündhaft teures, aber für ihren Geschmack viel zu kitschiges Brillantarmband – ein Geschenk von Martin - nackt. Dafür trug sie an fast jedem Finger einen schmalen Ring, was normalerweise nicht ihr Geschmack war, sowie ihre Diamantenohrringe. Ihr blieben noch zwei Stunden, dann würde das Schiff wieder am Hafen anlegen.

Zwei Stunden, um aus ihrem bisherigen Leben auszubrechen.

2

Nachdem sich Martins Stimmung seit dem Vorfall auf der Damentoilette zum Guten gebessert hatte, hatte sich Marlene viel Mühe gegeben, die Frau zu sei, die er sich an seiner Seite wünschte. Sie hatte nur Augen für ihn, lachte an den richtigen Stellen und machte ihm Komplimente. Der Wein hatte das seinige dazu beigetragen, Martins lockere Seite in ihm hervor zu kehren. Wehmütig musste sie sich an ihre ersten Treffen mit diesem Mann erinnern. Sie hatten so viel Spaß zusammen gehabt. Nie im Leben hätte sie geahnt, dass das alles nur zu seiner Strategie gehörte, Frauen an sich zu binden. Doch heute Abend schien es, als wäre er wieder der Mann, in den sie sich vor mehr als einem Jahr verliebt hatte.

„Möchtest du noch ein Gläschen Wein?", fragte er Marlene beinahe liebevoll.

„Danke, aber ich glaube, ich habe schon genug", antwortete sie höflich und hoffte, damit nicht die Stimmung zu verderben. Es war so leicht, ihn zu verärgern. Doch sie musste unbedingt nüchtern bleiben.

Sie beobachteten schon eine ganze Weile die Paare, die sich nach dem Essen, auf die Tanzfläche begeben hatten. Sie bewegten sich mehr oder weniger im Einklang mit der Musik, die eine Live Band zum Besten gab. Es war schön mit anzusehen, wie sich die Kleider der Frauen um ihre jeweiligen Trägerinnen schmiegten, während einige weniger begabte Männer versuchten den Damen nicht auf die Zehen zu steigen. Eine tiefe Sehnsucht überkam Marlene plötzlich und sie überlegte, ob sie es wagen sollte, ihn zu fragen.

„Glaubst du können wir das auch noch?" Sie versuchte beiläufig zu klingen, wagte nicht, ihn dabei anzusehen. „Es ist schon lange her, seit wir das letzte Mal miteinander getanzt haben." Jetzt sah sie doch zu ihm.

„Hmm…" Seine Miene schien sich für einen Augenblick zu verfinstern und sie bereute ihre Frage bereits, doch dann stand er plötzlich auf und reichte ihr mit einer Verbeugung die Hand. „Darf ich bitten?" Sie hatte ihn zumindest für diesen Moment um den Finger gewickelt. Insgeheim lächelte sie und fühlte sich ein wenig beschwingt.

Die ersten Schritte waren noch etwas unbeholfen, aber bald fanden sie ihren gemeinsamen Rhythmus. Marlene vergaß für Minuten, wer der Mann war, der sie erst ungehemmt im Kreis herumwirbelte und Minuten später zu den Klängen eines langsamen Walzers in den Armen wiegte. Es war wie in einem Traum, als hätten die Monate zuvor nie existiert. Oder war es gar kein Traum und sie war gerade eben aus einem langen Albtraum erwacht? Wer ist dieser Mann?, fragte sie sich zum wiederholten Mal.

Dann überkam sie plötzlich Panik, denn sie war sich nicht mehr sicher, ob sie ihren Plan durchführen konnte. Sie hatte erkannt, dass er sie noch immer liebte und musste ihre Tränen herunterschlucken, während der Rest um sie herum verschwamm und sich weiter drehte. Er liebt mich trotz allem, was er mir antut. Dann riss sie sich zusammen, dachte an die vielen Augenblicke mit ihm, die sie nie wieder erleben wollte und ihre Tränen versiegten, noch bevor sie - für alle sichtbar - auf ihren Wangen landen konnten.

Martin spürte, dass etwas in ihr vorging, und versteifte sich kaum merklich, woraufhin Marlene ihn mit einem schiefen Lächeln anstrahlte, als wäre nichts gewesen. Gleich darauf führte er sie wieder in eine Drehung. Wie leicht sie ihn doch lenken konnte, dachte sie abermals erstaunt.

Es war grotesk, doch sie genoss den Tanz mit ihrem Mann in vollen Zügen, nicht nur, weil es ihr letzter sein würde.

Nach einiger Zeit ließ er von ihr ab und nahm sie bei der Hand. Ein Zeichen für sie, dass es zu Ende war. Sie versuchte sich wieder zu sammeln. Wieder Boden unter den Füßen zu gewinnen und einen klaren Kopf zu bekommen.

Martin drängte sich durch die tanzenden Paare hindurch zu ihren Plätzen, Marlene im Schlepptau. Auch wenn er ihre Hand so festhielt, dass es weh tat, ließ sie bewusst einen größeren Abstand zu Martin, der sich zielstrebig einen

Weg zwischen den anderen Paaren hindurch bahnte. Er zog sie hinter sich her, während Marlenes Arm scheinbar immer länger und länger wurde, als wäre er aus Gummi.

Erst als ein korpulenter Mann im Smoking zwischen den beiden hindurch wollte und ohne Rücksicht sein ganzes Gewicht dagegen drückte, zerriss dieses Band zwischen ihnen endlich. Fast konnte Marlene das laute Schnalzen hören.

Als dieser Mann auch noch die Sicht zwischen Marlene und Martin versperrte, nutzte sie diesen kurzen Augenblick, um sich kurzentschlossen in die entgegengesetzte Richtung zu kämpfen, wie eine Boxerin. Jetzt oder nie, dachte sie plötzlich von Adrenalin gepackt. Und als sie sich ein letztes Mal umdrehte, sah sie nur den verdutzten Gesichtsausdruck ihres Mannes in der Menge verschwinden.

„Bitte, lasst mich vorbei", flehte sie stumm, während ihr Herz wie verrückt pochte.

Augenblicke später hörte sie Martin schon nach ihr rufen. Oder bildete sie sich das bloß ein? Die Musik war einfach zu laut. Egal, sie hatte keine Zeit, darüber nachzudenken.

Immer wieder entschuldigte sie sich bei den anderen Gästen, die sie bei ihrer Flucht unabsichtlich stieß oder trat, ohne jedoch nur eine Sekunde still zu stehen. Die bösen Blicke der Gäste ignorierend, bahnte sie sich einen Weg durch die Tanzfläche und weiter durch die Menschenmenge hindurch, die am Rande stand, um den Tanzenden zuzusehen oder selber noch nicht den Mut gefunden hatte, zu tanzen. Plötzlich hatte sie das Gefühl, als wäre das Schiff viel zu klein für die vielen Leute. Lasst mich bitte vorbei! Niemand hatte das Recht sie aufzuhalten.

Marlene durchdrang schließlich die Menge und lief ein paar Stufen hinauf. Endlich! Sie riss die Tür zum Oberdeck auf und war plötzlich fast alleine.

Erschöpft stieß sie einen heißen Atemstoß aus. Die kalte Abendluft kühlte ihr erhitztes Gesicht, während sie sich schnell nach links und rechts umsah. Nur ein Grüppchen von Rauchern stand an Deck, jeweils eine Hand in die Taschen ihrer Sakkos gesteckt. Sie waren in ein Gespräch vertieft und beachteten sie

16

nicht, als sie an ihnen vorbei zur anderen Seite des Decks lief. Dort war sie der einzige Mensch.

Ihre Hände fest um die Reling geklammert sah sie die Lichter der Stadt näherkommen. Das Schiff war bereits auf dem Rückweg von seiner abendlichen Fahrt. Dann sah sie nach unten. Das Wasser war dunkel wie eine tiefe Schlucht, aber übte gleichzeitig auch eine verführerische Anziehungskraft auf sie aus. Ihre Nervosität stieg ins Unermessliche. Doch sie hatte keine Wahl. Diesen Augenblick war Marlene immer und immer wieder in ihrem Kopf durchgegangen. Sie durfte jetzt keinen Rückzieher machen. Sie vergewisserte sich noch einmal, dass sie niemand beobachtete. Die Männer standen weit genug von ihr entfernt und wandten ihr den Rücken zu. Jetzt oder nie, dachte sie. Dann zog sie sich mit aller Kraft empor. Ihre Haare wehten im Wind und sie betete ein stummes Gebet an einen Gott, an den sie wieder glauben wollte, wenn alles vorbei war. Unter ihr war nichts als das schwarze Wasser der Donau. Sie schloss ihre Augen.

Dann sprang sie.

3

Als Marlene kopfüber ins Wasser stürzte, war es, als würde die Zeit für ein paar Sekunden still stehen. Sie spürte, wie ihr Kopf den nachtschwarzen Wasserspiegel durchdrang und dann vollständig eintauchte. Zuerst wunderte sie sich, wie sanft es sich anfühlte. Sie hatte einen härteren Aufprall erwartet. Als ihr Körper vollständig unter Wasser war, umfing sie schlagartig die Kälte. Sie hatte ihre Augen geschlossen, während das kleine Ausflugsschiff mit den ahnungslosen Damen in Abendkleidern und Herren in feinen Anzügen weiter durch die Nacht fuhr, als hätte Marlene sowieso nie zu ihnen gehört. Keiner hatte bemerkt, dass eine Frau über Bord gegangen war. Die Nacht war kalt und der Wind an Deck tat das seinige, um die Menschen im warmen Inneren zu halten. Lediglich die paar Raucher an der Treppe zum Oberdeck hätten sie abhalten können zu springen, wären sie nicht zu sehr mit sich selbst beschäftigt gewesen. So war sie einfach an ihnen vorbei gerauscht, wie Aschenputtel um Mitternacht. Jetzt waren auch sie wieder im sicheren und warmen Bauch des Schiffes, ohne bemerkt zu haben, was nur einige Meter von ihnen entfernt geschehen war.

Für Marlene jedoch war die Party vorbei. Aber im Gegensatz zu Aschenputtel würde sie kein Prinz aufgrund eines verlorenen Schuhs wieder aufspüren.

Noch immer ihre Augen fest zusammengepresst, wurde sie unter Wasser herumgewirbelt bis sie gänzlich die Orientierung verlor und nicht mehr wusste, wo oben und unten war. Panik überkam sie und sie öffnete ihre Augen. Doch sie konnte immer noch nichts erkennen. Das Wasser war dunkelgrün, beinahe schwarz. Sie drehte sich strampelnd in alle Richtungen und endlich, dank des Mondes und des wolkenlosen Nachthimmels, konnte sie die schimmernde Wasseroberfläche erkennen. Nun musste sie sehen, dass sie so schnell wie möglich nach oben kam. Sie brauchte dringend Sauerstoff. Die Angst zu ertrinken gab ihr einen Adrenalinstoß, sodass sie sich wie verrückt mit Händen und Beinen an die Oberfläche arbeitete. Endlich durchbrach sie japsend und nach Luft schnappend den Wasserspiegel. Sogleich spürte sie den eisigen Wind, der über ihren nassen Kopf hinweg blies, während sie dankbar den Sauerstoff in ihre Lungen aufnahm.

Inzwischen war das Schiff einer Biegung gefolgt und war aus ihrem Blickfeld verschwunden.

Marlene sah sich um und begann zielstrebig dem Ufer entgegen zu schwimmen. Erst jetzt bemerkte sie die starke Strömung der Donau und abermals bekam sie Panik es nicht zu schaffen. Sie erhöhte das Tempo, während sie spürte, wie ihre Finger langsam klamm wurden. Jetzt galt es schnell an Land zu gelangen, bevor ihre Gliedmaßen in dem eisigen Wasser noch steifer wurden. Panisch strampelte sie mit den Beinen. Dabei bemerkte sie, dass die teuren Stöckelschuhe nicht mehr an ihren Füßen waren. Wieder musste sie an Aschenputtel denken, doch dies hier war kein Märchen. Im echten Leben bekamen die Bösen nur selten ihre gerechte Strafe. Viel zu oft waren es die Unschuldigen, die sterben mussten.

Sie versuchte mit all ihrer Anstrengung dem Ufer entgegen zu schwimmen. Die starke Strömung hatte sie eindeutig unterschätzt. Doch jetzt war es zu spät, sich darüber Gedanken zu machen. Es gab keinen Plan B.

Sie wusste, wenn die Körpertemperatur zu stark sank, würde sie Probleme bekommen, ihre Gliedmaßen gezielt zu bewegen. Es war zwar erst Anfang September, doch die Temperaturen waren in den letzten Nächten bereits auf unter zehn Grad Celsius gesunken und die Donau dementsprechend abgekühlt. Sie durfte jetzt auf keinen Fall zu lange ausharren. Ihre Zähne klapperten bereits so stark, dass sie sie fest zusammenbeißen musste, um sich nicht in die Zunge zu beißen.

Noch ein paar Meter, dann hast du es geschafft, redete sie sich in Gedanken gut zu und kämpfte weiter gegen die Strömung an.

Als sie endlich das Ufer erreicht hatte, fühlten sich ihre Hände und Füße bereits steif an. Sie ignorierte die glitschigen Algen am Uferrand und zog sich an ein paar Ästen einer Trauerweide aus dem Wasser. Wie passend, dachte sie. Völlig durchnässt und zitternd schleppte sie sich bis zu einem kleinen Weg, den Spaziergänger unter Tags sicher romantisch fanden. Sie fühlte sich erschöpft und wusste nicht, wie es nun weitergehen sollte. Ihr Plan war an diesem Punkt zu Ende. Vielleicht hatte sie insgeheim gar nicht daran gedacht, dass sie überhaupt so weit kommen würde. Doch sie hatte es tatsächlich geschafft.

Es war plötzlich viel dunkler unter den Ästen der Bäume, doch sie schleppte sich frierend weiter, ohne Ziel, nur um irgendetwas anderes zu tun, als sich an einen Baumstamm zu lehnen und aufzugeben. Denn genau das, war es, was ihr Körper in diesem Augenblick wollte. Sie hatte einfach keine Kraft mehr.

4

Marlene wusste nicht wie lange sie gegangen war und sie verspürte bereits erste Zweifel an ihrem Vorhaben, als sie endlich mit schlotternden Knien an eine kleine Aneinanderreihung von Schrebergärten gelangte. Ihr nasses Kleid klebte an ihrem Körper wie eine zweite Haut und ihre nackten Füße schmerzten mit jedem Schritt.

Nach einer Weile, die ihr vorkam wie eine Ewigkeit, gelangte sie an das erste Holzhäuschen, das abseits zu den anderen stand, welche in etwas weiterer Entfernung nur schwach zu erkennen waren, und ziemlich verlassen wirkte. Der kleine Vorgarten war von Gras überwuchert. Es schien, als hätte diesen Ort schon länger niemand mehr betreten, außer vielleicht ein paar wilde Tiere auf der Suche nach Nahrung. Natürlich konnte sie sich irren, doch sie hatte keine andere Wahl. Sie fühlte sich, als wäre sie kurz vor dem Erfrieren. Welche Ironie des Schicksals wäre es, würde sie jetzt, nachdem sie sich aus den reißenden Fluten gerettet hatte, doch noch sterben. Nein, das durfte sie nicht zulassen. Sie war eine Kämpferin – zumindest seit heute. Sie musste es einfach schaffen.

Zitternd kletterte sie über den niedrigen Holzzaun, schlich zu der von Blumentöpfen umsäumten Tür und spähte durch die Glasscheibe ins Dunkel hinein. Natürlich war nichts zu erkennen. Unwahrscheinlich, dass irgendjemand sich darin aufhielt, es sei denn, derjenige würde bereits schlafen, was um diese Uhrzeit nicht so ungewöhnlich wäre.

Sie musste es trotzdem versuchen. Es blieb ihr nichts anderes übrig, außer sie wollte sich hier draußen mit ihrem nassen Kleid den Tod holen.

Die Tür war wie vermutet verschlossen. Marlene tastete auf dem Boden nach etwas mit dem sie die Fensterscheibe einschlagen konnte. Sie fand einen größeren Stein, doch dann hielt sie inne. Sie hatte keine Schuhe an und im Dunkeln würde sie nicht sehen, wohin sie trat. Sie würde sich mit großer Wahrscheinlichkeit an den Scherben verletzen. Sie musste einen anderen Weg finden, um ins Haus zu gelangen. Fieberhaft überlegte Marlene, wie sie hineinkommen könnte, während sie rund um das kleine Holzhäuschen herumschlich, auf der Suche nach einer Hintertür, die vielleicht nicht versperrt war. Doch das Glück war nicht auf ihrer Seite.

Eine Idee hatte sie noch. Als sie wieder bei der Eingangstüre angelangt war, tastete sie in den Blumentöpfen, ob jemand vielleicht darin einen Ersatzschlüssel versteckt hatte, so wie es viele Hausbesitzer leichtsinnigerweise taten. Zwischen den Blumen, die schon lange Zeit kein Wasser mehr gesehen hatten, fühlte sie Spinnweben, die an ihren Fingern kleben blieben. Automatisch kroch eine Gänsehaut ihren Rücken hinauf bis zu ihrem Scheitel. Sie musste sich auf die Lippe beißen, um ihren Ekel zu überwinden. Sie konnte nur hoffen, dass sie keines dieser Krabbeltiere ertastete, sonst würde sie womöglich laut schreien müssen und das würde die Nachbarn auf sie aufmerksam machen, was sie um jeden Preis verhindern wollte. Man würde sie sofort in ein Krankenhaus oder eine psychische Anstalt bringen und früher oder später würde sie wieder bei *ihm* sein. Es würde Martin nicht schwerfallen, die Ärzte davon zu überzeugen, dass sie psychisch labil sei. Welche gesunde Frau sprang schließlich mitten in der Nacht von Bord eines Schiffes? Außerdem hatte Martin die Gabe Menschen zu suggerieren, was sie seiner Meinung nach glauben sollten. All ihre Anstrengungen wären umsonst gewesen. Er dafür sorgen, dass sie nie wieder vor ihm weglaufen konnte. Marlene hatte nur diese eine Chance und die durfte sie sich nicht durch Dummheit oder Leichtsinnigkeit verpatzen.

Ein raschelndes Geräusch ließ sie plötzlich hochfahren. Zitternd blickte sie sich um, doch es dürfte nur eine Katze oder ein Marder gewesen sein. Verzweifelt tastete sie weiter nach einem Schlüssel. Falls sie nichts finden würde, würde sie wohl oder übel doch zu einem Stein greifen müssen, mit der Gefahr, dass sie sich verletzte. Aber lieber ein paar Schnittwunden, als aufzugeben, fand sie.

Ihre Geduld hatte sich ausgezahlt. Triumphierend fischte Marlene einen Schlüsselbund hervor. Sie schloss die Tür des Häuschens auf, trat zitternd ein und tastete an der Wand nach einem Lichtschalter.

5

Das erste, das ihr ins Auge stach, als das matte Licht einer herabhängenden Glühbirne die muffige Hütte beleuchtete, war ein alter Ofen. Frühe Kindheitserinnerungen kamen in ihr hoch und ließen sie für einen Moment taumeln. Ihre Großmutter hatte genau den gleichen Ofen besessen. Plötzlich stand sie wieder in der alten Küche ihrer Oma und sah der grauhaarigen Frau zu, wie sie Milch für Kakao in einem Topf erwärmte. Marlene war für einige Zeit bei ihr eingezogen, nachdem man ihre Mutter in eine Entziehungsklinik für Alkoholkranke überwiesen hatte. Soweit Marlene sich erinnern konnte, waren das die schönsten Monate ihrer ansonsten trostlosen Kindheit gewesen. Auch wenn ihre Oma nicht mehr besonders rüstig gewesen war, hatte sie viel mit ihrem einzigen Enkelkind unternommen. Sie war eine wahnsinnig fürsorgliche Frau gewesen und Marlene konnte bis heute nicht verstehen, warum ihre Tochter, Marlenes Mutter, sie nie hatte besuchen wollen. Was vorgefallen war, dass weder ihre Mutter noch ihre Großmutter je von der jeweils anderen Person gesprochen hatten, als würde sie nicht existieren, hatte Marlene nie herausgefunden. Vielleicht war es einfach die Tatsache gewesen, dass diese beiden Frauen so grundverschieden gewesen waren. Die Alkoholsucht ihrer Mutter und die wechselnden Beziehungen zu nicht sehr Vertrauen erweckenden Männern hatten sicherlich ihren Teil dazu beigetragen.

All die Liebe und Geborgenheit, die sie von ihrer Mutter nie erhalten hatte, sog sie in diesen Monaten auf wie ein Schwamm, als wüsste sie bereits zu diesem Zeitpunkt, dass ihre Großmutter nicht mehr lange zu leben haben würde und diese kurze bedingungslose Liebe für ihr eigenes restliches Leben reichen musste.

Sie hatte in dieser unbeschwerten Zeit viel gelernt. Vor allem auch praktische Dinge, zum Beispiel wie man den alten Ofen zum Heizen brachte, der sich nun, wie in einer Reise in die Vergangenheit, zwei Meter vor ihr befand.

In einem alten Weidenkorb, der neben dem Ofen stand, fand sie ein paar Zweige und Holz sowie altes Zeitungspapier. Bitte, flüsterte sie noch immer zitternd, mach, dass es hier auch Zünder gibt. Sie öffnete hektisch die Küchenschubladen, eine nach der anderen, und fand schließlich eine alte Packung Zündhölzer, neben dem Besteck. Anschließend schob sie das Holz und die Zweige in den Ofen, zündete ein paar Seiten Zeitungspapier, das sie zuvor zu einer Kugel zerknüllt hatte, an und schloss die Eisentür, nachdem sie sich vergewissert hatte, dass es gut genug brannte. Als sich der Ofen kurze Zeit später langsam erwärmte, stieß sie ein Dankgebet aus und dankte im Stillen auch ihrer Großmutter für all das, was sie für sie getan hatte. Dann zog sie endlich ihr nasses Kleid aus und hängte es über die Lehne eines Stuhls, den sie anschließend in die Nähe des Ofens stellte.

Nun war sie nackt bis auf ein Päckchen, welches mit braunem Paketklebeband auf ihrem rechten Oberschenkel befestigt war. Sie zog es mit einer schnellen Handbewegung herunter, den Schmerz auf ihrer Haut ignorierend. Dann löste sie den blauen wasserdichten Gefrierbeutel, riss ihn mit ihren Zähnen auf und holte den Inhalt heraus.

Erleichtert stellte sie fest, dass alles trocken geblieben war. Sie drückte den braunen Ledereinband an ihre Brust und schloss für einen Moment ihre Augen. Dann legte sie den Pass auf die Küchenablage. Sie konnte nicht sagen, warum sie ihn mitgenommen hatte. Aber vielleicht gab ihr der Reisepass der jungen Frau Kraft um alles durchzustehen.

Jetzt brauchte sie dringend etwas Trockenes zum Anziehen.

Das Haus war nicht groß, doch es hatte ein eigenes Schlafzimmer, wie das Wohnzimmer ganz in massivem Buchenholz gehalten mit zwei einzelnen Betten und einem Kleiderschrank darin. Marlene holte sich erstmal eine Decke und wickelte sich damit ein. Sie musste sich jetzt möglichst rasch aufwärmen. Trockene Kleidung konnte sie später immer noch suchen.

Als sie kurz darauf mit dem Rücken an den Ofen gelehnt dasaß, ließ sie die Ereignisse der letzten Stunden durch ihren Kopf gehen. Es war alles so unwirklich. Was sie getan hatte, wo sie sich jetzt befand. Aber auch ihr Leben mit Martin kam ihr plötzlich wie ein böses Märchen vor. Als hätte sich das irgendjemand ausgedacht. So etwas passierte doch keinem normalen Menschen, oder? Sie fühlte, wie die Wärme des Ofens langsam durch die Fasern der Decke kroch, bis sie bei ihrem Körper angelangt war. Trotzdem dauerte es noch eine ganze Weile, bis sie nicht mehr zitterte und sie sich wieder wohler fühlte.

Als ihr Körper endlich aufgewärmt war, stand sie auf, immer noch in die Decke gehüllt, und ging zurück ins Schlafzimmer. Sie zog die erste Tür des Kleiderschranks auf. Sie brauchte spätestens morgen früh etwas zum Anziehen, doch auch auf der anderen Seite des Schranks befanden sich nur Handtücher, Bettwäsche und Polster für den Garten. Das einzige, das sie fand, war eine Schürze mit unzähligen kleinen Kätzchen darauf. Anscheinend war die Besitzerin dieses Hauses eine Katzenliebhaberin. Ansonsten gab es jedoch keine Hinweise auf die Person oder Personen, die normalerweise hier wohnten. Auch wenn es offensichtlich nur ein Wochenendhäuschen war, gab es weder Bilder an den Wänden noch Fotos oder sonstige persönliche Dinge. Lediglich ein paar Bücher und einige wenige CDs zeugten davon, dass hier jemand ab und zu seine Freizeit verbrachte oder verbracht hatte. Es sah ganz so aus, als würde dieser Ort nicht allzu oft von seinen Besitzern aufgesucht werden. Umso besser für mich, dachte Marlene, die trotz der Dunkelheit immer wieder durch die dünnen Vorhänge nach draußen spähte, aber in der Finsternis natürlich nicht viel erkennen konnte.

Mit jeder Tür oder Lade, die sie öffnete, nahm ihr Unbehagen, welches auf dem Gefühl beruhte, etwas Unmoralisches und Verbotenes zu tun, ab. Mittlerweile hatte sie etwas zum Anziehen gefunden - eine Jeans und ein einfaches weises T-Shirt. Sie waren etwas zu groß, aber egal. Marlene konnte es sich nicht leisten wählerisch zu sein.

Obwohl sie keinen Hunger hatte, begann sie die Küchenschränke nach etwas Essbarem zu durchsuchen. Schließlich würde sie die Nacht hier verbringen müssen und brauchte spätestens morgen früh Nahrung bevor sie aufbrach. Wohin auch immer. Wahrscheinlich hatte ihr Unterbewusstsein nicht damit gerechnet, dass sie es so weit schaffen würde, weshalb sie morgen spontan entscheiden würde, wohin sie gehen würde.

Im Wohnzimmer war es bereits angenehm warm. Sie ging zum Kühlschrank, doch dieser enthielt nur warme abgestandene Luft. Ein weiteres Indiz dafür, dass sich die Personen, denen das Häuschen gehörte, nicht regelmäßig hier aufhielten. Als sie den Schrank daneben öffnete, wurde sie jedoch fündig. Fein säuberlich in einer Reihe, fand sie einige Gläser eingelegter Marillen sowie diverse Kekspackungen und Schnitten. Außerdem gab es jede Menge Dosen. Zuerst dachte sie an Katzenfutter, in Erinnerung an die Schürze, doch bei genauerem Hinsehen, erkannte sie, dass es sich um Leberstreichwurst handelte.

Es war nicht gerade vergleichbar mit ihrer letzten Mahlzeit an Bord des Schiffes, doch zumindest musste sie morgen nicht hungrig aufbrechen.

Müde legte Marlene im Ofen noch einmal Holz nach und ließ sich anschließend in eines der beiden Betten fallen. Sie musste sich ausruhen, zu neuen Kräften kommen, bevor sie über ihr weiteres Schicksal entscheiden würde. Außerdem wollte sie das Licht nicht länger als nötig anlassen, um die Aufmerksamkeit der Nachbarn nicht doch noch zu wecken. Denn, auch wenn es unwahrscheinlich war, man wusste nie, wer sich hier draußen noch um diese Zeit herumtrieb. Den Rauch würde man nicht so leicht entdecken wie ein brennendes Licht, hoffte sie, bevor sie die Augen schloss und in einen unruhigen Schlaf fiel.

6

Als Marlene am nächsten Morgen erwachte, wurde ihr das erste Problem bewusst. Sie hatte keine Schuhe. Dafür war ihr Kleid inzwischen trocken, obwohl sie es unter Tags wohl kaum anziehen konnte, ohne aufzufallen. Außerdem stellte sie mit Erleichterung fest, dass sie sich keine Erkältung geholt hatte, nachdem sie gestern beinahe erfroren war. Das war ja zumindest mal ein guter Start. Abgesehen von den fehlenden Schuhen, die ihr Kopfzerbrechen bereiteten, fühlte sie sich heute frisch und voller Tatendrang. Und es gab noch ein Gefühl, das sie seit langem wieder erfüllte: Freiheit. Zum ersten Mal seit langem fühlte sie sich nicht mehr wie eine Gefangene in ihrem eigenen Haus. Nein, sie musste sich korrigieren, sie hatte sich noch nie so frei gefühlt wie heute. Sie hatte keine Wohnung, keine Arbeit, keinen Mann. Sie war mehr als nur frei. Sie musste unwillkürlich an den Ausdruck *vogelfrei* denken. Im 16. Jahrhundert hatte dies keinesfalls eine positive Bedeutung, sondern war mit Strafe und Ächtung verbunden. Auch Marlene erahnte bereits die Schattenseiten dieser neu erworbenen Freiheit. Doch vorerst wollte sie sich nicht von dem Gefühl der Unsicherheit einholen lassen. Sie drückte die negativen Gedanken fort, wie ein schlechtes Fernsehprogramm. Ohne zu überlegen nahm sie eine CD von Udo Jürgens aus dem Regal und legte sie in den CD-Player ein. Während Udo Jürgens „Griechischer Wein" sang, öffnete sie die Küchenschublade mit Besteck und holte einen Dosenöffner hervor. Mittlerweile kannte sie sich schon ein wenig in der fremden Küche aus, wodurch sie sich nicht mehr gar so fremd fühlte. *Es ist trotzdem nicht dein Haus*, ermahnte sie sich sogleich streng. Sie durfte nicht einmal daran denken, es sich hier länger gemütlich zu machen als nötig. Die Verlockung, den ersten Schritt in eine ungewisse Zukunft zu tun, noch einen Tag heraus zu zögern, war groß. Doch sie musste so schnell wie möglich von hier fort. Es war einfach zu riskant, dass die Besitzer oder die

Nachbarn oder sonst irgendjemand auf sie aufmerksam wurden. So romantisch und versteckt dieses Häuschen auch zu sein vorgab. Vielleicht suchte man sie ja bereits. Wenn sie doch jemand gesehen hatte, wie sie von Bord gesprungen war, waren vielleicht schon Suchtrupps unterwegs. Dann würde es nicht lange dauern, bis sie ebenfalls zu dieser einsamen Siedlung stoßen würden. Doch wahrscheinlicher war, dass sie sie im Wasser vermuteten, außer Marlene hatte unbewusst, irgendwelche Spuren hinterlassen, die darauf hindeuteten, dass sie es geschafft hatte, an Land zu schwimmen.

Hungrig riss sie die erste Kekspackung auf und aß sie gemeinsam mit der Leberstreichwurst gleich auf dem Fußboden, mit lediglich einem Polster unter sich. Dann machte sie sich über ein Glas eingelegter Marillen her. Sie brauchte ein Messer, um es zu öffnen, doch kurz darauf trank sie den süßen Saft, bevor sie sich über die weichen Früchte hermachte. Sie schmeckten herrlich nach Sommer und Marlene vergaß für einen kurzen Moment, dass sie auf dem Boden eines fremden Holzhäuschens saß, das kleine Fenster in der Tür gegenüber immer im Blick. Sie fühlte sich plötzlich wieder wie das kleine Mädchen im Haus ihrer Großmutter, dass heimlich Schokolade aus der Lade genommen hatte und diese unter ihrem Bett gegessen hatte, bis ihre Großmutter sie eines Tages auf die vielen Krümel hingewiesen hatte. Marlene konnte sich noch erinnern, wie ängstlich sie gewesen war, dass sie ihr Geheimnis herausgefunden hatte. Doch ihre Großmutter hatte nicht geschimpft. Sie war so eine sanftmütige Frau gewesen.

Plötzlich klopfte es so laut an der Tür, dass Marlene vor Schreck beinahe das Einmachglas fallen ließ. Wie erstarrt sah sie zum Milchglasfenster hoch, froh auf dem Boden zu sitzen, wo man sie nicht durch die kleine Scheibe sehen konnte. Was für ein Glück, dass sie gestern Abend nicht vergessen hatte, die Türe zu versperren. Sie schluckte und tastete nach dem Dosenöffner, welcher neben ihr lag, als könnte sie sich im Notfall damit verteidigen. Sie wagte kaum zu atmen. Ihr Herz hämmerte wie verrückt in ihrer Brust, als sie hörte, wie dumpfe Schritte sich um das Haus bewegten. Es klopfte wieder. Diesmal am Schlafzimmerfenster. Eine Männerstimme rief: „Hallo, ist da jemand?!"

Marlene hielt die Luft an. Wenn die Person das zerwühlte Laken im Bett sah, würde sie wissen, dass hier jemand geschlafen hatte.

Dann war es plötzlich wieder still. Nur Udo Jürgens Stimme war leise zu hören und das Geräusch ihres eigenen keuchenden Atmens. Ich muss hier weg, schoss es ihr durch den Kopf. Jemand sucht bereits nach mir. Als sie keine Schritte mehr hörte, kroch sie auf allen Vieren zum Küchenfenster, schob den Vorhang zur Seite und spähte dann vorsichtig hinaus. Sie sah gerade noch ein sich entfernendes Auto. Wer auch immer das gewesen war, Marlene sah es als Zeichen, hier so bald wie möglich zu verschwinden.

Zehn Minuten später nahm sie ihre Ringe, Ohrringe und das teure Armband ab und ließ sie in eine abgenutzte Ledertasche gleiten, die sie im Schlafzimmerschrank gefunden hatte, als sie nach etwas zum Anziehen gesucht hatte. Auch ihr Kleid faltete sie klein zusammen und schob es in die Tasche. Dann holte sie den Ledereinband unter dem Kopfpolster hervor. Sie öffnete ihn und blickte auf das Passfoto. Die junge Frau mit den großen dunklen Augen sah ihr zum Verwechseln ähnlich. Ich will nicht so enden wie du, dachte Marlene und steckte den Pass ebenfalls ein.

Sie nahm ihr Collier vom Nachtkasten und legte es vorsichtig dazu. Normalerweise trug sie nie mehr als zwei Ringe gleichzeitig, doch gestern hatte sie insgesamt acht Ringe an ihren zehn Fingern gehabt. Zum Glück war es Martin nicht komisch vorgekommen. Bis auf einen kleinen unscheinbaren Ring mit einer Rose, den sie von ihrer Großmutter hatte, ließ sie alle der Reihe nach in die Handtasche plumpsen. Sie überlegte, wie viel ihr Schmuck sowie die Diamantenohrringe, die sie in den Ohren trug, wohl wert waren. Ein Gefühl sagte ihr, dass es sicher nicht wenig war. Sie hatte nie nach dem Wert seiner Geschenke gefragt, doch sie glaubte, dass er damit versuchte sich für sein Verhalten zu entschuldigen. Er wusste, dass es nicht richtig war, wie er sich ihr gegenüber benahm, doch indem er ihr teuren Schmuck schenkte, war es die einzige Möglichkeit für ihn, es wieder gut zu machen. Zumindest dachte er das.

Marlene fragte sich, ob *sie* auch so viel Zuneigung in Form von Gold und Diamanten bekommen hatte und ein unheimlicher Gedanke schoss ihr durch den Kopf. War es womöglich derselbe Schmuck gewesen? Hast du ihn ihr abgenommen, nachdem du sie beseitigt hast? Soweit hatte sie noch nie gedacht und mit einem Mal graute ihr. Sie wollte diese Dinge nicht mehr haben, am liebsten hätte sie alles gleich hier zurückgelassen. Doch das war ihr einziger Besitz, den sie jetzt hatte und sie brauchte Geld. Sie hatte keinen einzigen Schein bei sich. Martin gab ihr schon lange kein Bargeld mehr. Wenn sie irgendetwas brauchte, besorgte er es für sie. „Du brauchst kein Geld mehr", hatte er ihr schon kurz nach ihrer Hochzeit gesagt. „Wenn du etwas haben möchtest, brauchst du es nur zu sagen. Ich kaufe dir alles, was du willst." Im ersten Moment mochte es vielleicht großzügig klingen, doch es war nur ein erster Schritt gewesen, um sie von ihm abhängig zu machen. Und sie hatte es nicht bemerkt. Sie war so dumm gewesen!

So stand sie nun im Schlafzimmer eines fremden Hauses mit fremden Kleidern an ihrem Leib und nichts als einer schäbigen Handtasche, gefüllt mit teurem Schmuck. Das und ihre Kleidung war alles, was sie jetzt besaß. Und doch war es mehr, als sie als junger Mensch je besessen hatte. Nur was half ihr der ganze Schmuck, wenn sie kein Dach über dem Kopf, keine Kleider und nichts zu essen besaß? Ihr Leben kam ihr vor, wie eine Ironie des Schicksals.

Sie öffnete die Tasche nochmals, nahm den Verlobungsring heraus und betrachtete den funkelnden Diamanten darauf. Sie musste an den Tag denken, als Martin ihr diesen Ring mit leuchtenden Augen überreicht hatte. Er hatte sich sogar vor sie hingekniet, genauso, wie sie es sich in ihrer Vorstellung immer erträumt hatte. Und ebenso wie jetzt, als sie diese Erinnerung vor ihrem inneren Auge vorbeiziehen ließ, war sie den Tränen nahe gewesen, so gerührt war sie gewesen. Und so glücklich. Endlich, hatte sie gedacht, hatte es das Schicksal gut mit ihr gemeint. Sie wurde von jemandem geliebt, wie noch nie zuvor in ihrem Leben. Endlich hatte sie auch einmal Glück! Sie hatte den Ring betrachtet und sich geschworen, ihn niemals mehr abzunehmen.

Sie hatte sich getäuscht. Sie würde diesen Ring nie mehr wieder in ihrem Leben tragen.

Sorgfältig darauf bedacht, alles wieder so zu hinterlassen, wie sie es vorgefunden hatte (bis auf die fehlende Kleidung, die sie anhatte und die aufgegessenen Lebensmittel), verließ sie eine Stunde später das Häuschen. Ihr war klar, dass sie ihre Anwesenheit dort nicht völlig auslöschen hatte können. Zu viele Spuren verrieten, dass jemand für kurze Zeit hier gewohnt hatte. Vermutlich hatte sie nicht nur Asche und leere Konserven zurückgelassen. Würde man nach ihr suchen, würde man ebenfalls Fingerabdrücke und Haare von ihr finden, dessen war sie sich sicher. So gründlich hätte sie diese gar nicht entfernen können, auch wenn sie sich genug Zeit gelassen hätte. Hauptsache, auf den ersten Blick deutete nichts darauf hin, dass sie hier eingebrochen war. Wer weiß, wann die Besitzer das nächste Mal wieder auftauchen würden, bis dahin war vielleicht schon Gras über diese Sache gewachsen. Es war eigenartig, dass Marlene sich in Gedanken selbst als Sache bezeichnete oder das, was sie getan hatte. Aber es half ihr alles aus einer anderen Perspektive zu betrachten. Nur so konnte sie die richtigen Entscheidungen treffen. Sie redete sich ein, dass es ganz normal war, was sie tat. Das jede andere Frau genauso handeln würde, wäre sie in ihrer Situation. Sie wusste natürlich, dass sie auch einfach zur Polizei gehen konnte. Vielleicht half ihr das, was sie über seine Vergangenheit herausgefunden hatte, dass man sie ernst nahm? Aber was, wenn nicht? Das Risiko war einfach zu groß. Sie hatte genug Bücher gelesen, zu viele Filme gesehen. Die Polizei konnte selten etwas gegen einen gewalttätigen Ehemann ausrichten. Und Marlene war nicht mutig genug, dieses Risiko einzugehen. Die Gefahr gefunden zu werden und seiner Rache machtlos ausgesetzt zu sein. Der Vorteil zu ihrer jetzigen Situation war, dass früher oder später alle denken würden, sie wäre tot. Wer suchte schon ewig nach einer Leiche?

Irgendwann würde auch *er* aufhören zu suchen. Mit diesem Gedanken machte sie sich zu Fuß auf den Weg Richtung Zivilisation.

7

EINEINHALB JAHRE DAVOR

Wie jeden Freitag saßen Sabine, Andrea und Marlene im *Club River* – einer angesagten Bar direkt am Donaukanal - und tranken bunte mit kleinen Papierschirmchen verzierte Cocktails, während sie sich gegenseitig von ihrer Woche erzählten. Sabine war Immobilienmaklerin und schwärmte wieder einmal von den wunderschönen Objekten, die sie am liebsten selbst kaufen würde, hätte sie nur genug Geld. Sabine und Andrea waren bereits seit zwei Jahren verheiratet, während Marlene immer noch Single war. Sie hatte es nicht eilig einen Mann zu finden, vielleicht, weil sie das berüchtigte Ticken der Uhr bis jetzt noch nicht gehört hatte, an dem Frauen über Dreißig so oft litten, um sich dann Hals über Kopf in die erstbeste Beziehung zu stürzen, nur um es endlich zum Schweigen zu bringen. Aber so war der Lauf der Dinge. Und die Natur war sehr schlau darin, ihre Pläne durchzusetzen. Vielleicht war ihr bei Marlene einfach ein Fehler unterlaufen? Anscheinend reagierten ihre Hormone nicht so, wie es sein sollte. Doch solange ihr nichts fehlte – auch ohne Familie – gab es keinen Grund etwas an ihrer Situation zu ändern. Vielleicht war es sogar besser so. Sie wollte nicht heiraten, nur um dann für den Rest ihres Lebens unglücklich zu sein oder sich nach kurzer Zeit wieder scheiden zu lassen, womöglich noch mit einem unschuldigen Kind im Gepäck. Sie wollte nicht das Leben, dass ihre Mutter geführt hatte.

Den Entschluss, auch ohne zu heiraten glücklich zu sein, hatte sie schon vor längerer Zeit gefasst, als eine Freundin nach der anderen geheiratet und meist kurz darauf auch schwanger geworden war oder - was auch nicht so selten vorgekommen war - sich wieder scheiden hatte lassen. Bis auf Andrea und Sabine war ihr keine engere Freundin mehr geblieben. In zu unterschiedliche Richtungen hatten sich die einzelnen Leben entwickelt. Und oft war keine einzige Gemeinsamkeit mehr übrig geblieben, die die Freundschaft vielleicht noch am Leben erhalten hätte.

Anders war es bei den beiden Frauen, die ihr nun gegenübersaßen. Die eine blond und schrill – sowohl was ihre Kleidung betraf als auch ihre Art, die andere rothaarig und eher still mit wachsamen braunen Augen. Marlene selbst hatte eine ausgewählte Mischung beider Frauen, jedoch von allem nur eine geringe Dosis. Marlenes Haare waren blond, aber nicht zu hell, um künstlich zu wirken. Ihre Augen dagegen braun. Außerdem war ihr Kleidungsstil weder so konservativ, wie der von Andrea, noch so extravagant, wie der von Sabine. Auch, was ihren Charakter betraf, konnte man sie zwischen den beiden Frauen einstufen. Sie mochte vielleicht auf den ersten Blick als langweilig erscheinen, aber wer sie näher kannte, wusste, dass sich hinter ihrer Ausgeglichenheit mehr versteckte.

Obwohl Andrea und Sabine verheiratet waren, hatten die drei Frauen immerhin noch ihre gemeinsamen Cocktailabende, die sie verbanden. Und nicht zu vergessen, ihren Humor, den Außenstehende manchmal für seltsam hielten. Vielleicht lag es aber auch daran, dass Andrea und Sabine sich trotz Ehemann oder Kind stets treu geblieben waren. Sie waren stets dieselben geblieben, die sie schon in der Schule gewesen waren, als sie ihre Hausaufgaben voneinander abgeschrieben hatten. Deshalb fühlte Marlene sich auch heute noch mit ihnen verbunden. Die beiden waren insgeheim Marlenes Vorbilder, falls sie doch einmal beschließen würde eine Ehefrau oder Mutter zu werden.

Doch zurzeit fehlte es ihr an nichts. Sie war glücklich und würde sich einfach vom Schicksal überraschen lassen. Marlene genoss ihre Freiheit und beneidete ihre beiden Freundinnen kein bisschen. Vielleicht war sie mit ihren fünfunddreißig Jahren auch einfach schon zu alt, um sich auf einen Partner einzulassen, nachdem sie bereits so viele Jahre mehr oder weniger alleine gelebt hatte.

Nachdem ihre Mutter gestorben war, war sie mit gerade einmal achtzehn Jahren in eine kleine Wohnung gezogen. Sie war völlig auf sich allein gestellt gewesen, da sie auch keinen Kontakt zu ihrem Vater hatte, der sie beide verlassen hatte, als sie drei Jahre alt gewesen war. Ihre Mutter hatte sie alleine großgezogen. Marlene konnte sich nicht mehr sehr an diese Zeit erinnern, die Zeit ihrer Kindheit. Ihre Mutter hatte sich nicht besonders um sie bemüht. Das wenige, das sie ihr beigebracht hatte, war, sich von Männern fern zu halten, denn sie brachten nur Probleme mit sich. Die einzige Lebensweisheit, die sie ihrer Tochter mitgegeben hatte, so wie andere Mütter ihren Kindern beibringen: „Nimm niemals Drogen!" Paradoxerweise hatte ihre Mutter selbst diesen Ratschlag nie befolgt.

Zu Beginn ihres Erwachsenenlebens hatte Marlene sich oft einsam gefühlt, doch mit der Zeit hatte sie sich daran gewöhnt, niemanden an ihrer Seite zu haben, sondern ganz auf sich alleine gestellt zu sein. Schließlich war es nicht so ein großer Unterschied zu dem Leben, das sie zu Hause bei ihrer Mutter geführt hatte, die sich die meiste Zeit in ihrem Zimmer eingeschlossen hatte oder wieder einmal mit einem neuen Liebhaber um die Häuser gezogen war. Nur, dass diesmal auch körperlich niemand anwesend war.

Marlene hatte nie viele Partner gehabt. Der Rat ihrer Mutter war stets in ihrem Hinterkopf präsent wie ein bösartiges Geschwür. Zwei Mal war ein Mann bei ihr eingezogen. Es hatte jedoch nie lange gedauert und sie war jedes Mal erleichtert gewesen, als dieser nach ein paar Wochen wieder seine Sachen gepackt hatte. Vielleicht war ihre Mutter daran schuld, vielleicht lag es an der fehlenden Vaterfigur oder es lag schlicht und einfach an ihr selbst, sie konnte nicht sagen, warum es mit den Männern bisher nie geklappt hatte und mittlerweile war es ihr auch egal. Sie fühlte sich wohl, so wie ihr Leben war und konnte sich nicht beklagen. Sollte es ihre Bestimmung sein, alleine zu bleiben, konnte sie sich gut damit abfinden.

„Hab ich euch schon von diesem tollen Penthouse erzählt?", riss Sabine sie aus ihren Gedanken. Sie sprach wie immer einen Tick zu laut, sodass sich ein paar Leute an den Nebentischen irritiert zu ihnen umsahen.

„Es befindet sich im ersten Bezirk mit Blick auf den Stephansdom. Ihr könnt euch nicht vorstellen, wie atemberaubend schön es ist. Bis jetzt konnte ich noch keinen Käufer dafür auftreiben, was kein Wunder ist, bei dem horrenden Preis." Sabine erzählte ohne Luft zu holen und seufzte am Ende jedes Satzes theatralisch.

„Der Interessent gestern wäre etwas für dich gewesen, Marlene. Ein Traum von einem Mann und noch dazu mit genügend Kohle. So einen musst du dir suchen." Ihr Blick schweifte wehmütig aus dem Fenster, ob des Penthouses oder des Mannes wegen, war nicht ganz klar zu erkennen. „Ich bin gespannt, ob ich ihm diese Traumwohnung schmackhaft genug machen konnte", überlegte sie laut und betrachtete dabei prüfend ihre in Pink lackierten Fingernägel.

„Sicher, bei deinem Charme kann doch kein Mann widerstehen", witzelte Marlene und blinzelte dann irritiert zu dem Mann an der Bar, der sie schon die ganze Zeit recht auffällig beobachtete. Zuerst hatte sie gedacht, er würde Sabine ansehen, was nicht ungewöhnlich war, sie war schließlich die hervorstechendste der drei Frauen am Tisch und zog stets alle Blicke auf sich. Natürlich ganz besonders die der Männer. Doch nachdem sie jetzt schon ein paar Mal zu ihm hinüber geschielt hatte, musste sie mit wachsendem Unbehagen feststellen, dass sie selbst gemeint war. Noch dazu saß Sabine mit dem Rücken zu ihm, sodass die Wahrscheinlichkeit, dass er ihre Freundin meinte sehr gering war.

„Vielleicht kann ich ja ein Treffen mit ihm arrangieren. Er trug keinen Ehering", plapperte Sabine unbeirrt weiter.

„Das heißt doch nichts", mischte sich Andrea jetzt ein und überprüfte ihr Handy auf eingegangene Nachrichten. „Du weißt doch, dass Geld bei Marlene keine Rolle spielt. Hauptsache, sie hat ihre Freiheiten."

Etwas verletzt sah Marlene ihre Freundin an. War sie wirklich so? Was Andrea zwischen den Zeilen angedeutet hatte, nämlich, dass sie eine Angst vor Bindung und zu viel Nähe hatte, stimmte das wirklich? War sie tatsächlich immer die Schuldige gewesen, wenn eine Beziehung in die Brüche gegangen war? Marlene versuchte sich zu erinnern, was der Auslöser für ihre letzten drei Trennungen gewesen war. Einer war von heute auf morgen abgehauen, ohne jegliche Begründung. Der zweite hatte sie mit einer anderen betrogen, die er dann kurz nach ihrer Trennung geheiratet und mit der er nun ein Kind hatte. Und ihre letzte Beziehung, wenn man überhaupt von einer Beziehung sprechen konnte, hatte sie mit einem viel beschäftigten Geschäftsreisenden gehabt, den sie kaum zu Gesicht bekommen hatte. Keine dieser drei Beziehungen war besonders innig gewesen, musste sie zugeben. Aber dass es an ihr gelegen hatte, daran hatte sie noch nicht gedacht. Oder dass sie sich einfach immer zu der gleichen Art Männer hingezogen fühlte. Männer, die sie nicht bedrängten, die es vielleicht nicht immer ernst mit ihr meinten. Männer, die ihre Freiheiten wollten. Genauso wie sie.

„Pff… Wer so etwas behauptet lügt. Tut mir leid, Süße, aber das nehme ich ihr nicht ab", Sabine schüttelte ihren Kopf, sodass ihre kurz geschnittenen glatten blonden Haare hin und her wippten, wie das Pendel einer Uhr. „Wer bitte findet Geld nicht anziehend?" Sie lachte. „Hallo? Wir reden gerade über dich" wandte sich Sabine plötzlich Marlene zu, die sich unbewusst wieder dem geheimnisvollen Mann an der Bar zugewandt hatte. Da er gerade mit dem Barkeeper sprach, konnte sie ihn unbemerkt von der Seite mustern. Gehörte er auch in ihr typisches Beuteschema? Würde er sie auch nach ein paar Monaten verlassen, weil er genauso bindungsscheu wie sie selbst war?

„Andrea meinte gerade, du hältst nichts von reichen Männern? Sag mir, dass das nicht wahr ist. Jede vernünftige Frau muss sich doch absichern, um nicht später alleine und noch dazu verarmt dazustehen."

„Da bin ich anderer Meinung. Natürlich ist es nett, wenn der Mann gut verdient, aber nur aufgrund der Größe seines Gehaltschecks würde ich nie und nimmer einen Mann auswählen", antwortete Andrea an Marlenes Stelle.

„Andrea hat Recht. Geld ist nicht alles." Marlene riss ihren Blick von dem Mann los.

„Siehst du?" Andrea sah verstohlen auf ihre Armbanduhr und signalisierte damit, dass das Thema für sie abgehakt war. Seit sie Mutter einer kleinen Tochter war, war sie ständig nervös. Sie ließ ihr sechs Monate altes Kind nur ungern zu Hause zurück, obwohl sie bei ihrem Vater sicher nicht in schlechten Händen war. Tom war ein liebevoller Vater, der sich wunderbar um seine kleine Sara kümmerte. Trotzdem fühlte Andrea sich ständig schuldig, wenn sie nicht selbst bei ihr sein konnte. Dauernd fragte sie sich, ob es ihrer Tochter auch gut gehe oder ob sie gerade nach ihrer Mama weinte. Ob ihr Mann das Fläschchen auch nicht zu heiß machte und nicht vergaß ihr die Windeln zu wechseln. Nicht, dass sie ihm das alles nicht zutraute, doch sie hatte doch mehr Routine in diesen Dingen. Schließlich verbrachte sie jeden Tag von morgens bis abends mit ihrem Kind. Eigentlich sollte sie froh sein, einmal etwas Abstand zu bekommen, doch sie konnte es nicht richtig genießen.

„Na, wie ihr meint." Sabine nippte etwas eingeschnappt von ihrem Cocktail, bevor sie das Thema wechselte: „Hab ich euch eigentlich schon das Neueste über meine neue Nachbarin erzählt?" Sabine begann übergangslos über ihre Nachbarin herzuziehen, ihr derzeit aktuelles Lieblingsthema. Angeblich war sie mit irgendeinem reichen Anzugträger in die Wohung über ihr gezogen. Letzte Woche hatte sie ihren nagelneuen Minicooper gegen den Laternenmast gelenkt. Sabine hatte das Ganze von ihrer Wohnung aus beobachtet und konnte nicht umhin, sofort ihren beiden Freundinnen davon zu berichten, nicht ohne Schadenfreude in der Stimme.

Danach hatte das Pärchen einen lautstarken Streit gehabt, was Sabine gerade zum hundertsten Mal berichtete.

Während Sabine ihren Monolog fortsetzte versuchte Marlene erfolglos ein Gähnen zu unterdrücken und ihr Blick wanderte wieder automatisch zum dunkelhaarigen Mann an der Bar, der gerade ein weiteres Bier entgegengenommen hatte. Noch bevor sie ihren Mund wieder zugeklappt hatte, drehte er sich auf seinem Barhocker in ihre Richtung und lächelte sie amüsiert an. Beschämt blickte sie weg.

„He, Marlene hat jemanden im Visier." Andrea entging trotz ihres mütterlichen Trennungsschmerzes wieder einmal nichts. Wenigstens das hatte sich nicht geändert. Außerdem war sie froh, die Geschichte über Sabines Nachbarin unterbrechen und das Gespräch auf ein anderes Thema lenken zu können.

Sabine, die mit dem Rücken zur Bar saß, drehte sich, nicht gerade unauffällig, um und warf Marlenes Verehrer einen kecken Blick zu, den dieser aber ignorierte.

Marlene machte sich bereits auf einen schnippischen Kommentar gefasst, doch Sabine schien es ausnahmsweise einmal die Sprache verschlagen zu haben.

„Ich glaube, ich träume!", sagte sie, nachdem sie die Sprache wiedergefunden hatte.

„Was ist denn?" Marlene verdrehte die Augen zur Decke, da sie glaubte zu ahnen, was jetzt kam.

„Er sieht süß aus", flüsterte Andrea und blickte verschwörerisch zu Marlene.

„Das ist er!" Wieder einmal zog Sabine die Aufmerksamkeit der anderen Gäste auf sich.

„Was?" Marlene sah sie irritiert an.

„Wer soll das sein?" Auch Andrea sah Sabine verständnislos an.

„Das ist Dr. Sowieso. Seinen Namen hab ich vergessen, aber nicht sein Gesicht. Das ist der Interessent des Penthouses, von dem ich euch eben erzählt habe. Er war außerdem erst kürzlich in einem Architekturmagazin, das hatte ich vorhin vergessen zu erwähnen. Er hat dort über die Vorzüge einer Altbauwohnung erzählt. Es wurden auch einige Fotos seiner aktuellen Wohnung darin abgebildet. Sehr geschmackvoll eingerichtet, kann ich euch nur sagen."

Marlene starrte den Mann unverhohlen an und beobachtete ihn dabei, wie er einen Schluck Bier nahm und sich anschließend den Schaum mit einer Serviette von der Oberlippe tupfte. Er hatte ganz offensichtlich eine gute Erziehung genossen, machte einen eleganten und gut situierten Eindruck. Man mochte meinen, er wäre bei einem geschäftlichen Empfang, nur dass er offensichtlich alleine hier war. Plötzlich richtete sich seine Aufmerksamkeit wieder auf sie. Er lächelte sie offen an, dann prostete er ihr zu. Marlene spürte, wie das Blut in ihre Wangen stieg und senkte verschämt ihren Blick. Hoffentlich hatte er nicht bemerkt, wie sie ihn alle drei beobachtet und über ihn gesprochen hatten.

„Komm schon." Andrea stieß sie in die Rippen. „Geh zu ihm. Er hat dir doch eben zugeprostet."

Noch bevor sie widersprechen konnte, rutschte er vom Barhocker. Marlene stockte der Atem als er auf ihren Tisch zukam.

8

Wer mit dem Feuer spielt …, dachte sie mit gemischten Gefühlen und zwang sich zu einem Lächeln, das sich anfühlte, als hätte sie in eine Zitrone gebissen.

Ihre beiden Freundinnen wechselten einen schnellen Blick mit ihr und taten dann so, als wären sie gerade vollkommen in ein Gespräch vertieft. Als er an ihren Tisch trat sahen sie ganz überrascht hoch. Er begrüßte zuerst Sabine, ohne Marlene aus den Augen zu lassen. „Martin. Wir kennen uns ja bereits." Er nickte Sabine kurz zu, grüßte dann Andrea und sah schließlich wieder Marlene an. Sabine, die es nicht gewohnt war, von einem Mann so schnell abgefertigt zu werden, blieb der Mund offenstehen.

Marlene sah zu ihm hoch und kam sich unendlich klein dabei vor. Sie musste den Drang aufzustehen unterdrücken. Stattdessen fragte sie höflich, ob er sich nicht zu ihnen setzen wolle. Es war offensichtlich, dass er nicht vorgehabt hatte wieder zu gehen, nachdem er sein Bier von der Theke mitgenommen hatte und jetzt in seiner Hand hielt. Ihn nicht zu fragen, erschien Marlene als unhöflich, auch wenn sie insgeheim hoffte, er würde ablehnen. Sie war heute nicht in der Stimmung auf einen Flirt. Sie war müde von der Arbeit und freute sich schon darauf, bald unter ihre Decke kriechen zu können, um morgen lange auszuschlafen.

„Bitte", sie deutete mit ihrer linken Hand auf den freien Sessel neben sich, ohne recht zu wissen, wie es nun weiter gehen sollte. Nicht, dass sie noch nie von einem Mann angesprochen worden war, doch sie hatte sich heute Abend auf eine gemütliche Frauenrunde eingestellt. Noch dazu war er ganz einfach nicht ihr Typ, versuchte sie sich vergeblich einzureden.

Sie musste zugeben, dass er aus der Nähe noch besser aussah. Er hatte tiefblaue Augen und sehr gepflegte Hände. Dinge, auf die Marlene bei einem Mann stets als Erstes achtete. Als er sie wieder anlächelte, bemerkte sie außerdem seine weißen geraden Zähne. Kurz stellte sie sich vor, wie sie mit ihrer Zunge darüber glitt. Entsetzt über diesen Gedanken sah sie wieder auf ihre Hände und bemerkte dabei einen eingerissenen Nagel. Sie legte die Hand auf ihren Schoss, wo er diesen Makel nicht sehen konnte. Was war bloß mit ihr los? Vielleicht lag es einfach nur die Wirkung des Cocktails, dachte sie und merkte, dass sie ihn immer noch unsicher anlächelte, als wäre sie ihr eigenes Abbild im Wachsfigurenkabinett von Madame Tussauds.

„Ich hoffe, ich störe die nette Frauenrunde nicht?" Ein jungenhaftes Grinsen erschien auf seinem gepflegten Gesicht, auf dem sich bereits erste feine Fältchen bildeten.

„Natürlich nicht!" Sabines Antwort kam zu schnell, dafür, dass sie sich gerade scheinbar mit Andrea unterhalten hatte, doch er ignorierte sie oder schien ihre Antwort einfach nicht gehört zu haben. Stattdessen sah er Marlene prüfend an.

„Nein", antwortete Marlene deshalb und wechselte einen verstohlenen Blick mit Sabine, die aussah, als hätte sie in einen sauren Apfel gebissen.

Marlene konnte nicht leugnen, dass der Mann, der nun neben ihr saß, nicht schlecht aussah. Sabine hatte Recht gehabt, er gefiel ihr. Er hatte irgendetwas Geheimnisvolles an sich, fand sie. Trotzdem gab es etwas, das sie störte, ohne, dass sie genau benennen konnte, was es war. Er fixierte sie mit seinen blauen Augen, als würde er versuchen, sie zu hypnotisieren. Zumindest schaffte er es, sie vollkommen nervös zu machen. Die Ungezwungenheit, die sie zuvor mit ihren Freundinnen empfunden hatte, war nun wie weggeblasen. Sie fühlte sich plötzlich wie gehemmt, was ihr bei einem Mann bisher in dieser Art noch nie passiert war. Sie fragte sich, ob das ein gutes oder schlechtes Zeichen war.

Marlene hatte keine Ahnung, über was sie sich mit ihm unterhalten sollte, ohne dumm zu wirken. Er machte so einen vornehmen und gebildeten Eindruck, trotzdem wirkte er auf eine gewisse Weise leger. So wie er seine Krawatte gelockert hatte, seine sportliche, aber sicherlich teure Armbanduhr, das etwas zerzaust wirkende, aber gut geschnittene Haar. So einen Style konnte man sich nur erlauben, wenn man ihn bewusst trug. Alles an ihm schien, als säße es genau da, wo er es haben wollte, auch wenn es wie zufällig platziert wirkte. Plötzlich fand sie all die Dinge, die sie normalerweise in so einer Situation sagen würde, einfallslos oder uninteressant. Hilfesuchend warf sie einen Blick zu ihren Freundinnen, die bereits wieder in ein Gespräch vertieft waren oder zumindest so taten, ohne auf den Fremden an ihrem Tisch zu achten. Sie überließen Marlene sich selbst, hatten sie ausgeschlossen, als wäre sie plötzlich unsichtbar geworden, was sie etwas ärgerte. Na toll, dachte sie. Auf meine Freundinnen kann man sich ja verlassen. Ein bisschen Unterstützung hätten sie ihr schon bieten können.

Marlene hörte Martin nur mit halbem Ohr zu, während er erzählte, dass er heute das erste Mal in dieser Bar war, dass ein Geschäftspartner kurzfristig abgesagt hatte, mit dem er sich hier treffen wollte, und dass ihm die Nähe zum Wasser schon immer gefallen hatte. Während er redete, überlegte sie fieberhaft, wie sie sich in das Gespräch einbringen konnte, doch ihr fiel einfach nichts ein.

Schließlich fragte er Marlene, was sie beruflich mache. Dankbar nicht in die Verlegenheit zu kommen über ihr langweiliges Privatleben sprechen zu müssen, erzählte sie von ihrem Job, obwohl es da auch nicht wirklich viel zu erzählen gab.

„Wow, das ist ja toll, erklärte er trotzdem, mit ehrlicher Begeisterung in der Stimme. „Und du entwirfst die Plakate für all diese Produkte?" Er war, anders als sie befürchtet hatte, sehr interessiert an dem, was sie tat.

„Ja, mehr oder weniger." Sie erzählte ihm von ihrem letzten Projekt und er hörte gebannt zu, ohne sie aus den blauen Augen zu lassen.

„Und was macht eine so hübsche junge Frau sonst so? Ich meine in der Freizeit?"

„Naja…" Marlene überlegte. „Abgesehen von Shoppen, Cocktail trinken und Männer aufreißen?" Als sie seinen irritierten Gesichtsausdruck sah fügte sie lachend hinzu: „Das war ein Scherz!" Na toll! Was hatte sie sich nur dabei gedacht? War sie jemals gut darin gewesen, Scherze zu machen?

Doch er stimmte kurz darauf in ihr Lachen ein. Auch wenn es etwas angespannt klang.

„Du bist hier also öfter anzutreffen?", fragte er dann, nachdem er sich geräuspert hatte.

„Jede Woche", antwortete Marlene, was er mit einem skeptischen Blick zu Sabine und Andrea quittierte.

„Woher kennst du Sabine?", fragte Marlene und tat so, als wüßte sie es nicht bereits. Als das Gespräch auf das Penthouse fiel, lenkte er mit einer raschen Handbewegung ein, dass sich dieses Vorhaben nicht verwirklichen würde. Marlene verspürte kurzes Mitleid für Sabine und sah zu ihr hinüber. Doch diese schien sie komplett vergessen zu haben und plauderte ausgelassen mit Andrea, die immer wieder heimlich auf ihre Armbanduhr sah.

Nachdem Martin noch einen Cocktail für Marlene bestellt hatte, fragte er sie nach ihren Vorlieben beim Essen und sie erfuhr, dass er schon öfter in Japan gewesen war und das Essen dort vorzüglich schmeckte, auch wenn die diesbezüglich herrschenden Klischees etwas anderes sagten. Aber er hatte ganz bestimmt noch keine Katze oder Hund serviert bekommen, sagte er, und sah sie stirnrunzelnd an, als wäre er sich nicht sicher, ob sie diese Frage ernst gemeint hatte oder nicht. „Zumindest nicht, dass es dir bewusst war", konnte Marlene sich nicht verkneifen, darauf zu antworten. Als Martin nicht lachte, tat sie es, denn sein ernster Gesichtsausdruck war einfach zu komisch. Aber vielleicht hatte sie einfach schon zu viel getrunken.

Sie plauderten noch eine Weile über die Reisen, die er unternommen hatte und über die Reisen, die sie gerne unternommen hätte, hätte sie mehr Geld zur Verfügung. Die Zeit verging wie im Flug und plötzlich war sie hungrig.

„Möchtest du woanders hingehen?", fragte er, seinen Mund dicht an ihrem Ohr. „Ich habe ehrlich gesagt heute noch gar nichts gegessen und kenne ein ganz gutes Restaurant hier in der Nähe. Natürlich nur, wenn deine Freundinnen nichts dagegen haben."

Marlene ignorierte die Gänsehaut, die seine plötzliche Nähe bei ihr ausgelöst hatte, und sagte nach einem kurzen Blick in Richtung ihrer Freundinnen, die noch immer in ein intensives Gespräch vertieft zu sein schienen, zu. Das hatten sie nun davon, wenn sie Marlene so im Stich ließen. Vielleicht war sie ja gar nicht an einer Bekanntschaft interessiert, dachte sie trotzig. Vielleicht hatte sie sich heute einfach nur mit ihren besten Freundinnen amüsieren wollen? Aber anscheinend hatte sie da nichts zu entscheiden. Ihre Freundinnen hatten sie einfach aus ihren Gesprächen ausgeschlossen. Was blieb ihr also anderes übrig, als sich einem fremden Mann anzuschließen? Und so schlecht sah er ja auch nicht aus, musste sie wieder einmal zugeben.

„Geh ruhig, wir kommen schon zurecht." Sabine zwinkerte ihr aufmunternd zu, als Marlene Anstalten machte, sich bei ihren Freundinnen zu verabschieden.

„Das sehe ich", murmelte Marlene, doch sie musste dabei grinsen, als sie sah wie Sabine ihr mit beiden Augen zuzwinkerte. Aus irgendeinem Grund konnte diese nicht mit einem Auge zwinkern, was Marlene und Andrea jedes Mal wahnsinnig amüsant fanden.

„Ich werde sowieso nicht mehr allzu lange bleiben", sagte Andrea und gähnte demonstrativ in Sabines Richtung.

„Viel Glück", flüsterte Andrea ihr noch zu, als sie sich bei den beiden Freundinnen mit Küsschen verabschiedete. „Ruf mich morgen an, ich bin gespannt, was du zu erzählen hast." Marlene verdrehte die Augen, konnte aber ein Lächeln nicht unterdrücken. Sie fühlte sich wie ein Schulmädchen, das ihre ersten Erfahrungen mit Jungs machte, um diese anschließend mit ihren Freundinnen in hundert Einzelteile zu zerpflücken.

„Gehen wir", sagte Marlene an Martin gewandt und hoffte, ihre Stimme würde nicht so unsicher klingen, wie sie sich plötzlich wieder fühlte.

9

Minuten später standen sie in der kalten Abendluft. Martin führte sie über die Straße, indem er Marlene sanft am Ellbogen nahm. „Es ist gleich hier um die Ecke", sagte er mit rauer Stimme dicht neben ihrem Ohr, und verstärkte dadurch ihr Frösteln.

„Wohin gehen wir?" Bis jetzt hatte er Marlene nicht verraten, in welches Lokal er sie ausführen würde, und sie war bis jetzt gar nicht auf die Idee gekommen, zu fragen. Sie musste zugeben, dass sie ebenfalls ein bisschen Hunger hatte, obwohl sie Mittags einen Hühnchensalat in der Kantine gegessen und am Nachmittag noch ein Stück Kuchen anlässlich des Geburtstages von Frau Hoffmann, der Sekretärin, verdrückt hatte.

Aber abgesehen davon, dass Marlene abends normalerweise nicht mehr viel aß, fühlte sie sich, als würde sie etwas Unvernünftiges tun. Was hatte sie sich dabei gedacht, fragte sie sich, während sie neben dem großen Mann her ging. Über ihren Köpfen hing noch die Weihnachtsbeleuchtung in Form von riesigen roten Christbaumkugeln, die um die Wette leuchteten, als wäre Weihnachten nicht schon seit zwei Wochen vorüber. Aber niemanden schien es zu stören. Im Gegenteil, es war als wäre der weihnachtliche Glanz in dieser Straße für immer eingefroren worden. Ganz anders, als in Marlenes Wohngegend, wo die ersten traurigen Tannenleichen bereits einen Tag nach Heiligabend an den Hausecken lehnten, weil die Menschen zu faul waren, sie ordnungsgemäß zu den dafür zuständigen Sammelstellen zu bringen.

Immer wieder mussten sie Touristen oder jungen Leuten, die in lachenden Grüppchen, aus oder in Lokale strömten, ausweichen. Als Marlene langsam in ihrem viel zu dünnen Mantel zu frieren begann, blieb Martin vor einem mit Lichterketten geschmückten Lokal stehen. „Ich dachte mir, das würde dir gefallen", sagte er und schaute ihr in die Augen. Verständnislos blickte Marlene auf den Namen des Lokals. *Siam*, las sie stumm. Der Name sagte ihr nichts. Vielleicht war es ein chinesisches Restaurant? Oder Japanisch?

„Ich hoffe, du isst thailändisch", löste Martin das Rätsel, nachdem er sie schmunzelnd beobachtet hatte.

„Ehrlich gesagt, war ich noch nie thailändisch essen. Aber es klingt sehr gut." Marlene hatte das Gefühl, sich dafür schämen zu müssen. Dann fügte sie noch etwas hilflos hinzu: „Ein hübscher Name." Aber das machte die Sache auch nicht besser.

Sie folgte Martin schließlich ins Lokal hinein. Diesmal war es die elegante Einrichtung, die ihr ein unsicheres Gefühl gab. War sie in ihren Skinny Jeans und der buttergelben Bluse überhaupt passend gekleidet? Doch Martin nahm ihr die Unsicherheit gemeinsam mit ihrem Mantel ab und führte sie zu einem Tisch, wo er ihr, ganz der Gentleman, der er war, den Sessel zurecht rückte.

Ganz so unrecht hatte sie mit ihrer Vermutung doch nicht gehabt. Die Speisekarte enthielt viele Gerichte, welche der chinesischen Küche sehr ähnlich waren. Sie entschied sich für eines mit Huhn und Mango während Martin Rindfleisch mit Gemüse nahm. Dazu bestellte er noch eine Flasche Rotwein, die der Kellner kurz darauf brachte und ihn verkosten ließ. Marlene merkte, dass es Martin weder an Geld noch an Manieren fehlte.

Es war ein Restaurant der gehobenen Klasse, was man nicht nur an den gesalzenen Preisen erkennen konnte. Die Inneneinrichtung war sehr geschmackvoll in Rot und dunklem Holz gehalten. Aber nicht billig oder kitschig, wie die meisten Chinarestaurants, die Marlene kannte.

Der Wein war köstlich und Marlene fühlte sich mit jedem Schluck leichter – und freier. Martin war sehr aufmerksam und gab ihr das Gefühl eine ganz besondere Frau zu sein. Immer wieder fragte er sie, ob alles in Ordnung war und wie ihr das Essen schmeckte, ob sie noch Wein haben mochte oder eine Nachspeise. Außerdem gab er ihr den Eindruck, dass alles was sie sagte, sei es noch so belanglos, interessant war. Marlene erzählte ihm sogar ein wenig von ihrer Kindheit, jedoch ohne die traurigen Details, und schaffte es sogar den Mann an ihrer Seite richtig zum Lachen zu bringen. Sie fühlte sich plötzlich viel lebendiger und fragte sich, wie sie nur daran hatte zweifeln können, dass ihr Leben nicht spannend genug war, um es vor einem fremden Mann auszubreiten. Nicht, dass ihr Leben langweilig war, doch erst in Martins Gegenwart und durch seine Reaktion auf ihre Anekdoten wurde ihr manch lustiger Aspekt erst richtig bewusst. Sie wurde immer selbstbewusster und sie lachten beide sehr viel, bis Martin auf seine Armbanduhr blickte.

„Es tut mir leid, aber ich muss morgen früh raus", erklärte er plötzlich ernst und nickte dem Kellner in einiger Entfernung zu. „Ich bring dich natürlich nach Hause. Mein Auto steht nicht weit weg. Ich kann nicht zulassen, eine Dame um diese Uhrzeit alleine nach Hause fahren zu lassen", entschied er und seine Stimme verriet, dass er keine Widerrede duldete. Marlene blieb nichts anderes übrig, als sich geschmeichelt zu fühlen und sagte zu, auch wenn sie diese Art sonst etwas altmodisch gefunden hätte. Sie war es gewohnt stets alleine nach Hause zu fahren. Schließlich war die U-Bahn nur ein paar Häuserblocks von ihrer Haustür entfernt. Und auch hier war die nächste U-Bahn-Station nicht weit entfernt. Doch hier und jetzt passte es so, zumal sie nicht sicher war, ob sie überhaupt noch gerade gehen konnte. Nicht, dass sie so viel getrunken hatte, aber die Menge hatte gereicht, da sie, bis auf einen Cocktail in der Woche, nichts gewohnt war. Genieße es einfach, einmal wie eine feine Dame behandelt zu werden, dachte sie und ließ sich von Martin aus dem Lokal zu seinem Auto führen.

Marlene wusste nicht, was sie erwartet hatte, doch der schwarze BMW beeindruckte selbst sie, die nie Wert auf schicke Autos gelegt hatte. Martin hielt ihr, wie sie nicht anders erwartet hätte, die Autotür auf. Erschöpft und ein bisschen schummrig ließ sie sich in den hellen Ledersitz plumpsen. Martin lächelte sie von der Seite an und startete den Motor. Innerhalb von ein paar Minuten wurde es warm im Auto, während die Lichter der Stadt an ihnen vorbei flitzten, als würde Marlene in ein anderes neueres Leben rasen.

„Und? Besser als in der U-Bahn zu sitzen?", erriet er nach einer Weile ihre Gedanken und lächelte sie kurz an, bevor er seine Aufmerksamkeit wieder auf den Verkehr richtete.

„Hmm." Versonnen hatte sie den Kopf zurück gelehnt und die Augen halb geschlossen.

Als er sich wieder auf die Straße konzentrierte beobachtete sie heimlich das Profil des Mannes, der konzentriert auf die Straße sah und sich geschickt durch den Wiener Nachtverkehr schlängelte. Sie musste zugeben, sie hatte einen guten Fang gemacht, wenn man das so sagen konnte. Auch wenn er ihr erst zu distanziert und einen Tick zu autoritär erschienen war, beim Essen hatte er seine lockere Seite preisgegeben. Verstohlen betrachtete sie seine vollen Lippen und stellte sich vor, wie es sich anfühlen würde, diese zu küssen. Als hätte er ihre Gedanken erraten, drehte er den Kopf in ihre Richtung und zwinkerte ihr keck zu. Sofort spürte sie, wie sie rot wurde, was man im schummrigen Licht des Wageninneren zum Glück nicht sehen konnte.

Nach einer Weile bog Martin mit seinem Wagen in ihre Straße ein. „So, wo darf ich Sie absetzen, junges Fräulein?", mimte er den Chauffeur und sah sie erwartungsvoll an, bevor er wieder nach vorne sah.

„Gleich dort vorn. Das Haus neben der Bäckerei."

„Eine Bäckerei gleich neben der Wohnung, hm? Wirklich sehr praktisch", scherzte er und hielt genau vor ihrer Haustür an.

„Möchtest du noch kurz mit heraufkommen? Auf einen Kaffee?" Die Worte waren aus ihrem Mund heraus gepurzelt, bevor sie es verhindern konnte. Dass sie sich gleich darauf auf die Zunge biss, machte es auch nicht mehr rückgängig. *Verdammter Wein*, dachte sie und wagte es nicht, ihn anzusehen. Was war bloß in sie gefahren? Das war normalerweise überhaupt nicht ihre Art. Sie kannte diesen Mann doch kaum. Was mochte er jetzt von ihr denken? Wenigstens konnte er die Schamesröte auf ihren Wangen nicht sehen. Irgendetwas sagte ihr, dass er nicht der Typ für eine Nacht war.

Sie wartete, doch er sagte kein Wort. Langsam hob sie ihren Blick. Er hatte die Hände, in schwarzen Lederhandschuhen, immer noch auf dem Lenkrad liegen. Schließlich ließ er das Lenkrad los und beugte sich zu ihr. Sie wagte es immer noch nicht, ihm richtig in die Augen zu sehen.

„Es war ein schöner Abend." Er ging nicht auf ihre zuvor gestellte Frage ein, sondern beugte sich stattdessen noch näher zu ihr heran. Erst jetzt hob sie ihren Blick vollständig und sah ihm direkt ins Gesicht, das sich plötzlich ganz dicht vor ihrem befand.

Der Kuss war so schnell vorbei, wie er begonnen hatte, doch sie konnte immer noch das Prickeln auf ihren Lippen spüren, als sie kurz darauf vor ihrer Haustür stand und den Schlüssel aus ihrer Handtasche zog.

„Ich ruf dich an." So abgedroschen dieser Satz auch war, aus seinem Mund klang er wie ein süßes Versprechen. *Ich ruf dich an.*

Als sie im Bett lag, musste sie immer noch an Martins Kuss denken und eine Welle des Glücks durchflutete sie. Sogleich rief sie sich zur Vernunft. Warum sollte er ausgerechnet sie wieder anrufen? Er konnte jede Frau haben. Warum sollte er sich mit einem Mittelmaß zufriedengeben? Sie musste an ihre Mutter denken. „Vergiss niemals: Du bist um nichts besser als ich. Du hast dieselben Gene. Die guten Männer werden nie bei uns bleiben, nur die schlechten. Deshalb pass gut auf und bleibe Männern lieber ganz fern. Sie machen nur Probleme." Wie oft hatte sie diese oder ähnliche Sätze gehört? Jedes Mal, wenn eine Beziehung ihrer Mutter wieder einmal in die Brüche gegangen war, was ziemlich oft vorgekommen war. Wie viele Männer ihrer Mutter hatte Marlene kommen und gehen sehen?

Sei still, brachte sie die Stimme ihrer Mutter zum Schweigen. *Ich bin nicht wie du.*

10

Er hatte sein Versprechen gehalten. Bereits am nächsten Abend läutete das Telefon. Marlene hatte geduscht und war gerade dabei sich ihre Haare mit dem Frottiertuch zu trocknen. Schnell wickelte sie sich das Handtuch wie einen Turban um ihren Kopf und stürzte zum Handy, das auf dem Küchentresen lag und verheißungsvoll vibrierte. Als sie seinen Namen auf dem Display las, zählte sie bis fünf. Erst danach hob sie mit klopfendem Herzen ab.

„Hey!", meldete er sich, noch bevor sie ein Wort gesagt hatte.

„Hallo."

„Ich hoffe, ich störe nicht." Seine Stimme klang ungewohnt unsicher, als wäre er stundenlang vor dem Telefon gesessen, ehe er sich schließlich überwunden hatte, anzurufen. Das passte nicht zu dem Mann, den Marlene gestern Abend kennengelernt hatte.

„Nein, natürlich nicht. Ich freue mich." Sie musste sich zusammenreißen, um nicht zu euphorisch zu klingen.

„Schön." Jetzt klang er erleichtert. „Hast du morgen schon etwas vor? Wenn nicht, dann würde ich dich nämlich gerne auf einen kleinen Ausflug mitnehmen. Ich bin mir sicher, es wird dir gefallen."

„Morgen?" Marlene tat so, als würde sie ihren geistigen Terminkalender durchforsten. In Wahrheit hatte sie für Samstag nichts geplant. Sie hätte es sich wahrscheinlich mit einer DVD und einem Essen vom Italiener vor dem Fernseher gemütlich gemacht, doch das wollte sie ihm auf keinen Fall auf die Nase binden. Man sollte es Männern nicht zu leicht machen, nur so weckte man ihren Jagdinstinkt. Diesen Tipp hatte sie einmal in irgendeinem Frauenmagazin im Wartezimmer ihres Frauenarztes gelesen. Sie wusste nicht, wieso ihr dieser Artikel wieder eingefallen war, aber es klang durchaus plausibel.

Sie zögerte noch einen weiteren Moment ehe sie schließlich antwortete: „Nein."

„Nein, was?", wieder klang er unsicher.

„Nein, morgen habe ich noch nichts vor." Sie lächelte. „Du hast Glück."

Martin atmete hörbar erleichtert aus. Dann sagte er: „Du hast ebenfalls Glück, denn wenn du keine Zeit gehabt hättest, hättest du einen romantischen Ausflug mit mir verpasst."

„Einen romantischen Ausflug? Wohin denn?"

„Das verrate ich natürlich nicht. Es ist eine Überraschung."

„Ich liebe Überraschungen."

„Das ist gut. Dann, bis morgen. Ich hole dich gegen zehn Uhr ab. Gute Nacht."

„Gute Nacht." Marlene legte das Handy aus der verschwitzten Hand. Sie fühlte sich ungewohnt zittrig. Wann hatte sie sich das letzte Mal so auf ein Date gefreut?

Lächelnd ging sie zurück ins Bad, löste das Handtuch von ihrem Kopf und begann ihre Haare trocken zu föhnen. Was hatte dieser Mann nur an sich, dass er sie so aufleben ließ, aber gleichzeitig auch so nervös machte? Heute Nacht würde sie vermutlich vor Aufregung kein Auge zu tun.

Als Marlene am nächsten Morgen erwachte, fühlte sie sich, als hätte sie in der Nacht ein Lastwagen überrollt. Ihr Kopf schmerzte ebenso wie ihr Hals und sie bekam kaum Luft durch die Nase.

Oh nein! Bitte nicht! Lass mich nicht krank sein, flehte sie. Nicht gerade heute.

Vorsichtig richtete sie sich im Bett auf. Sogleich überkam sie ein Schwindelgefühl, sodass sie für ein paar Sekunden die Augen schließen musste, bis es vorüber war. Dann schwang sie langsam ihre Beine aus dem Bett und schlüpfte in ihre Hausschuhe.

Ich brauche nur etwas zu trinken, dann wird das schon, redete sie sich gut zu. Sie musste sich ein paar Mal räuspern, während sie ins Badezimmer schlurfte. Dann sah sie in den Spiegel über dem Waschbecken. Ihr Spiegelbild bestätigte das, was sie befürchtet hatte. Sie sah krank aus. Die Augen waren rot und verquollen, als hätte sie sich letzte Nacht in den Schlaf geweint, obwohl sie entgegen ihrer Befürchtung, relativ schnell eingeschlafen war. Außerdem sahen ihre ansonsten roten Lippen trocken und rissig aus, was wohl daran lag, dass sie während des Schlafens durch den Mund geatmet haben musste. Nach wie vor bekam sie keine Luft durch die Nase. Auf der Suche nach einem Nasenspray durchsuchte sie hektisch den Badezimmerschrank. Nachdem die Hälfte des unordentlich sortierten Medizinschränkchens heraus gepurzelt war und teilweise auf der Ablagefläche neben dem Waschbecken als auch auf dem Fußboden gelandet war, wurde sie endlich fündig. Sie vermied es das Ablaufdatum auf der Verpackung zu kontrollieren, welches mit Sicherheit bereits überschritten war, und gab sich stattdessen je einen Sprühstoß in jedes Nasenloch.

Ohne das Chaos, das sie hinterlassen hatte, wieder aufzuräumen, begab sie sich in die Küche und schaltete die Kaffeemaschine ein. Während diese warm lief, ließ sie sich auf einen Stuhl plumpsen und stützte den immer noch schmerzenden Kopf in ihre Hände.

Martin hatte versprochen sie heute Vormittag abzuholen. Er wollte gestern am Telefon nicht verraten, was er geplant hatte, lediglich, dass es ein Ausflug werden würde. Marlene hatte sich den restlichen Abend über ausgemalt, was er wohl mit ihr vorhatte. Doch sie hatte keine Idee, was es wirklich sein würde. Jetzt musste sie ihn wohl oder übel anrufen und für heute absagen. Sie würde wahrscheinlich nie erfahren, wie der Tag heute verlaufen wäre, hätte sie sich nicht diese blöde Erkältung eingefangen. In ihrem Zustand konnte sie unmöglich aus dem Haus gehen. Sie fühlte sich hundeelend und hatte wahrscheinlich auch Fieber, so heiß, wie ihre Stirn sich anfühlte. Martin würde denken, sie machte einen Rückzieher. Wie so oft in ihrer Vergangenheit, wenn es um Männer ging, dachte sie frustriert. Obwohl sie sich diesmal wirklich vorgenommen hatte, sich zu ändern. Wieder einen Partner in ihr Leben zu lassen und auch zu halten.

Nachdem sie sich einen Kaffee aus dem Vollautomaten heruntergedrückt hatte, griff sie zu ihrem Handy. Während sie seine Nummer heraussuchte, merkte sie, wie sie in ihrem dünnen Nachthemd fröstelte, obwohl sie noch gerade eben geschwitzt hatte.

Es war kurz vor neun Uhr morgens. Martin würde sich gerade fertig machen, denn er hatte versprochen um zehn Uhr bei ihr zu sein. Sie fühlte sich schrecklich, ihn enttäuschen zu müssen. Mit Sicherheit sah er ihre Absage als Zeichen, dass sie kein Interesse an ihm hatte. Obwohl sie sich doch so sehr auf diesen Tag gefreut hatte. Die Sonne schien, der Himmel war tiefblau, alles war perfekt. Bis auf sie. *Verdammt.*

„Na das ist ja eine Begrüßung."

Was? Hatte sie etwa laut gedacht? „Guten Morgen! Tut mir leid." Sie räusperte sich verlegen.

„Alles ok bei dir? Du klingst ja schrecklich."

„Es tut mir so leid. Ich bin krank. Wir müssen unseren Ausflug verschieben", krächzte sie und musste plötzlich aufsteigende Tränen unterdrücken.

Am anderen Ende der Leitung war es still. Marlene hörte nur das gnadenlose Ticken ihrer Küchenuhr.

„Das kommt gar nicht in Frage", sagte er plötzlich in einem Tonfall, der keine Widerrede zuließ.

„Wie bitte?"

„Du bleibst wo du bist und ich komme zu dir. Wir werden nur ein bisschen umdisponieren müssen, aber es wird schon gehen", erklärte er. „Natürlich nur, wenn du nichts dagegen hast?", fügte er nun etwas sanfter hinzu.

„Martin, ich bin krank. Ich kann keinen Ausflug mit dir unternehmen."

„Natürlich nicht. Keine Sorge. Wir bleiben zu Hause. Du ruhst dich aus und überlässt alles Weitere mir. Schließlich brauchst du doch jemanden, der sich um dich kümmert. In dem Zustand kannst du wohl kaum alleine bleiben."

„Ok", flüsterte sie und eine Welle der Erleichterung erfasste sie, wenngleich sie sich etwas überrumpelt fühlte. Wenigstens war er nicht böse oder beleidigt.

„Dann bis gleich." Er legte auf.

Als sie ihr Handy zur Seite legte, merkte sie, dass ihr Nachthemd durchgeschwitzt war. Eben noch hatte sie gefroren, nun war ihr wieder heiß. Vom Kaffee konnte es nicht kommen, den hatte sie noch nicht einmal angerührt. Sie nahm einen Schluck davon und beschloss erst mal eine Dusche zu nehmen. Vielleicht ging es ihr danach ein wenig besser.

Als ihr bewusst wurde, dass Martin sie so wie sie sich jetzt fühlte - verquollen und schwitzend - sah, war sie sich nicht mehr sicher, ob das so eine gute Idee von ihm war. Am liebsten hätte sie wieder zum Handy gegriffen, um ihm zu erklären, dass es besser wäre, sie würden den Ausflug verschieben, wie sie es vorgeschlagen hatte. Doch irgendetwas hielt sie davon ab. War es der Tonfall mit dem er zu ihr gesprochen hatte? Er hatte ziemlich autoritär geklungen, als würde er keine Widerrede akzeptieren.

Sie sah auf die Uhr. Sie hatte nicht mehr viel Zeit, sich von einem kranken Zottelwesen in einen halbwegs ansehnlichen Menschen zu verwandeln. Nicht, dass er es sich womöglich anders überlegte, wenn sie ihm so die Tür aufmachte. Besser, sie machte sich noch ein wenig zurecht bevor er kam, beschloss sie, und ging ins Bad.

Als sie ihm kurz darauf in einer ihrer neueren Trainingshosen und einem frischen Baumwollshirt - von dem sie hoffte, dass es halbwegs passabel, zumindest für ihren Zustand, aussah - die Tür öffnete, traute sie ihren Augen nicht. Martin stand in Jeans und Poloshirt sowie einem riesigen überquellenden Picknickkorb vor ihr. Eine rote karierte Decke hatte er sich um seine rechte Schulter geworfen.

„Ich dachte mir, wir verlegen das Picknick einfach nach drinnen. Wie findest du das?" Er lächelte sie an, wie ein kleiner Junge, der an Muttertag den Frühstückstisch gedeckt hatte.

„Picknick? Das ist toll!" Sie versuchte ihrer Stimme trotz Heiserkeit einen begeisterten Ausdruck zu verleihen, was ihr gänzlich misslang und in einem Hustenanfall endete. Eigentlich hatte sie überhaupt keinen Appetit, aber das konnte sie ihm unmöglich sagen.

„Ich weiß, das ist eine verrückte Idee. Aber was würde ich sonst mit all den Köstlichkeiten machen? Ich habe alles extra für dich besorgt. Lauter Dinge, von denen ich denke, dass sie dir schmecken werden. Das hoffe ich zumindest. Außerdem hast du sicher keine Lust etwas zu kochen und du brauchst doch etwas Anständiges zu Essen, um wieder gesund zu werden."

Marlene war gerührt. Dieser Mann steckte voller Überraschungen. Sie bedankte sich mit einem Lächeln und einem Kuss auf die Wange bei ihm und trat dann beschämt zur Seite um ihn einzulassen.

Martin ging an ihr vorbei und verschwand dann direkt in ihrem Schlafzimmer. Obwohl er ihre Wohnung noch nie von innen gesehen hatte, fand er sich anscheinend auf Anhieb zurecht. Marlene folgte ihm, froh darüber, dass sie das Bett ordentlich aufgeschüttelt und das Zimmer gelüftet hatte.

„Ich dachte mir, du willst sicher nicht auf dem Fußboden picknicken. Ich hoffe, es stört dich nicht, wenn wir dein Bett nehmen?" Er hatte gerade die Picknickdecke über das Doppelbett geworfen und zog es nun umständlich an allen Seiten stramm.

Marlene schüttelte verneinend den Kopf, ohne erst den Versuch zu unternehmen, etwas zu sagen. Sie stand da und beobachtete Martin dabei, wie er in seinem lässigen Poloshirt und der dazu passenden hellen Jeans ihr Bett in ein gemütliches Picknickplätzchen verwandelte. Für die Gläser, die er ebenfalls extra mitgebracht hatte, nahm er Holzbretter, damit diese stabiler standen und nicht so leicht umfallen konnten. Er hatte wirklich an alles gedacht.

Als alles hergerichtet war, trat Martin einen Schritt zurück und betrachtete sein Werk mit gerunzelter Stirn. Erst als er die Zierkissen am Kopfende des Bettes schön drapiert hatte, nickte er zufrieden und nahm Marlenes Hand.

„Komm, du sollst wegen mir nicht so lange stehen müssen. Mach es dir bequem."

Als Marlene auf dem Bett saß, rückte er die Kissen so zurecht, dass sie sich bequem zurücklehnen konnte. Dann nahm er eine weiche Decke und breitete sie über ihre Schultern aus wie ein Cape. Jetzt hatte sie es bequem und warm. Sie betrachtete all die Köstlichkeiten, die vor ihr ausgebreitet lagen. Oliven,

Tomaten, Brötchen mit Lachs, Erdbeeren, Pflaumen im Speckmantel, Wurst und Käse. Er hatte wirklich an alles gedacht. Und noch dazu genau ihren Geschmack getroffen, musste sie zugeben. Nur leider würde sie nicht viel davon hinunter bekommen.

„Du bist wirklich ein Schatz", murmelte sie nachdem er ihr eine grüne Olive mit Mandel in den Mund gesteckt hatte.

„Ich hoffe, es schmeckt dir."

„Und wie", sagte sie, und es war nicht einmal gelogen. „Schade nur, dass wir dieses Picknick nicht wie geplant in freier Natur durchführen können. Aber das hier", sie machte eine ausschweifende Bewegung mit der Hand „ist etwas ganz besonderes. Das macht uns keiner so schnell nach."

Martin stimmte ihr zu und befahl ihr dann liebevoll nicht mehr zu sprechen, nachdem sie wieder einen kleinen Hustenanfall bekommen hatte.

Alles schmeckte sehr köstlich und sie schaffte es sogar, ein paar Häppchen zu sich zu nehmen, obwohl ihr Hals wie verrückt kratzte.

Nach dem Essen räumte Martin alles ab und spülte das benutzte Geschirr in der Spüle, während Marlene im Bett liegen blieb. Danach suchten sie sich gemeinsam einen Film auf DVD aus und sahen bis in den späten Nachmittag fern und plauderten über belanglose Dinge.

Martin war sehr fürsorglich und rücksichtsvoll. Immer wieder fragte er sie, ob sie noch einen Tee oder etwas anderes brauchte. Marlene fühlte sich trotz ihrer Krankheit rundum wohl. Sie hatte noch nie einen so wundervollen Tag mit einem Mann im Bett verbracht. Bis jetzt hatte sie die Erfahrung gemacht, dass Männer das Bett nur für Sex oder Schlafen nutzten. Doch heute hatte sie wirklich romantische Stunden mit einem Mann verbracht - und das ganz ohne eines der beiden Dinge getan zu haben. Sie fühlte sich als Mensch angenommen und geliebt und das rechnete sie Martin hoch an.

Während des dritten Films nickte Marlene immer wieder ein. Es war bereits acht Uhr abends als Martin schließlich aufstand, sie zudeckte und ihr einen Kuss auf die Stirn mit den Worten gab: „Schlaf dich gesund. Ich lasse dich jetzt alleine."

Marlene wollte protestieren, doch sie war zu schwach dafür. Sie hörte nur noch, wie er den Fernseher abdrehte und das Zimmer verließ.

Sie wachte erst wieder auf, als es dunkel war. Benommen sah sie auf den Radiowecker neben dem Bett. Es war bereits neun Uhr früh. Hatte sie wirklich dreizehn Stunden am Stück geschlafen? Sie griff sich an die Stirn. Sie fühlte sich immer noch heiß an, doch der Hals schmerzte nur mehr halb so sehr wie gestern. Doch als sie probehalber etwas sagen wollte, merkte sie, dass sie ihre Stimme nun gänzlich verloren hatte. Außerdem spürte sie einen scharfen Schmerz in ihren Lungen. Sie brauchte dringend einen Arzt.

11

„Du solltest bei mir einziehen, dann kann ich besser für dich sorgen." Martin saß ihr gegenüber am Küchentisch. Er war gekommen, um mit ihr zu frühstücken, bevor er in die Arbeit fuhr. Marlene war die letzten drei Tage kaum aus dem Bett gekommen, seitdem sie Montagmorgen gleich zum Arzt gegangen war. Sie hatte eine leichte Lungenentzündung und hatte Bettruhe verordnet bekommen. Martin war seitdem jeden Tag einmal kurz in der Früh oder spätabends vorbeigekommen, um nach ihr zu sehen und ihr etwas zu Essen zu bringen. Er blieb jedoch selten länger als eine Stunde und auch nie über Nacht. Sie sollte soviel schlafen wie nur möglich, war seine Begründung.

Heute war Donnerstag und sie fühlte sich zum ersten Mal wieder besser. Sie sah Martin erstaunt an, dann musste sie lachen, da sie das, was er eben gesagt hatte, für einen Scherz hielt. Sie kannten sich erst seit ein paar Tagen – sieben, um genau zu sein – und er sprach schon von zusammenziehen!

Er sah sie stirnrunzelnd an. „Denkst du etwa ich meine das nicht ernst?"

„Wir kennen uns doch kaum." Sie bemerkte seinen gekränkten Gesichtsausdruck, den ihre Worte ausgelöst hatten und korrigierte sich sofort: „Ich meine, wir kennen uns doch erst sehr kurz. Meinst du nicht, es ist noch zu früh, davon zu sprechen?"

„Marlene." Er griff über den Tisch und nahm zärtlich ihre Hand. „Ich weiß nicht, wie es dir geht, aber ich habe das Gefühl dich schon ewig zu kennen. Die letzten Tage mit dir waren wunderschön und haben doch deutlich gezeigt, dass wir auch in schlechteren Zeiten gut zusammenpassen. Außerdem sieh mich an, ich werde nicht jünger! Auf was soll ich warten? Ich habe die perfekte Frau gefunden! Und wenn es aus irgendeinem Grund nicht passen sollte, ziehst du eben wieder aus. Was ich natürlich nicht glaube."

Marlene war gerührt, doch ein Gefühl der Unsicherheit machte sich in ihr breit. „So einfach ist das nicht."

„Doch, das ist es. Und ich verspreche dir, ich helfe dir dabei deine Wohnung gewinnbringend zu verkaufen."

„Das meine ich nicht."

Egal, was Martin empfand, sie selbst hatte nicht das Gefühl, als würde sie ihn schon ewig kennen. Im Gegenteil, sie spürte, dass da noch so viel war, das sie noch nicht über ihn wusste. Außerdem, so einen Schritt konnte sie nicht einfach beim Kaffee entscheiden. Sie müsste erst gründlich darüber nachdenken. Und sie brauchte Zeit.

„Gib mir ein bisschen Zeit. Gib *uns* noch ein bisschen Zeit", bat sie ihn deshalb.

„In Ordnung." Er bemühte sich zu lächeln, ehe er fort fuhr: „Aber nicht zu lange."

Es klang beinahe wie eine Drohung.

Eine Woche später war sie gänzlich von der Lungenentzündung genesen. Martin holte sie vor ihrer Haustür ab. Es war das erste Mal seit ihrem Kennenlernen, dass sie sich außerhalb ihrer Wohnung trafen, dementsprechend hatte sie sich zurecht gemacht. Sie musste zugeben, dass sie sich bereits daran gewöhnt hatte, in seiner Gegenwart in Jogginghose herum zu laufen. Fast schämte sie sich jetzt dafür. Trat dieses Phänomen nicht normalerweise erst in längeren Beziehungen auf – dass man sich gehen ließ, wie es so schön hieß? War das ein schlechtes Zeichen, dass sie sich so wohl in seiner Gegenwart fühlte, dass sie es nicht für nötig empfand sich für ihn extra hübsch zu machen? Sie hatte nicht das Gefühl gehabt, sich verstellen zu müssen. Sie fühlte, dass er sie auch mit wirren Haaren und Schlabberlook liebte. Zu ihrer Verteidigung musste sie sagen, dass sie sich einfach zu elend gefühlt hatte, um sich zu schminken oder etwas anderes, weniger bequemes, anzuziehen. Und es war ihr ehrlich gesagt in ihrem Zustand auch ziemlich egal gewesen. Wenn er sie trotzdem noch wollte, umso besser! Doch heute wollte sie sich für sein Verständnis und seine Fürsorge revanchieren, indem sie sich ihm wieder als die Frau präsentierte, die er angesprochen hatte. Ein Blick in den Spiegel sagte ihr, dass sie es richtig gemacht hatte. Das dunkelblaue Kleid saß perfekt, fast ein wenig zu locker, nachdem sie in den letzten Tagen etwas abgenommen hatte. Und ihre Haare trug sie wie an jenem Abend ihres Kennenlernens – hochgesteckt. Er sollte sich wieder an ihrem Anblick erfreuen, sich wieder an die Frau erinnern, die er vor einer Woche ausgewählt hatte.

Erst vor kurzem hatte er mit ihr im Bett gefrühstückt. Ein Termin wurde kurzfristig verschoben und so hatte er etwas mehr Zeit gehabt. Es war anders gewesen, als das Picknick. Ernster, mit einer gewissen Spannung in der Luft.

An jenem Morgen hatte Marlene gespürt, dass sich etwas in ihrer Beziehung gewendet hatte. Das Gefühl, nur eine flüchtige Affäre zu sein, war das erste Mal in den Hintergrund getreten und etwas anderes hatte sich in ihrer Brust breit gemacht. Das Gefühl von Hoffnung. Sie hoffte, dass der Mann an ihrer Seite es ernst mit ihr meinte. Denn anders als bei ihren vorherigen Bekanntschaften war er bei ihr, wenn es ihr schlecht ging. Diesmal fühlte es sich so richtig an, wie nie zuvor. Ihre Ex-Freunde hatten immer nur Interesse an ihrem Körper gehabt oder sie sahen sie als Mutterersatz. Doch Martin war anders. Er war ein erfolgreicher Mann, der weder eine Mutter noch eine Frau suchte, die seine Minderwertigkeitskomplexe durch Sex ausgleichen sollte. Und obwohl er immer noch recht verschlossen war, was seine Vergangenheit anging, fühlte sich Marlene wohl in seiner Gegenwart.

Heute sollte sie das erste Mal Martins Appartement kennen lernen. Er hatte sie zum Abendessen eingeladen und sie freute sich schon wahnsinnig darauf, sein Reich zu sehen. Einen Teil von ihm kennen zu lernen, der ihr bis jetzt verwehrt geblieben war. Es war ein weiterer Puzzleteil, der ihre Beziehung bald vervollständigen würde, fand sie, während sie sich im Badezimmer die Lippen nachzog. Ein Blick auf ihre Armbanduhr sagte ihr, dass sie noch etwa eine halbe Stunde Zeit hatte, bis Martin sie abholte. Davon hatte er sich nicht abbringen lassen.

„Ich bin eine erwachsene Frau", hatte sie es versucht. „Ich finde schon den Weg zu deiner Wohnung."

„Trotzdem. Stell dir vor, es passiert dir etwas auf dem Weg zu mir. Das könnte ich mir niemals verzeihen."

Marlene musste abermals grinsen, als sie sich an seine Worte erinnerte. Es war einfach süß von ihm. Außerdem legten sich solche Nettigkeiten in einer längeren Beziehung, das hatten ihr Andrea und Sabine beide unabhängig voneinander bestätigt, als sie gestern am Telefon mit ihnen gesprochen hatte.

Marlene war angesichts der unerwarteten Einladung ganz aus dem Häuschen gewesen und hatte dringend Rat von ihren beiden besten Freundinnen gebraucht. Was sollte sie anziehen? Sollte sie ihm etwas mitbringen? Wenn ja, was? Blumen waren in diesem Fall sicher nicht angebracht. Schließlich hatte sie sich für eine Flasche guten Rotwein entschieden.

Hoffentlich würde es keinen Fisch geben, überlegte Marlene jetzt, dann wäre Weißwein passender gewesen. Ach, sie sollte sich nicht so den Kopf zerbrechen, beschloss sie und ging ins Schlafzimmer, um sich im Spiegel zu begutachten. Zufrieden, mit dem was sie dort sah, ließ sie sich aufs Bett plumpsen. Sie war nervös, keine Frage.

12

Pünktlich um achtzehn Uhr läutete es an Marlenes Wohnungstür. Sie hatte sich in der Zwischenzeit eine Tasse Tee gemacht, um ihre Nerven zu beruhigen. Irgendwie fühlte sie sich, als wäre das heutige Rendezvous mit Martin ein Wendepunkt in ihrem Leben. Sie sprang von der Couch auf, stellte die leere Tasse im Vorbeigehen in die Spüle und öffnete die Tür. Wie immer spürte sie ein leichtes Ziehen in der Magengegend, als sie Martin gegenüber stand. Sie konnte immer noch nicht glauben, dass dieser Mann ausgerechnet an ihr interessiert war. Seine blauen Augen blickten auf sie herab und erfassten ihren gesamten Körper wie ein Sensor, während sich Grübchen auf seinen Wangen bildeten. Auch wenn sein Blick von Begehren zeugte, fühlte Marlene sich nicht unwohl. In seinen Augen lag noch so viel mehr. Martin war kein Mann, der es mochte, wenn eine Frau sich zu stark schminkte oder zu kurze Röcke trug. Vielleicht hatte er Angst, sie sonst mit anderen Männern teilen zu müssen. Bei ihren vielen Gesprächen hatte er einmal erwähnt, dass er Sabine nicht hatte ernst nehmen können, als sie ihm die Immobilie gezeigt hatte. Und es wunderte ihn nicht, dass in gehobenen Positionen so wenig Frauen anzutreffen waren. Entweder sie wurden nur auf ihr Äußeres reduziert oder sie waren zu wenig selbstbewusst, um sich gegen die Männer zu behaupten. Marlene fand, dass er Recht hatte. Als Frau hatte man es nicht leicht in der Gesellschaft.

Sie stellte sich auf die Zehenspitzen und küsste ihn zur Begrüßung auf den Mund.

„Toll siehst du aus. Wenn ich gewusst hätte, dass du dir extra so viel Mühe gibst, hätte ich in einem guten Restaurant einen Tisch bestellt." Er strich ihr sanft übers Haar.

Kurz überkam Marlene die Angst, er würde seine Meinung ändern und sie doch in ein schickes Lokal ausführen. Sie hatte sich schon so darauf gefreut, endlich sein Reich, wie sie es nannte, kennen zu lernen. Doch die Befürchtung, woanders hinzugehen, zerschlug er mit dem nächsten Satz: „Aber dann wäre es auch schade, um die Mühe, die ich mir gegeben habe. Ich hoffe, du hast genug Hunger? Schließlich habe ich seit Stunden an unserem Abendessen gearbeitet." Er lächelte sie an. „Und außerdem habe ich dich so für mich alleine. Ich teile nämlich nicht gerne." Er zwinkerte ihr verführerisch zu, sodass Marlene rot wurde.

Sie schlüpfte in ihre schwarzen Pumps, zog sich eine dünne Weste über ihr Kleid und trat zu Martin in den Flur hinaus. Er sieht gut aus, hat Geld und kann auch noch kochen, was will eine Frau mehr, dachte sie und musste lächeln. Ihre Aufregung hatte sich mittlerweile gelegt und sie empfand nur mehr Vorfreude auf den heutigen Abend.

Martin wohnte in einem Jahrhundertwendehaus mit kunstvoll verzierter Fassade. Schon die Gegend, in der es sich befand, zeugte von Wohlstand. Es war der neunzehnte Bezirk, einer der teuersten Wiens, am Rande des Kahlenbergs.

Sie fuhren mit dem offensichtlich nachträglich eingebauten Lift in den letzten Stock direkt in sein Appartement. Martin holte einen Schlüsselbund hervor und öffnete die massive Holztür zu seiner Wohnung. Dann ließ er ihr den Vortritt in den kleinen Eingangsbereich.

„Komm herein in mein Reich."

Marlene musste grinsen.

Schon beim Betreten der Wohnung schlug ihr der Duft von geschmortem Fleisch und Gemüse entgegen, lenkte sie aber nur kurz von dem Anblick ab, der sich ihr gerade bot. Zwei geöffnete weiße Flügeltüren gaben den Weg in den riesigen Wohnbereich frei. Ein geschmackvoll eingerichteter Raum in schwarz und weiß gehalten, mit hohen stuckverzierten Decken. Eine Bücherwand trennte optisch den Wohn- vom Essbereich, der eine geräumige Küche mit Küchenblock beherbergte. Während sie Martins Wohnung beinahe ehrfürchtig auf sich wirken ließ, hatte Martin ihr die Strickweste abgenommen und auf einen Bügel im Vorzimmer aufgehängt. Zuvor hatte sie ihm noch die Weinflasche mit der Bemerkung überreicht, dass sie hoffe, dass es keine allzu schlechte Wahl sei. Marlene hatte keine Erfahrung mit Wein, da sie sehr selten welchen trank. Er folgte ihr bis zur Küche und beobachtete mit einem amüsierten Blick, wie sie sich staunend umsah.

„Gefällt es dir?", fragte er nach einer Weile.

„Wow", war das einzige, das sie über die Lippen brachte.

„Darf ich dir inzwischen etwas zu trinken anbieten?"

„Gerne." Unsicher blieb sie neben ihm stehen, während er einen Rotwein nahm, den er bereits zuvor ausgewählt hatte und öffnete.

„Dieser hat bereits die richtige Temperatur. Mach es dir doch inzwischen auf der Couch bequem. Ich richte schon mal das Essen an." Er reichte ihr ein Glas perfekt temperierten Wein. „Ich hoffe, er ist in Ordnung? Er passt zum Essen. Du kannst aber gerne auch etwas anderes zu Trinken haben. Fühl dich ganz wie zu Hause."

„Danke." Sie nahm einen Schluck. „Mhmm." Hoffentlich kostet er meinen Wein nie, dachte sie und sah verschämt zu ihrer Weinflasche, die unschuldig auf dem Küchentresen stand.

„Wir können ihn später gerne testen", hatte er ihren Blick bemerkt und stellte ihn in einen eigenen Weinschrank, wo er die optimale Temperatur erreichen würde.

„Lieber nicht."

„Ach, so schlimm wird er schon nicht sein."

„Mit diesem hier kann er mit Sicherheit nicht mithalten." Sie machte noch einen Schluck. Sie musste aufpassen, dass sie nicht zu viel davon trank.

„Manchmal muss man es einfach ausprobieren. Auch wenn dein Wein wahrscheinlich keine Fünfzig Euro gekostet hat, heißt das noch lange nicht, dass er schlecht ist. Es gibt genug teure Weine, mit denen ich lieber das Klo putzen würde, als sie zu trinken."

Fünfzig Euro? Ehrfürchtig nippte Marlene erneut an ihrem Glas. „Na gut, probieren wir ihn später. Nach dem Essen", gab sie sich geschlagen.

Marlene setzte sich an den Esstisch. Aus dieser Position konnte sie Martin besser in der Küche beobachten. Er hatte sich bereits die Ärmel seines blauen Hemdes hochgekrempelt und begonnen das zuvor aus dem Ofen geholte Fleisch geschickt in dünne Scheiben zu tranchieren. Es sah aus, als hätte er genau den richtigen Garpunkt getroffen. Es war innen noch rosig. Bei dem Anblick lief Marlene das Wasser im Mund zusammen.

„Woher kannst du so gut kochen?"

Er sah kurz zu ihr herüber, ehe er sich wieder konzentriert über sein Werk beugte und antwortete: „Wenn man alleine lebt und niemanden hat, der einen bekocht, muss man sich eben zu helfen wissen."

„Oh. Ich lebe auch alleine, aber kochen kann ich deshalb noch lange nicht", gab Marlene zu. „Aber verhungert bin ich auch noch nicht, wie man sieht."

„Ich kann es dir beibringen, es ist keine Hexerei."

Kurz darauf servierte er das geschmorte Fleisch mit Gemüse und Bratkartoffeln.

Es schmeckte fabelhaft und Marlene nahm sich vor, das Angebot anzunehmen und sich ein paar Tipps geben zu lassen.

Als sie dann abends gemeinsam im Bett lagen, fragte er: „Und was meinst du? Könntest du dir vorstellen hier mit mir zu leben?"

„Deine Wohnung ist sehr schön. Dagegen kommt mir meine eigene wie ein Mauseloch vor."

„Aber?" Erwartungsvoll, sich auf einem Ellenbogen abstützend, sah er sie an.

„Wer sagt, dass jetzt ein *aber* kommt?"

„Das sagt mir mein Gefühl. Aber ich hoffe, ich täusche mich."

„Hm... Na ja. Du hast schon Recht. Ich wollte tatsächlich *aber* sagen", gab sie zu.

Martin stöhnte übertrieben enttäuscht, dann legte er ihr rasch einen Zeigefinger über ihre Lippen, um sie zum Schweigen zu bringen, bevor sie weiterreden konnte. „Sag es bitte nicht, ok? Ich hab es mir anders überlegt und ziehe meine Frage zurück. Stattdessen stelle ich dir eine andere: Möchtest du heute

Nacht bei mir bleiben?" Er zog seinen Finger wieder von ihrer Lippe und es fühlte sich an, als hätte er einen Abdruck darauf hinterlassen.

Sie kuschelte sich enger an Martin und flüsterte: „Sehr gerne."

Am nächsten Morgen revanchierte sie sich für das leckere Abendessen am Vortag, indem sie zum Frühstück Spiegeleier briet und Kaffee kochte, während Martin ein geschäftliches Telefonat führte. Es war nicht schwer sich in seiner Küche zu Recht zu finden. Alles hatte seinen eigenen logischen Platz. Martin war so wie es aussah ein sehr ordnungsliebender und praktischer Mensch.

Sie deckte den Frühstückstisch und er durfte sich ausnahmsweise einmal bedienen lassen. Danach machte sie sich im Bad zurecht und zog in Ermangelung eines frischen Kleidungsstücks das Kleid von gestern Abend wieder an. Martin würde sie ohnehin nach Hause fahren, wo sie sich vor der Arbeit noch einmal umziehen konnte.

Als Martin ihr gerade die Haustür geöffnet hatte und sie einen Fuß auf den Asphalt setzte, fiel Marlene ein, dass sie ihre Weste in seiner Wohnung liegen gelassen hatte. Martin wollte schon loslaufen, doch sie stand bereits wieder mit einem Bein im Lift und streckte ihre Hand nach den Schlüsseln aus. „Ich hole meine Weste eben schnell. Bin gleich wieder da."

Marlene runzelte die Stirn als sie wieder hinauf in den fünften Stock fuhr. Hatte sie sich getäuscht oder hatte Martin plötzlich einen ängstlichen Ausdruck in seinen Augen gehabt? Wollte er nicht, dass sie alleine in seiner Wohnung war? Nein, ihre Sinne mussten sie getäuscht haben, schließlich war sie seit gestern Abend in seiner Wohnung gewesen. Wovor sollte er Angst haben? Würde er ein Geheimnis vor ihr haben, hätte sie es genauso gut entdecken können, als sie bei ihm war. Allerdings hatte er sie die ganze Zeit keine Minute aus den Augen gelassen, wurde ihr mit einem Mal bewusst. Sogar als er telefoniert hatte und sie das Frühstück vorbereitet hatte, hatte er sie immer wieder angesehen. Sie hatte es als Zeichen seiner Zuneigung gedeutet, doch jetzt hatte sie plötzlich ein komisches Gefühl.

Sie schloss die Tür auf, schnappte sich ihre Weste vom Bügel, warf einen kurzen Blick in das nun leere und etwas kühl wirkende Wohnzimmer und schloss die Tür anschließend rasch wieder hinter sich zu. Was hatte sie erwartet? Eine Frau, die seit gestern Abend im Schrank ausgeharrt hatte und nur darauf gewartet hatte, dass Marlene endlich die Wohnung verließ? Marlene musste beinahe lachen, so absurd fand sie den Gedanken.

Der Lift war noch in ihrem Stockwerk. Sie drückte auf den Knopf, um die Tür zu öffnen, stieg ein und drückte anschließend auf E für Erdgeschoss. Nach einer zu kurzen Zeit blieb der Lift allerdings bereits wieder stehen und die Tür öffnete sich geräuschvoll. Das Display zeigte den ersten Stock an.

Vor ihr stand eine alte Dame mit altmodischem Federhut und wollte gerade einsteigen, als sie Marlene entdeckte und innehielt. Mit einem Mal veränderte sich ihr zuvor gleichgültiger Gesichtsausdruck. Ihre wässrigen blauen Augen weiteten sich bei Marlenes Anblick. Sie starrte sie an, als hätte sie ein Gespenst gesehen.

Unsicher wich Marlene einen Schritt zurück, um die alte Dame eintreten zu lassen, doch diese machte keine Anstalten dazu. Erst als die Tür sich wieder zu schließen begann löste sie sich aus ihrer Starre und schob mit einer Geschwindigkeit, die Marlene ihr nicht zugetraut hatte, einen dünnen Fuß in braunen Seidenstrümpfen und braunen Pumps durch den Spalt. Dann trat sie ein, ohne ihren Blick von Marlene zu lösen.

„Guten Tag." Marlene wollte nicht unhöflich sein, auch wenn das Verhalten der alten Frau genau das war, wie sie fand.

„Sie sehen ihr so ähnlich." Es war ein heiseres Flüstern.

„Wem?" Marlene hoffte, der Lift würde schneller fahren. Sie fühlte sich nicht wohl hier eingeschlossen mit einer offensichtlich verwirrten Person.

Doch bevor die alte Frau ihr eine Antwort geben konnte, blieb er zum Glück auch schon wieder stehen und die Tür öffnete sich mit einem Surren. Martin stand direkt davor und blickte die alte Dame zuerst überrascht, dann verärgert an.

Bevor diese ausstieg drehte sie sich noch zu Marlene um und flüsterte: „Passen sie auf sich auf." Dann ging sie langsam mit erhobenem Haupt an Martin vorbei, ohne ihn eines Blickes zu würdigen.

„Sie ist verrückt. Tut mir leid, dass sie dich belästigt hat", sagte Martin wenig später, während er den Wagen geschickt durch den Morgenverkehr lenkte.

Marlene hatte ihm von ihrer seltsamen Begegnung berichtet, allerdings hatte sie ihm nicht erzählt, was diese Frau zu ihr gesagt hatte. Sie wollte Martins Ärger auf diese Person nicht noch mehr schüren. Sie hatte ganz offensichtlich wirres Zeug geredet. Vielleicht fand Marlene es gerade deshalb nicht erwähnenswert, trotzdem beschäftigte dieser Satz sie noch Stunden später.

„In diesem Haus wohnen einige Verrückte. Deshalb hab ich mich auch schon nach anderen Möglichkeiten umgesehen, wie du von deiner Freundin Sabine weißt. Doch es ist nicht so einfach."

„Du bist einfach zu anspruchsvoll", neckte Marlene ihn, um das Thema zu wechseln. Er war plötzlich so ernst geworden, was ihr nicht gefiel. Sie wollte ihn wieder lachen sehen.

„Sonst hätte ich mich wohl kaum für dich entschieden."

„Hast du das?", fragte sie mit einem unschuldigen Blick.

„Na was denkst du denn?" Marlene fragte sich, ob die Empörung in seiner Stimme nur gespielt oder echt war. „Meinst du etwa, ich lade jede beliebige Frau in meine Wohnung ein? Also wirklich!"

Marlene lachte. Bei dem Gedanken, dass sie sein Herz erobert hatte, wurde ihr ganz warm.

Bei ihrer Wohnung angekommen verabschiedeten sie sich mit einer Umarmung. Martin löste sich von ihr und sah sie ernst an: „Der Gedanke, dass du ganz alleine hier wohnst, gefällt mir nicht."

„Keine Sorge, bei mir im Haus wohnen keine Verrückten, so wie bei dir." Ohne eine Antwort abzuwarten, öffnete sie die Beifahrertür, stieg aus dem Auto und warf ihm zum Abschied noch kess eine Kusshand zu, bevor sie ihren Schlüssel aus der Handtasche fischte. Als sie die Tür aufdrückte, um das Stiegenhaus zu betreten, drehte sie sich noch ein letztes Mal um. Sein Wagen stand mit laufendem Motor immer noch neben dem Bordstein, doch sie konnte sein Gesicht nicht erkennen. Trotzdem winkte sie sicherheitshalber noch einmal in seine Richtung. Erst als sie das Wohnhaus betreten hatte und die Tür ins Schloss gefallen war, hörte sie seinen Wagen gedämpft davonbrausen.

13

„Was genau ist das Problem?" Sabine sah sie verständnislos über ihren türkisfarbenen Cocktail hinweg an.

„Ich weiß auch nicht. Ich habe einfach das Gefühl, dass er alles ein wenig überstürzt." Marlene blickte sich in dem vollen Lokal um. Es war mehr los als sonst, was wahrscheinlich daran lag, dass morgen ein Feiertag war. Ansonsten war es hier Donnerstagabend meist überschaubar, doch heute drängten sich hier alle möglichen Leute zwischen Bar und Tischen wie emsige Ameisen. Von Anfang zwanzig bis Ende vierzig war alles vertreten. Zum Glück waren sie so vorausschauend gewesen und hatten ihren Tisch reserviert, was sonst nur vor Weihnachten notwendig war, wenn sich hier kleinere Grüppchen von Geschäftsleuten oder Kanzleien zu einer Art Weihnachtsfeier zusammensetzten.

„Bei so einem Kerl solltest du einfach alle Bedenken über Bord werfen und zuschlagen", riet Sabine und ließ ihren Blick ebenfalls durch die Menge schweifen, bevor er bei einem jungen Mann um die zwanzig hängen blieb, der ganz offensichtlich auf reifere Frauen stand, denn er starrte Sabine hemmungslos an. Marlene wusste, dass er keine Chance bei ihrer Freundin hatte. Auch wenn sie gerne flirtete, sie war eine treue Seele.

Als Sabine ihren Blick wieder von ihm losriss, sagte sie, an Marlene gewandt: „Wer weiß, wann dir wieder so ein Gewinn über den Weg läuft. Und ich muss dir leider auch sagen, dass er Recht hat. Wir werden alle nicht jünger. Und irgendwann stehst du dann alleine da. Alt und einsam." Es klang so düster, dass Sabine grinsen musste, als ihr das bewusst wurde. Doch Marlene war nicht zum Lachen zumute. Sie hatte sich mehr Mitgefühl in Anbetracht ihrer Situation erwartet. Aber vielleicht verlangte sie auch zu viel. Hatte sie wirklich erwartet, dass ihre Freundinnen Mitleid mit ihr hatten, weil sie einen Mann gefunden hatte, der sie so sehr liebte, dass er sie am liebsten vom Fleck weg heiraten wollte? Hatte sie gehofft, sie würden Martin schlecht machen, damit sie ihn dann mit gutem Gewissen in den Wind schießen konnte?

Marlene sah Sabine betrübt an.

„Ich weiß auch nicht, was du hast", begann jetzt auch noch Andrea. „Wenn du noch in diesem Leben eine Familie gründen willst, dann solltest du dich beeilen." Sie sah Marlene an und lenkte sanft ein: „Aber nach einer Woche schon zusammenziehen? Das finde ich auch zu früh".

Na wenigstens eine, die ihrer Meinung war. Dankbar lächelte Marlene ihrer Freundin zu.

„Bist du dir denn sicher? Ich meine, was deine Gefühle zu ihm angehen?" Sabine sah sie erwartungsvoll an.

„Ich mag ihn."

„Du magst ihn?", wiederholte Sabine ihre Worte.

„Ich mag ihn sehr. Aber ich kenne ihn noch viel zu wenig, um sagen zu können, dass ich ihn liebe. Vielleicht bin ich verliebt", überlegte Marlene nach einer Weile. Dann korrigierte sie sich: „Ja, ich bin verliebt, aber ob ich ihn von ganzem Herzen lieben kann ich zu diesem Zeitpunkt noch nicht beantworten."

„Glaubst du, es kommt etwas Besseres nach?" Sabines Stimme klang provozierend.

„Nein, wahrscheinlich hast du ja Recht."

„Es wird sich schon alles irgendwie ergeben", lenkte Andrea ein. „Hauptsache, du bist jetzt wieder gesund. Wir haben dich letzte Woche vermisst." Und damit war das Thema beendet.

„Ich dachte, ihr hattet unseren Cocktailabend ebenfalls abgesagt, weil deine Tochter Scharlach hatte?"

„Ja, schon. Aber ich habe dich trotzdem vermisst. Ich habe sonst niemand mit dem ich reden kann. Nicht über *normale* Dinge. Alle wollen immer nur wissen, wie es Sara geht, was sie gerade macht, ob sie schon durchschläft … Um mich interessiert sich kein Schwein. Außer ihr beide."

„So ist das wahrscheinlich, wenn man Kinder hat", sagte Sabine und blickte frustriert zu dem jungen Mann hinüber, der jetzt mit einem dunkelhaarigen

Mädchen sprach. „Deshalb haben Marco und ich keine. Wir sind beide zu ego-istisch dafür. Aber für uns passt es, so wie es ist."

Marlene stellte sich vor, wie es wäre selbst Kinder zu haben. Wäre sie eine gute Mutter? Oder wäre sie ebenfalls nicht selbstlos genug, um einem Kind die ganze Aufmerksamkeit zu schenken, die es brauchte? Wäre sie wie ihre eigene Mutter? Marlene schüttelte unwillkürlich den Kopf. Nein, momentan konnte und wollte sie sich nicht vorstellen, Kinder zu haben. Und ein Gefühl sagte ihr, dass Martin nicht bereit wäre, sie mit einem anderen Wesen zu teilen. Er war schon etwas beleidigt gewesen, als Marlene ihm heute mitgeteilt hatte, dass sie sich abends mit ihren Freundinnen treffen würde. Die letzten Abende hatte sie immer mit ihm verbracht. Er hatte gefragt, ob sie nicht langsam zu alt waren, um in Bars herum zu hängen wie ... Wie hatte er sie genannt? Frustrierte Haus-frauen oder so ähnlich. Er meinte, sie wären dort Freiwild für andere Männer. Vor allem Sabine fand er ziemlich daneben. Wenn sie seine Frau wäre, hätte er ihr nicht erlaubt, so aufgetakelt auf Männerjagd zu gehen, hatte er behauptet. Dabei war Sabine immer so angezogen. Selbst wenn sie nur zum Milch kaufen losging, hatte sie ihre Haare gestylt, war geschminkt und hatte meist etwas an, dass manche als aufreizend bezeichnen würden. Es war einfach ihre Art, sich zu jeder Tages- und Nachtzeit herauszuputzen. Sie liebte es im Rampenlicht zu stehen. Aber in dieser Hinsicht war Martin halt ein wenig altmodisch, fand Marlene.

Als sie später auf der Toilette war, ertappte sie sich dabei, wie sie sich im Spiegel musterte und versuchte, sich mit den Augen eines Mannes zu sehen. Wirkte sie wie freies Wild? Gab sie Männern das Gefühl, sie wäre leicht zu haben? Eigentlich hatte sie sich nie so gefühlt. Sie hatte sich nie mit der Absicht zurecht gemacht auf Männer anziehend zu wirken, sondern nur, um sich selbst zu gefallen. Außerdem war sie im Vergleich zu Sabine geradezu nonnenhaft gekleidet. Sie zupfte am Ausschnitt ihres Tops herum und ging dann wieder zurück zu ihrem Platz. Als sie an der Bar vorbei kam, hörte sie ein anerkennen-des Pfeifen. Sie warf einen Blick über die Schulter, neugierig, wem dieser Aus-druck an Bewunderung galt. Zwei Männer standen an der Bar und lächelten ihr offensichtlich leicht angetrunken zu. Als sie merkte, dass sie gemeint war, wandte sie sich rasch ab und setzte sich beschämt wieder an ihren Tisch. Insgeheim überlegte sie, ob Martin nicht Recht hatte. Was suchte sie hier? War es nicht vielleicht doch das falsche Ambiente für drei Frauen – alle vergeben, eine mit Kind – um ihre wöchentlichen Neuigkeiten auszutauschen? Sie könnten sich doch ebenso gut in einem Kaffeehaus treffen oder etwa nicht?

„Was ist los?" Andrea sah sie beunruhigt an. „Du wirkst so abwesend? Alles in Ordnung?"

„Ja, ich bin einfach nur müde, das ist alles. Wie spät ist es eigentlich?" Marlene sah auf ihre Armbanduhr. Es war kurz vor zweiundzwanzig Uhr.

„Ich glaube, ich werde auch langsam aufbrechen. Sara ließ mich letzte Nacht kaum ein Auge zu tun. Seit sie krank war, ist sie wieder jede Nacht mindestens zweimal wach und will zu uns ins Bett." Andrea stieß einen Seufzer aus.

„Ach, ihr zwei seid doch wirklich Langweiler!", beschwerte sich Sabine. Marlene und Andrea sahen sich gespielt schuldbewusst an. Doch kurz darauf musste Sabine selbst ein Gähnen unterdrücken.

Eine viertel Stunde später standen alle drei bei der U-Bahn und verabschiedeten sich.

„Halt uns auf dem Laufenden, ja?" Sabine gab Marlene einen Kuss, bevor sie mit Andrea zum einfahrenden Zug lief.

Marlene musste in die andere Richtung. Sie winkte der abfahrenden U-Bahn mit ihren Freundinnen darin nach und wandte sich dann ihrer Seite des Bahnsteigs zu. Plötzlich überkam sie eine Art Melancholie. Sie fühlte sich von Gott und der Welt verlassen und vermisste einen Menschen an ihrer Seite. Doch sie würde in eine leere Wohnung heimkehren, wo niemand auf sie wartete. Kein Mann, kein Baby, keine Menschenseele. *Und irgendwann stehst du dann alleine da. Alt und einsam.* Hatte Sabine Recht? Sollte sie einfach all ihre Bedenken über Bord werfen und Martins Angebot annehmen? Ohne zu überlegen, nahm sie ihr Handy in die Hand und begann zu tippen: *Vermisse dich! Marlene.*

Keine zwei Minuten später piepte es und eine neue Nachricht war auf ihrem Handy eingegangen.

Komm zu mir! Martin.

14

Als sie die sms las, begann ihr Herz vor Freude zu klopfen. Bis dahin war ihr gar nicht so sehr bewusst gewesen, dass sie auf genau diese Antwort gewartet hatte. Ja, sie wollte bei ihm sein! Genauso wenig wie jetzt allein zu sein, hatte sie Lust, den morgigen Tag ohne ihn zu verbringen. Einen Feiertag, wo andere Leute von ihren Familien umgeben waren, einen Ausflug unternahmen oder sonst etwas taten – Hauptsache mit jemandem zusammen. Noch einmal las sie die drei Worte, um sicher zu gehen, dass sie nichts falsch verstanden hatte, nicht etwas in diesen kurzen Satz hineininterpretierte, was nur ihrem Wunschdenken entsprang.

Komm zu mir.

Da war nichts falsch zu interpretieren. Sollte sie wirklich noch zu ihm fahren? War es so leicht, sie für sich zu gewinnen? Sollte sie ihn nicht ein wenig zappeln lassen, um interessant zu bleiben? Andererseits ließ sie ihn nicht schon genügend zappeln? Wenn es um ihn ging, wären sie vielleicht schon verheiratet. Marlene wischte diesen unbehaglichen Gedanken zur Seite.

Also, was sollte sie jetzt tun? Direkt zu ihm fahren? Jetzt sofort? Dann müsste sie die übernächste Station aussteigen und eine andere U-Bahn nehmen. Oder vorher nach Hause fahren und eine Tasche mit Pyjama, Zahnbürste und frischer Kleidung packen? Sie entschied sich für die zweite Möglichkeit und tippte eine weitere sms in ihr Handy. *Ok. Hol nur ein paar Sachen. Bis gleich!*

Er empfing sie mit lediglich einer Boxershorts bekleidet. „Ich freue mich, dass du dich entschieden hast, her zu kommen", sagte er und nahm sie in die Arme.

„Ich mich auch. Ich hatte plötzlich Angst vor meiner leeren Wohnung", murmelte sie in seine nackte Schulter. „Verrückt, oder?" Sie blickte zu ihm auf und lachte in der Erwartung, er würde mit einstimmen, doch er sah sie nur ernst an und nickte.

„Meinst du nicht, dass ich überreagiere?", fragte sie ihn etwas irritiert.

„Eigentlich nicht."

Sie sah ihn verständnislos an.

„Du beginnst bloß langsam zu begreifen, dass es falsch ist, ganz alleine zu leben. Daran ist nichts Schlimmes zu finden."

„Aber du lebst doch auch alleine. Millionen Menschen leben heutzutage alleine. Was ist denn daran bitte falsch?"

„Erstens bin ich ein Mann-"

„Ach so", fiel sie ihm plötzlich etwas ärgerlich ins Wort und löste sich aus seiner Umarmung.

„Und zweitens", fuhr er fort, ihren Einwand ignorierend, „bin ich es nicht freiwillig, so wie du."

„Ich hab es mir doch auch nicht ausgesucht! Es hat sich einfach so ergeben."

Sie legte ihre Handtasche ab und ging an ihm vorbei ins Wohnzimmer. Sie bereute beinahe schon, zu ihm gekommen zu sein.

„Du könntest es jederzeit ändern." Er folgte ihr.

„Wie meinst du das?" Marlene konnte die Antwort bereits erahnen, bevor sie ihre Frage zu Ende gesprochen hatte. Immer wieder dieses Thema. Sie stöhnte innerlich auf.

„Zieh bei mir ein." Jetzt war seine Stimme um einige Nuancen weicher geworden. Er trat dicht an sie heran und sah sie fast flehentlich an. „Ich bin auch nicht gerne allein. Wir würden uns perfekt ergänzen. Außerdem ist hier genug Platz für zwei Menschen." Er machte eine ausschweifende Handbewegung. „Du kannst dich hier ausbreiten, alles neu einrichten, was immer du willst."

Marlene seufzte und ließ sich auf die braune Ledercouch sinken. In letzter Zeit führte beinahe jedes Gespräch am Ende zum selben Thema. Er hatte ja Recht. Und es klang auch sehr verlockend. Allein die Küche war der Traum jeder Frau. Und außerdem war sie ja gerne mit Martin zusammen. Viel lieber als alleine in ihrer Zwei-Zimmer-Wohnung. Es wäre auch viel praktischer nicht aus der Reisetasche zu leben, wenn sie bei ihm übernachten wollte. Sie hatte es einfach satt ständig Kleidung und Kosmetika zu packen, wenn sie mal über Nacht bleiben wollte. Doch sie hatte immer noch Bedenken, ob es nicht zu früh war, ihre eigene Wohnung aufzugeben und komplett zu ihm zu ziehen. Und sie hatte immer noch das Gefühl, dass sie Martin nicht gut genug kannte, was eigentlich lächerlich war, so oft, wie sie in letzter Zeit zusammen waren. Aber vielleicht war sie einfach ängstlicher geworden. Sie wollte nicht wieder ihre Zeit mit einem Menschen vergeuden, der es nicht ernst mit ihr meinte.

Vielleicht sollte sie wirklich das Glück packen und mit beiden Händen festhalten, bevor es sich wieder in Luft auflösen konnte wie eine Seifenblase.

„Ich überleg es mir", sagte sie und meinte es diesmal ernst.

15

Zwei Wochen später stand sie in ihrer Wohnung, die bis auf ein paar braune Umzugskartons leer war. Sie blickte sich in den nunmehr schäbig wirkenden Räumen um. Die Wände kahl und weiß. Nur dort, wo einst Bilder gehangen hatten, konnte man dunkle Ränder ausmachen. Ebenso ließ der Teppichboden im Schlafzimmer, dort wo die Farbe noch etwas kräftiger war, erahnen, wo einst der Kleiderschrank gestanden hatte, der jetzt in Saras Kinderzimmer stand.

Marlene wusste nicht, ob sie traurig oder froh sein sollte, diesen Abschnitt in ihrem Leben hinter sich zu lassen. Mit ihrer ersten eigenen Wohnung ließ sie auch einen Teil ihrer Vergangenheit zurück. Erst hier hatte sie sich richtig von ihrer verstorbenen Mutter und deren Geist, der sie anfangs immer wieder eingeholt hatte, gelöst. In diesen vier Wänden war sie erwachsen geworden, auch wenn sie eigentlich nie richtig Kind gewesen war. Sie war gereift, von einer verängstigten unsicheren Achtzehnjährigen zu einer selbstbewussten jungen Frau. Und nun würde sie den nächsten Schritt tun. Sie würde eine ernsthafte Partnerschaft eingehen mit allem, was dazu gehörte. Dafür war sie bereit, das hier aufzugeben. Endlich hatte sie jemanden gefunden. Jemanden, bei dem sie sich auch einmal fallen lassen konnte, bei dem sie auch manchmal Kind sein durfte. Es konnte nur besser werden.

Sie warf einen letzten Blick in ihre Vergangenheit, ehe sie die Wohnungstür für immer hinter sich schloss. Die letzten Kartons würde Martin heute Abend mit seinem Auto abholen. Und danach würden sie Champagner trinken, hatte er ihr voller Vorfreude versprochen. Sie würden auf ihre gemeinsame Zukunft anstoßen.

Als sie ihm vor zwei Tagen beim Italiener mitgeteilt hatte, dass sie bereit war, bei ihm einzuziehen, konnte er es zuerst gar nicht fassen. Dann hatte er spontan eine Flasche teuren italienischen Wein bestellt und sie hatten zum ersten Mal darauf angestoßen. Trotzdem wollte er noch einmal richtig angemessen mit ihr feiern und dazu gehörte, wie er betonte, eine gute Flasche Champagner. Sie hatte ihm nicht verraten, dass sie noch nie zuvor Champagner getrunken hatte.

Als sie jetzt an der Bäckerei neben ihrem Haus vorbei ging, spürte sie einen Kloß im Hals. Wie oft war sie Sonntagmorgens schnell hier herein gehuscht und hatte sich frische Semmeln oder ein Schokoladencroissants geholt. Meist nur in Jogginghosen und ungeschminkt, um sich anschließend gleich wieder im Bett verkriechen zu können.

Einer Eingebung heraus betrat sie nun den kleinen heimelig eingerichteten Shop. Sofort umhüllte sie der Duft frischen Gebäcks wie eine süße Umarmung. Sie atmete den Geruch bewusst ein, um ihn in ihrem Gehirn für immer als Erinnerung abzuspeichern, dann trat sie an die Theke und bestellte zum letzten Mal bei der netten Verkäuferin deren Namen sie nicht kannte, obwohl sie sich schon oft über dieses und jenes unterhalten hatten, und auch nicht mehr kennen lernen würde. Marlene brachte es nicht übers Herz, ihr zu erzählen, dass dies ihr letzter Besuch sei. Wahrscheinlich wäre Marlene sonst in Tränen ausgebrochen und dann wäre sie sich dumm vorgekommen. So verließ sie mit einem traurigen „Tschüss" den Laden und machte sich mit einer braunen Tüte, in der sich drei Croissants befanden, auf den Weg Richtung U-Bahn-Station.

Andrea wohnte in einer kleinen Siedlung direkt neben einem Friedhof. „Wenigstens haben wir ruhige Nachbarn", witzelte sie immer, wenn man sie auf diesen etwas unheimlichen Ort zu wohnen ansprach. Marlene jedoch konnte sie verstehen. Sie empfand Friedhöfe als ruhige besinnliche Orte in einer Stadt, in der es meist viel zu laut war.

Oft ging sie eine Runde über diesen Friedhof spazieren, bevor sie Andrea besuchte. Doch das letzte Mal lag schon einige Zeit zurück. Andrea hatte stets einen vollen Terminkalender. Angefangen von Kinderarztterminen über Krabbelgruppe bis hin zu Mutter-Kind-Yoga ließ sie nichts aus, um ihrem Kind nur das Beste zu bieten. Marlene bewunderte ihre Energie, die ihre Freundin trotz ihrer schlaflosen Nächte für diese Aktivitäten aufbrachte.

Es war ein warmer Märztag und Marlene beschloss heute wieder einmal einen kurzen Streifzug durch die Reihen gepflegter Grabsteine zu machen. Sie genoss den Duft der feuchten Erde und des bevorstehenden Frühlings, der in der Luft hing wie ein zartes Parfum.

Schließlich verließ sie den Friedhof durch das gegenüberliegende Tor und näherte sich dem sonnengelben Haus.

Schon von Weitem hörte sie das glucksende Lachen von Andreas Tochter, die im Garten schaukelte. Marlene beobachtete einen Augenblick Mutter und Tochter, die in diesem Moment so glücklich aussahen. Das Bild, so idyllisch, wie es nur in einer Werbung für Waschmittel sein konnte und nicht im richtigen Leben. Andrea stand unter dem Kirschbaum und tauchte ihre Tochter immer wieder an. Gleichzeitig brachte sie sie durch lustige Grimassen zum Lachen.

Marlene fühlte sich plötzlich wie ein Eindringling. Sie blieb vor dem Gartenzaun stehen, ohne zu läuten, als wäre sie sich nicht sicher, ob sie hier richtig war. Was war bloß los mit ihr, fragte sie sich im selben Moment. Doch bevor sie sich weitere Gedanken machen konnte, sah Andrea zu ihr herüber und winkte ihr über den Zaun zu.

„Es ist offen!"

Marlene löste sich aus ihrer Starre und betrat das Grundstück.

Als Sara sie ebenfalls erblickte, strahlte sie über das ganze Gesicht und rief: „Matene!" Gleich darauf streckte sie ihre Ärmchen in die Höhe, um von ihrer Mutter aus der Babyschaukel gehoben zu werden. Als Andrea sie in die Wiese gesetzt hatte, blieb sie - plötzlich schüchtern - stehen und hielt sich am Hosenstoff ihrer Mutter fest. Auch wenn sie Marlene gleich erkannt hatte, war es doch schon einige Zeit her, seit sie die Freundin ihrer Mutter das letzte Mal gesehen hatte.

Marlene ging auf die beiden zu und holte dann ein kleines Päckchen aus ihrer Handtasche, dass sie Sara reichte. Sofort griff eine speckige Kleinkinderhand danach.

„Hallo, Süße! Du bist ja schon wieder gewachsen!" Marlene fuhr ihr über den blonden flaumigen Haarschopf.

„Hallo!" Andrea gab Marlene einen Kuss auf die Wange. „Schön, dich zu sehen. Ja, sie wächst viel zu schnell für meinen Geschmack! Obwohl es Tage gibt, da wünschte ich, sie wäre schon erwachsen."

Marlene lachte und reichte ihr dann wehmütig die Papiertüte aus der Bäckerei. „Ich hab eine Kleinigkeit mitgebracht. Die besten Croissants der Stadt."

„Ach, du wirst doch jetzt nicht sentimental? Wie läuft der Umzug? Du siehst erschöpft aus, komm setzen wir uns." Sie hob Sara hoch, die bereits ungeduldig an ihrem Päckchen zerrte, und ging Richtung Terrasse zu einer Reihe bequemer Korbstühle, die in der Sonne auf sie warteten.

Und du siehst so fit aus, dachte Marlene. *Wie machst du das nur? Wenn ich schon seit einem Jahr nicht mehr durchgeschlafen hätte, würde ich wie ein Zombie aussehen.*

„Kann ich Sara kurz bei dir lassen, dann hole ich uns schnell Kaffee? Du willst doch einen, oder?" Andrea setzte ihre Tochter vor Marlene ab, ohne eine Antwort abzuwarten, und eilte ins Haus.

„Na komm." Marlene hob das Kind auf ihren Schoss.

Während Andrea den Kaffee holte, half sie dem Mädchen beim Öffnen des Geschenks. Sie hatte Sara ein kleines Fühl-mal-Buch gekauft, welches sie sogleich mit ihr anschaute. Begeistert betrachtete Sara die großen Bilder und fuhr mit ihren Fingern über die Figuren und Tiere, die einmal weich, rau oder pelzig waren. Dazu las Marlene ihr den kurzen Text unter jedem Bild vor. Kaum waren sie damit durch, forderte Sara sie auf, es noch einmal von vorne anzusehen. Nach dem dritten Mal kam Andrea mit einem Tablett, auf dem zwei Kaffeetassen und Dessertteller standen. Sie hatte außerdem eine große Decke mitgebracht, die sie in die Wiese vor der Terrasse legte. Dann reichte sie Sara ein Schokoladencroissant und setzte sie damit auf die Decke. Das Büchlein legte sie daneben.

„So, jetzt haben wir hoffentlich ein bisschen Ruhe", sagte Andrea mit einem liebevollen Blick auf ihre Tochter, der ihre Worte Lügen strafte. Es schien, als würde sie die körperliche Nähe ihres Kindes bereits jetzt vermissen.

„Sie ist so eine liebe Maus", sagte Marlene.

„Heute ist sie wirklich ausgesprochen friedlich. Aber sie kann auch anders. Manchmal hab ich das Gefühl, ich drehe durch - ehrlich. Aber was soll ich machen, da muss man als Mutter eben durch." Sie zuckte mit den Schultern. „Jetzt aber zu dir. Wie weit bist du mit dem Umzug?"

„Ab heute lebe ich offiziell in einer Lebensgemeinschaft."

„Gratuliere! Aber pass auf, jetzt fängt der Ernst des Lebens erst an", warnte Andrea sie und hob spielerisch einen Zeigefinger.

„Ich fürchte mich schon." Marlene lachte, als würde sie es ironisch meinen, obwohl es der Wahrheit entsprach. Sie hatte noch nie mit einem Mann länger als zwei Monate zusammengelebt. Sie hatte Angst davor, dass auch diesmal etwas schief gehen würde. Dass Martin sie nach einiger Zeit satthaben würde. Oder sie ihn. Vielleicht war auch das der Grund gewesen, dass sie diesen Schritt noch hinauszögern wollte. Sie wollte erst sicher gehen, aber wann war man schon sicher? Wahrscheinlich nie.

Sie sah in das Gesicht ihrer Freundin, die darauf wartete, dass sie weitersprach. Deshalb fuhr sie fort: „Ihr müsst uns unbedingt besuchen kommen. Die Wohnung ist wirklich toll, natürlich nichts gegen dein Haus mit Garten, aber für eine Wohnung ist sie beeindruckend."

„Auf jeden Fall." Andrea nahm einen Schluck Kaffee. „Und verwöhnt er dich nach wie vor noch so?"

„Du meinst, ob er mich immer noch bekocht, überall hin chauffiert und auf Händen trägt? Mir außerdem fünf Mal am Tag sagt, dass er mich liebt und …"

„Ok, ok. Ich bereue meine Frage schon."

„Dann mach ich es kurz: Ja." Marlene lachte und sie fühlte sich plötzlich etwas sicherer, was ihre Entscheidung anging. Bis jetzt war ihr nicht wirklich bewusst gewesen, was er alles für sie tat. Sie musste es anscheinend ausgesprochen hören. Jetzt schämte sie sich ein wenig für ihr zögerliches Verhalten. Was verlangte sie denn noch für Liebesbeweise von Martin?

„Mhmm." Andrea biss ein weiteres Mal von ihrem Croissant ab. „Du hast Recht, das sind wirklich die besten der Stadt." Sie leckte sich genüsslich über die Lippen. „Aber zurück zu deinem Traumprinzen. Abgesehen davon, dass er *der* perfekte *Mann* ist. Bist du mittlerweile der Meinung, dass du ihn gut genug kennst?"

„Er ist immer noch etwas geheimnisvoll, aber das gehört wahrscheinlich zum Gesamtpaket", antwortete Marlene nachdenklich, während ihr Blick auf Sara ruhte, die sich immer noch selbstvergessen mit ihrem neuen Buch beschäftigte und nebenbei ihr Croissant verspeiste. Mittlerweile war die Schokolade nicht nur um den Mund herum verschmiert, sondern zierte auch ihr Oberteil.

„…außerdem, jetzt wo ich bei ihm einziehe, habe ich ja genug Möglichkeit, ihn besser kennen zu lernen."

„Was hast du denn inzwischen über seine Vergangenheit herausgefunden?", fragte Andrea vorsichtig, in dem Bewusstsein, damit einen wunden Punkt bei ihrer Freundin zu erwischen.

„Ehrlich gesagt, nicht viel. Aber ich habe beschlossen, mich damit abzufinden. Die Vergangenheit ist vergangen. Wenn er mit mir darüber reden will, kann er das jeder Zeit tun, aber ich werde ihn nicht drängen. Ich habe das Gefühl, dass da etwas ist, das ihn noch immer belastet." Marlene war selbst überrascht, über diese Erkenntnis, die ihr erst in dem Moment, als sie sie aussprach, gekommen war. Auch wenn sie es noch nie so direkt wahrgenommen hatte, irgendetwas in Martins Vergangenheit hatte er noch nicht losgelassen. Hoffentlich war es keine Frau, dachte sie unwillkürlich.

„Was, wenn er Kinder hat?", unterbrach Andrea ihre Gedanken, welche anscheinend in eine ähnliche Richtung gingen.

„So etwas hätte er mir doch sicher erzählt!" Marlene hatte plötzlich das Gefühl, ihn verteidigen zu müssen.

„Bist du ganz sicher?"

Marlene schwieg. Sie musste zugeben, dass sie ganz und gar nicht sicher war.

„Möchtest du noch Kaffee?", wechselte Andrea das Thema, um die unbehagliche Stille, die auf diese Frage folgte, zu durchbrechen.

„Nein danke." Marlene dachte immer noch über die Möglichkeit nach, dass Martin ihr so eine wichtige Tatsache vorenthalten würde.

„Wie kommst du eigentlich auf die Idee, er hätte Kinder?" Das Thema ließ sie noch nicht los.

Sie selbst wäre nie auf diesen Gedanken gekommen, auch wenn Martin die vierzig schon überschritten hatte und sicherlich vor ihr kein Leben im Zölibat verbracht hatte.

„Ach, keine Ahnung. War einfach ein blöder Gedanke, tut mir leid."

Doch irgendetwas in Andreas Stimme ließ Marlene aufhorchen. Sie sah ihre Freundin an und versuchte aus ihrem unschuldigen Gesichtsausdruck etwas heraus zu lesen.

„Weißt du irgendetwas, das ich nicht weiß?", versuchte sie es diesmal eindringlicher.

„Marlene…" Andrea seufzte, dann fuhr sie fort: „Ich möchte, dass du glücklich bist. Dass du auch endlich den richtigen findest, deshalb lass dich von mir nicht verunsichern. Sabine hat da irgendetwas über ihn gelesen. Irgendein Artikel, keine Ahnung, woher sie den wiederhatte."

Andrea seufzte wieder und Marlene wurde flau im Magen. Sie sah Martin bereits mit einem Kind im Arm vor sich, das nicht von ihr war. Ein kleiner Engel mit großen blauen Augen. Doch dann wurde sie durch ein plötzlich einsetzendes lautes Weinen in die Gegenwart zurückgeholt.

Sara war aufgestanden und gestürzt. Andrea ging zu ihr, doch sie drehte sich noch einmal zu Marlene um, die bereits ganz blass geworden war. „Keine Angst, in diesem Artikel stand nichts von Kindern. Aber es stand etwas von einer Ehefrau darin. Anscheinend ist er jetzt aber geschieden, also kein Grund zur Sorge." Sie zuckte mit den Schultern, als wäre das, was sie eben gesagt hatte, nicht weiter wichtig.

Den restlichen Nachmittag sprachen sie über alles Mögliche, mieden jedoch, nochmal auf den angeblichen Artikel und Martins Vergangenheit zurück
zu kommen. Später konnte Marlene nicht mehr sagen, über was sie gesprochen
hatten. Nichts war in ihrem Gedächtnis haften geblieben, bis auf das, was Sabine angeblich herausgefunden hatte.

16

Die ganze Rückfahrt über grübelte Marlene über diesen einen Satz nach. *Anscheinend ist er jetzt geschieden.* Was bedeutete *anscheinend*? Was, wenn er es nicht war? Vielleicht führte er ein Doppelleben und seine Frau saß mit drei Kindern irgendwo und wartete auf seine Rückkehr? Und auch, wenn Martin wirklich geschieden war, wieso hatte er ihr nichts davon erzählt? Marlene konnte keinen klaren Gedanken fassen. Sie hatte es die ganze Zeit über gespürt. Martin hatte ihr etwas Wesentliches vorenthalten. Wie konnte er ihr das nur antun?

Sie starrte aus dem Fenster ins Nichts, während die U-Bahn von einem Tunnel in den nächsten fuhr. Es fühlte sich an, als wäre sie in Watte gepackt. Sie nahm die Menschen und Dinge um sie herum kaum war, als würde nur allein der Schmerz in ihrer Brust existieren.

Sie würde ihn heute zur Rede stellen, beschloss Marlene. Und sie fürchtete sich bereits jetzt davor.

Plötzlich läutete ihr Handy in ihrer Handtasche. Es war Martin, als hätte er gespürt, dass sie an ihn gedacht hatte.

„Hallo, mein Liebling." Immer, wenn er sie so nannte, fühlte sie eine Welle des Glücks durch ihren Körper strömen. Doch diesmal blieb dieses Gefühl aus. Stattdessen spürte sie einen dumpfen Schmerz in ihrem Magen.

„Hallo." Mehr brachte sie nicht heraus.

„Bist du nicht zu Hause", fragte er irritiert.

„Nein, ich bin gerade auf dem Weg zu dir. Die Kisten sind gepackt. Ich war noch auf einen Sprung bei Andrea und ihrer Tochter."

„Marlene", unterbrach er ihren Redefluss jetzt wieder ganz geschäftlich. „Ich musste nochmal kurz weg, aber wenn du willst können wir uns heute Abend in der Stadt treffen. Ich hab dir etwas zu sagen."

„Hm. Ja, können wir machen." Marlenes Gedanken wirbelten durcheinander. „Was ist denn los?"

„Wir reden beim Essen, ok? Ich muss jetzt weiter machen. Ich bin mitten in einer Besprechung. Treffen wir uns um neunzehn Uhr bei Alessandro in der Spiegelgasse. Also dann…"

„Ok, bis dann."

Er hatte aufgelegt.

Was hatte das wieder zu bedeuten?, fragte sich Marlene und musste daran denken, wie wenig sie eigentlich über den Mann wusste, mit dem sie ab heute zusammen leben würde. Ursprünglich war geplant gewesen, dass sie es sich heute Abend mit einer Flasche Sekt auf dem Sofa bequem machen würden. Erst jetzt merkte sie, wie erschöpft sie von dem Tag war. Zuerst die Kisten packen, dann der Besuch bei Andrea. Sie hatte nicht wirklich Lust auswärts essen zu gehen. Aber nach seinem Anruf war klar, dass sie sich den gemütlichen Abend in ihrem neuen Zuhause abschminken konnte. Wenn sie bei Martin war – sie korrigierte sich - wenn sie zu Hause war, würde sie sich ein heißes Bad einlassen und ein wenig ausspannen, bevor sie wieder in die Stadt fahren musste. Normalerweise holte Martin sie stets ab, doch wahrscheinlich konnte er es diesmal aufgrund des Termins nicht einrichten. Sie würde wohl oder übel ein weiteres Mal mit der U-Bahn fahren müssen und allein der Gedanke daran machte sie noch erschöpfter. Mit Unbehagen stellte sie fest, dass sie, abgesehen davon, dass der Tag schon anstrengend genug gewesen war, in letzter Zeit auch ein wenig bequem geworden war. Da sie nie ein Auto besessen hatte, war sie bisher stets mit öffentlichen Verkehrsmitteln unterwegs gewesen. Das war normalerweise keine große Sache für sie. Doch umso öfter sie die Vorzüge einer bequemen Autofahrt auskosten durfte, desto mehr fielen ihr die Unzulänglichkeiten einer U-Bahn-Fahrt auf.

Als sie etwas später den Wohnungsschlüssel, den Martin ihr gestern feierlich überreicht hatte, ins Schloss steckte und aufsperrte, wurde ihr bewusst, dass sie das erste Mal alleine in diesen Räumen war. Abgesehen von der halben Minute, als sie ihre vergessene Weste geholt hatte. Ihr fiel wieder die alte Frau in Stockwerk eins ein und sie schüttelte traurig den Kopf. Wenn man einmal so alt und verwirrt war, war es gut, wenn man nicht alleine war. Kurz entstand ein Bild in ihrem Kopf, wie sie mit Martin Hand in Hand und weißhaarig in einem Park spazieren gingen, doch sie verscheuchte es gleich wieder. Sei nicht albern, rief sie sich zur Vernunft. Das letzte Mal, als sie solche Zukunftsvisionen gehabt hatte, war die Beziehung eine Woche später in die Brüche gegangen. Und seit heute Nachmittag schien es ganz dem Anschein nach auch wieder vorbei zu sein mit ihrer Glückssträhne, dachte sie missmutig.

Marlene hängte ihren cremefarbenen Blazer in die Diele, schlüpfte aus ihren dazu passenden goldschimmernden Sneakers und ging direkt ins Badezimmer.

Martin hatte eine ganze Auswahl an Dusch- und Badekosmetika für sie besorgt, die jetzt in Reih und Glied, wie in einer Drogerie, auf ihren Einsatz warteten.

Er war so fürsorglich ihr gegenüber. Warum nur hatte er ihr bloß seine Vergangenheit verschwiegen?

Sie entschied sich für ein Entspannungsbad mit Vanille- und Lavendelduft. Martin schien ein Faible für Lavendel zu haben, denn es stand auch ein Diffuser mit diesem Duft auf einem Regal über der Toilette. Der Geruch passte außerdem zu den lavendelfarbenen Handtüchern, die sich noch weicher anfühlten, als sie aussahen. Marlene verbarg ihre Nase in einem davon. Ja, auch das Handtuch duftete dezent nach Lavendel.

Während das Wasser in die geräumige Wanne lief und der verlockende Duft sich in der ganzen Wohnung ausbreitete, legte sich Marlene schon mal ein passendes Outfit für das Abendessen zurecht. Sie hatte nach dem Telefonat mit Martin das Lokal im Internet gegoogelt. Das *Alessandro* war nicht besonders gehoben, aber doch schick genug, dass sie sich für ein blaues Leinenkleid mit weißem Strickjäckchen und dunkelblauen Pumps entschied. Ein Outfit, das weder zu elegant noch zu leger war. Sie wusste, dass Martin viel Wert auf das äußere Erscheinungsbild legte, weshalb sie in den letzten Wochen auch ihren Kleiderschrank, den Martin ihr zur Verfügung gestellt hatte, mit neuen Stücken gefüllt hatte. Ihre alte Kleidung hatte sie, wenn auch etwas wehmütig, zu fünfzig Prozent im Altkleidercontainer entsorgt und gar nicht erst in diese Wohnung mitgebracht. Dafür hatte Martin ihr den ersten großen Einkauf für ihre neue Garderobe spendiert. Er wollte nicht, dass sie weiterhin in Discountläden einkaufen musste. Zuerst hatte sie sich unwohl in den neuen, um einiges teureren Klamotten, gefühlt. Immer hatte sie Angst sich irgendwo einen Fleck zu holen, den sie nicht mehr auswaschen konnte. Doch langsam begann sie sich wie ein Schmetterling zu fühlen, der sich Stück für Stück aus seinem alten Kokon befreite.

Sogar bei der Arbeit war ihr neuer Kleiderstil bereits positiv aufgefallen. Obwohl sie sich in Jeans immer noch wohl fühlte, trug sie diese nun nicht mehr ganz so oft, wie früher und wenn, dann nur mehr Designermodelle. Diese waren dann meist mindestens doppelt so teuer, wie die, die sie bisher getragen hatte. Aber nachdem Martin ihr regelrecht verboten hatte, auf den Preis zu sehen, hatte sie einfach zugeschlagen.

Marlene hätte nicht gedacht, dass man sich in schicken Blusen und Kleidern so wohl fühlen konnte. Wahrscheinlich lag es daran, dass alles, was Martin für sie kaufte, teuer und von bester Qualität war. Auch wenn sie sich zuerst dagegen gewehrt hatte, dass er so viel Geld für sie ausgab, gefiel es ihr mittlerweile neben ihrem gutaussehenden Mann ebenfalls hübsch auszusehen. Dazu kam, dass sie Martin auch schon das eine oder andere Mal zu einem geschäftlichen Empfang begleitet hatte, wo ihre neue Garderobe mehr als angebracht gewesen war.

Marlene drehte den Wasserhahn zu und stieg in die Wanne. Das Wasser war beinahe zu heiß, doch es löste wenigstens ihre Verspannungen, die sie vom Kistenpacken bekommen hatte und zu leichten Kopfschmerzen geführt hatten. Auch wenn sie die Umzugskartons nur gefüllt und zur Seite geschoben hatte, war es doch eine herausfordernde Tätigkeit für sie gewesen. Alleine die an die Hundert Bücher, die sie besaß, von den Regalen zu holen, hatte sie ziemlich ins Schwitzen gebracht. Nicht zu vergessen, das Geschirr, welches sie einzeln in

Zeitungspapier verpackt hatte. Auch wenn Martin mehrmals erwähnt hatte, dass er genug Teller und Tassen für sie beide besaß, hatte sie sich nicht davon abbringen lassen, ihr eigenes Speiseservice mitzunehmen. Wenngleich es wahrscheinlich nie mehr zum Einsatz kommen würde. Aber es gab ihr zumindest ein wenig Sicherheit. Sollte Martin sie eines Tages wieder vor die Tür setzen – sie hätte zwar keine Wohnung mehr, dafür genug Teller, um nicht auf dem Boden essen zu müssen. Sie schüttelte den Kopf über ihre absurden Gedanken.

Wenig später, sie war beinahe im warmen Wasser eingeschlafen, riss sie ein schrilles Klingeln aus ihren Tagträumen. Hastig richtete sie sich auf, sodass Wasser über den Wannenrand schwappte und griff sich den bereit liegenden Bademantel, ehe sie zu ihrem Handy im Schlafzimmer lief.

„Hallo?"

„Ich wollte dir nur Bescheid geben, dass in zehn Minuten das Taxi kommt", erklang Martins gestresste Stimme.

„Welches Taxi?" Marlene hatte keine Ahnung, wovon er sprach.

„Ich hab dir doch gesagt, dass ich dir ein Taxi bestelle, sobald ich weiß, wann ich hier fertig bin."

„Tut mir leid, dass muss ich überhört haben." Marlene konnte sich nicht daran erinnern, dass Martin in ihrem kurzen Telefonat am Nachmittag ein Taxi erwähnt hatte.

„Also mach dich einfach bereit. In zehn Minuten wird es unten auf dich warten. Bis dann." Ohne auf ihren Einwand einzugehen, hatte er aufgelegt.

Marlene sah auf die Uhr. Sie musste doch eingeschlafen sein, denn es war bereits eine Stunde vergangen, seit sie die Wohnung betreten hatte. Zehn Minuten. Wie sollte sie sich so schnell fertig machen? Sie musste sich noch anziehen und schminken, ganz zu schweigen davon, dass ihre Haare noch pitschnass waren.

17

Wie auch immer sie es geschafft hatte, in der kurzen Zeit fertig zu werden, zehn Minuten später saß sie bereits in dem, von Martin bestellten, Taxi auf dem Weg in die Innenstadt, wo sie zusammen mit ihm zu Abend essen würde.

Kurz bevor sie da waren, begann Marlene hektisch in ihrer Handtasche zu kramen. In der ganzen Eile hatte sie ihre Geldbörse nicht eingesteckt.

Der Taxifahrer beobachtete sie durch den Rückspiegel und sagte schließlich: „Ihr Mann hat bereits gezahlt."

„Danke." Erleichtert ließ sie sich in den Sitz sinken. *Mein Mann*, dachte sie und spürte dem Klang des Wortes prüfend nach, als wäre es eine feine Melodie. Sie musste zugeben, es hörte sich fremd an. Doch Freund klang auch nicht besser, fand sie. Zumindest für eine Frau in ihrem Alter. Was war Martin also in Bezug auf sie? Lebensgefährte, hörte sich ein wenig zu ernst für die kurze Zeit an, die sie sich kannten. Geliebter hingegen würde ihre Beziehung als zu oberflächlich bezeichnen, was sie ja nicht war. Wie wäre es mit Partner, überlegte sie und kam schließlich zu dem Schluss, dass das die optimale Bezeichnung für Martin war, auch wenn es auf den ersten Moment vielleicht ein wenig zu kameradschaftlich klang. Aber es war immer noch besser als die anderen Bezeichnungen.

Er saß bereits an einem der hinteren Tische. Als er Marlene bemerkte, winkte er sie heran und stand auf, um ihr einen Kuss auf die Wange zu geben. Dann rückte er ihren Sessel für sie zurecht, damit sie sich setzen konnte.

„Ich hoffe, du musstest nicht lange auf das Taxi warten", begrüßte er sie und setzte sich wieder ihr gegenüber.

„Nein, es wartete bereits auf mich." Marlene saß mit Blick auf die Rückwand des Lokals, die mit einem großen Wandgemälde geschmückt war. Ihr wurde bewusst, dass sie meistens mit dem Rücken zu den anderen Gästen saß, wenn sie mit Martin essen war. Interessant, dachte sie. Aber vielleicht war es einfach nur Zufall.

„Wie bitte?" Sie hatte gar nicht mitbekommen, dass Martin sie etwas gefragt hatte.

„Was siehst du da die ganze Zeit über an?", fragte er jetzt etwas gereizt und drehte sich um, ihrem Blick folgend.

„Ein schlechtes Gemälde", meinte er abfällig, als er es nicht einmal fünf Sekunden lang betrachtet hatte und drehte sich wieder zu Marlene.

„Meinst du?" Marlene fand die in sommerlich warmen Gelb- und Brauntönen gemalte Landschaft der Toskana ganz hübsch. Aber sie verstand natürlich nicht wirklich etwas von Kunst.

„Also, was ich dich eben gefragt habe, möchtest du lieber den Fisch oder das Steak?", überging er ihre Erwiderung.

Marlene hatte ihre Karte noch gar nicht geöffnet, doch da der Kellner bereits vor ihrem Tisch stand, antwortete sie kurzentschlossen: „Den Fisch."

Martin nahm das Steak und bestellte eine Flasche Mineralwasser sowie einen weiteren Rotwein für sich und einen Weißwein für Marlene dazu, ehe sie überhaupt protestieren konnte.

Während sie auf das Essen warteten, bemerkte sie Martins Nervosität. Er rückte unentwegt das Besteck zurecht und nippte dazwischen immer wieder kurz an seinem Wein.

„Also", beschloss Marlene, ihm auf die Sprünge zu helfen, obwohl sie selbst ein mulmiges Gefühl hatte. Doch sie wollte endlich wissen, was los war, auch wenn die Nachricht, die er ihr mitteilen würde, womöglich keine gute war. „Nun sag schon. Was liegt dir denn am Herzen? Du hast gesagt, du hast mir etwas zu sagen."

Er nahm einen weiteren Schluck von seinem Wein, ehe er ohne Umschweife antwortete: „Ich war schon einmal verheiratet."

Marlene schluckte. Auch, wenn Andrea sie heute darauf hingewiesen hatte, hatte sie nicht *damit* gerechnet. Eigentlich hatte sie ihn heute genau deswegen zur Rede stellen wollen, doch er war ihr zuvorgekommen, wie der Zufall es wollte.

Beinahe hätte sie geantwortet: „Ich weiß", aber zum Glück hatte sie sich noch rechtzeitig zurücknehmen können. Stattdessen wiederholte sie wie unter Hypnose: „Du warst schon einmal verheiratet? Wieso hast du es mir nicht gesagt?" Die Frage, die ihr schon den ganzen Tag durch den Kopf gegangen war. „Es tut mir leid. Ich weiß, so etwas erzählt man nicht erst, wenn man bereits zusammenzieht. Beim ersten Date fand ich es zu früh und dann … Keine Ahnung, irgendwie hat es sich nie ergeben."

Es hat sich nie ergeben?

„Hast du Kinder?", rutschte es aus ihrem Mund heraus, ehe sie es verhindern konnte.

„Nein!" Er sah sie beinahe gekränkt an.

Erleichtert stieß sie die Luft aus. Eine Ehe, auch wenn sie vorüber war, zu verheimlichen, war eine Sache, aber Kinder? Es hätte ihr nichts ausgemacht, wenn er Kinder gehabt hätte, aber die Tatsache, dass er so etwas Wesentliches vor ihr verschwiegen hätte, schon. Was wäre er außerdem für ein Vater, würde er seine eigenen Kinder verleugnen? Würde er auch ihre Kinder einmal verleugnen, sollten sie eines Tages welche haben und sich trennen? All diese Gedanken rasten in kurzer Zeit durch ihren Kopf.

Er sah sie jetzt mit seinen blauen Augen intensiv an, als würde er versuchen, in ihr Gehirn zu sehen, um ihre Gedanken zu lesen. Sie wusste, dass er darauf wartete, dass sie etwas sagte, doch ihr fiel nichts ein. Ihr Kopf war plötzlich leer. Nein, nicht ganz.

„Warum?", sprach sie das einzig verbliebene Wort aus.

„Warum ich verheiratet war?"

„Nein", sie stöhnte auf wie unter Schmerzen.

„Warum ich es dir nicht gesagt habe?", begriff er die Frage. Er fuhr sich frustriert durch die dunklen Haare, sodass sie ein wenig zu Berge standen und seinem Aussehen somit ein wenig von der Strenge nahmen. „Ich kann es dir nicht erklären. Vermutlich hatte ich einfach Angst."

Bevor sie fragen konnte, wovor er Angst hatte, fuhr er fort: „Ehrlich gesagt, ich weiß es nicht!" Wieder nahm er einen Schluck Wein, ehe er weitersprach: „Ich hatte einfach Angst, dass du mich ablehnst. Viele Frauen lehnen einen Mann, der bereits verheiratet war, ab. Dieses Risiko wollte ich nicht eingehen, auch wenn ich gewusst habe, dass du es irgendwann erfahren musstest." Demütig sah er sie an. „Du bist mir einfach zu wichtig." Er machte eine Pause. „Ich wollte warten, bis ich sicher sein konnte."

„Sicher?" Sie sah ihn verständnislos an.

„Sicher, dass du es mit mir versuchen möchtest."

„Ich bin noch nicht richtig bei dir eingezogen, ich könnte noch einen Rückzieher machen." Marlene sah ihn herausfordernd an.

„Und? Wirst du es tun?" Martin sah sie jetzt gequält an.

„Nein", flüsterte Marlene. „Aber du musst mir versprechen, dass du ab jetzt ehrlich zu mir bist. Und das bedeutet, dass du mir nichts mehr verheimlichst. Und du musst eines begreifen: *Sicher* kann man sich im Leben über nichts sein. Sicher ist nur der Tod." Der letzte Satz war übertrieben, doch sie hatte ihn sich nicht verkneifen können.

Er schluckte. „Versprochen. Verzeihst du mir?"

Was hätte sie anderes antworten können, außer: „Ja."

Dann hob er sein Glas und grinste sie glücklich an. „Darauf trinken wir."

18

Ein paar Monate später waren sie verheiratet. Auch wenn die Feier in kleinem Rahmen stattgefunden hatte, war sie nicht weniger pompös gewesen. Sie wurde in einem privaten Schlossgarten abgehalten. Lediglich ein Geschäftspartner und Freund sowie ihre beiden besten Freundinnen, Andrea und Sabine, waren dabei gewesen, als sie sich das Ja-Wort gegeben hatten. Da Martin schon seit Jahren aus der Kirche ausgetreten war, war es keine kirchliche Hochzeit gewesen. Trotzdem war alles sehr zeremoniell und festlich abgelaufen. Marlene hatte ein sündhaft teures weißes Kleid angehabt, dass Martin ihr natürlich gezahlt hatte. Die wenigen geladenen Gäste waren schwer begeistert von der Feier gewesen und deren Reden hatten Marlene im Gegenzug dazu zu Tränen gerührt.

Nach der Hochzeit waren sie nach Paris geflogen, allerdings nur für fünf Tage, da Martin gleich darauf unerwartet geschäftlich nach London musste. Er hatte ihr angeboten mit zu kommen, doch sie hatte mit der Begründung abgelehnt, dass sie nach dem Trubel der letzten Wochen gerne zu Hause bleiben würde. Martin hätte soundso keine Zeit für sie in London gehabt. Außerdem konnte sie sich nicht schon wieder Urlaub nehmen, zumindest nicht so kurzfristig. Zu dieser Zeit sprach er das erste Mal davon, dass sie doch einfach ihren Job kündigen sollte. Sie hatten es schließlich nicht nötig, dass beide arbeiten gingen. Er würde genug für sie beide verdienen. Doch sie hatte dies strikt abgelehnt. Sie mochte ihren Job. Zu Hause würde ihr bloß die Decke auf den Kopf fallen, konterte sie und das Thema war für einige Zeit wieder vom Tisch.

Bis auf heute. Sie hatten einen Riesenstreit gehabt, nachdem sie später als sonst von der Arbeit heimgekommen war. Sie war noch mit einer Arbeitskollegin einen Kaffee trinken gegangen, nachdem diese von ihrem Freund verlassen worden war und hatte einfach vergessen Martin Bescheid zu geben. Bis jetzt hatte sie sich immer kurz gemeldet, wenn sie später nach Hause kam, doch diesmal hatte sie es einfach verschwitzt, musste sie beschämt zugeben.

Als sie die Wohnung betrat, wartete Martin bereits mit einem Scotch in der Hand in seinem Ledersessel auf sie. Es dämmerte schon und Marlene hatte ihn im schummrigen Licht des Wohnzimmers erst gar nicht richtig wahrgenommen. Als sie das Zimmer betrat erschrak sie, als er sich plötzlich aus dem Sessel erhob und zu ihr trat. Sein Gesichtsausdruck verriet nichts Gutes. Sie konnte sein Kiefer malen sehen, was er bis jetzt nur getan hatte, wenn ihm etwas in seinem Job gegen den Strich gegangen war, aber noch nie wegen ihr. Sie musste zugeben, dass es ein unangenehmes Gefühl in ihr auslöste, ihn so vor sich zu sehen. Hatte sie sich etwas zu Schulden kommen lassen, fragte sie sich, ohne noch zu ahnen, dass es lediglich die Tatsache war, dass sie später als sonst nach Hause gekommen war. Erst als er sie mit schwerer Zunge fragte, wo sie denn so lange gewesen war, wurde ihr klar, dass dies der Grund für seine schlechte Laune war.

„Ich war mit einer Arbeitskollegin einen Kaffee trinken", antwortete sie und es klang wie eine Rechtfertigung in ihren Ohren.

„Wie kommt es, dass ich davon nichts weiß?" Er hörte sich an, wie ein Lehrer, der seinen Schüler in die Schranken wies.

Wie bitte? Wann hatte er je so mit ihr gesprochen?

„Ich habe nicht angerufen, ich weiß." Sie weigerte sich, sich für etwas zu entschuldigen, was ihrer Meinung nach keiner Entschuldigung wert war.

„Ich sitze hier zu Hause und warte auf dich, während du dich mit jemand anderem amüsierst und du findest es nicht einmal wert, mir Bescheid zu sagen."

Er hat zu viel getrunken, versuchte sie ihn vor sich selbst zu verteidigen, doch es klappte nicht so recht. Im Gegenteil, sie war stinksauer. Um dies vor ihm zu verbergen, wandte sie sich ab und ging in die Küche. Zwei Lunchboxen des Thailänders um die Ecke lagen unberührt neben der Spüle und kurz flammten doch Schuldgefühle in Marlene auf.

„Sieh mich an, wenn ich mit dir spreche!", fuhr er sie lallend an. Er machte einen weiteren Schritt auf sie zu. Instinktiv wich Marlene zurück. Sein Blick war hart, als Martin näherkam.

„Es tut mir leid", sagte sie schnell, um ihn zu beschwichtigen. Dann: „Es kommt nicht wieder vor. Das nächste Mal ruf ich vorher an." Er war nicht er selbst, dachte sie.

„Es gibt kein nächstes Mal."

„Wie bitte?"

„Du hast mich schon verstanden. Ich will, dass du nach der Arbeit sofort nach Hause kommst und dich nicht herum treibst." Er schwankte und mit ihm der Scotch in seinem Glas. Mit einem großen Schluck leerte er es und knallte es auf die Theke der angrenzenden Bar. Dann verließ Martin den Raum und ließ Marlene zitternd zurück.

Was war bloß in ihn gefahren, dachte sie. *Ist das der Mann, den ich geheiratet habe?*

19

Es war bereits weit über Mitternacht und Martins rhythmische Atemzüge waren das einzige Geräusch, das Marlene hörte. Sie lag auf dem Rücken in dem großen Bett und starrte in die Dunkelheit. Vergeblich versuchte sie irgendetwas in dem Raum zu erkennen. Etwas beunruhigte sie, das spürte sie ganz deutlich. Doch was war es? War es das, was Martin heute zu ihr gesagt hatte? Wieso hatte ihn ihr kleiner Abstecher nach der Arbeit so in Rage versetzt? Immer wieder redete sie sich zu, dass es nur am Alkohol gelegen hatte. Marlene musste mehrmals den Gedanken an ihre Mutter verdrängen. Martin war nicht er selbst gewesen. Vielleicht hatte er Probleme in der Arbeit gehabt, deshalb getrunken und hatte dann alles an ihr ausgelassen? Er war *nicht* wie ihre Mutter.

Erst letzten Samstag hatten sie den ganzen Tag miteinander verbracht. Gleich in der Früh hatte Martin sie abgeholt und war mit ihr nach Schönbrunn gefahren. Obwohl sie Wienerin war, hatte sie noch nie das Schloss besucht. Als Martin das gehört hatte, war er schnurstracks zur Kassa gegangen und hatte zwei Tickets für sie beide gekauft. „Wie kann man in Wien leben und noch nie das Schloss, indem Kaiserin Sissy gelebt hat, gesehen haben? Das müssen wir sofort ändern, meine Liebe." Marlene wusste, dass er Recht hatte. Es war eine Schande.

Lachend war sie ihm gefolgt und hatte sich dabei beschwingt wie ein junges Mädchen gefühlt. Sie waren von Raum zu Raum geschlendert und hatten die kunstvollen Möbel und Gemälde aus einer anderen Zeit bestaunt.

Das Schloss hatte ihr wahnsinnig gut gefallen. Sie hatte an Sabine denken müssen und hatte sich gefragt, ob sie schon einmal in diesen himmlischen Räumlichkeiten gewesen war. Bestimmt, so etwas ließ sie sich normaler weise nicht entgehen.

Jetzt spürte sie, wie eine Gänsehaut unvermittelt ihren Körper hoch kroch, wie eine ganze Ameisenkolonie. Sie wusste nicht, wie sie auf diesen Gedanken kam, doch sie hatte plötzlich das Gefühl eingesperrt zu sein. Ihr Verstand sagte ihr, dass es nur daran liegen konnte, wie Martin sich ihr gegenüber verhalten hatte. Doch das Gefühl war so real, als wäre sie *wirklich* eingesperrt. Es schien als würden die Wände dieser Wohnung sie gefangen halten, was völlig absurd war. Hatte Martin vielleicht die Haustür von innen versperrt? Dieser Gedanke war plötzlich so präsent und ließ ihr keine Ruhe mehr, obwohl er lächerlich war. Wie kam sie nur auf diese Idee? Hatte sie vielleicht im Schlaf etwas gehört, dass wie ein Schlüssel geklungen hatte? Martin war heute erst nach ihr ins Bett gegangen, was sonst so gut wie nie vorkam. Normalerweise gingen sie immer zur selben Zeit zu Bett. Andererseits sperrte er vielleicht nachts immer die Tür von innen zu, hatte sie das in ihrer alten Wohnung nicht auch gemacht? Aus Schutz vor Einbrechern? Vielleicht tat Martin das gleiche? *Also entspann dich einfach und schlaf weiter*, versuchte sie sich gut zuzureden. Warum musste sie immer so misstrauisch sein und an allem und jedem etwas Schlechtes finden, fragte sie sich, wütend auf sich selbst. Doch sie konnte kein Auge zumachen. Immer wieder wanderten ihre Gedanken zu der Tür. Wenn sie es nicht überprüfte, würde sie heute kein Auge mehr zu bekommen, das wusste sie.

Langsam schlug Marlene die Decke zurück, darauf bedacht Martin nicht zu wecken, und schlich sich leise aus dem Schlafzimmer.

Was mache ich bloß?

Sie ging durchs Wohnzimmer bis sie in den Vorraum gelangte. Der Schlüssel steckte nicht im Schloss, stellte sie fest, unsicher, ob sie deswegen beruhigt oder alarmiert sein sollte. Sie selbst hatte den Schlüssel immer innen stecken gelassen, wenn sie die Haustür nachts von innen verschlossen hatte. Das musste bedeuten, dass die Tür nicht versperrt war. Sie sah zum Bord an der Wand, auf dem tagsüber der Schlüssel lag. Es war bis auf den Autoschlüssel leer. Ein mulmiges Gefühl beschlich sie. Wenn der Schlüssel nicht in der Tür steckte und nicht auf dem Bord lag, wo war er dann?

Ihre Hand wanderte zur Türklinke. Leise drückte sie diese bis zum Anschlag hinunter, wollte die Tür nach innen aufziehen... Sie bewegte sich keinen Millimeter. Sie war verschlossen. Panik breitete sich in Marlenes Körper aus und drohte sie von innen zu ersticken. Fieberhaft suchte sie nach dem Schlüssel, er musste doch hier irgendwo im Vorzimmer sein. Vielleicht war er einfach herunter gefallen? Sie bückte sich, um unter den Schrank zu schauen.

Plötzlich hörte sie ein Geräusch hinter sich und fuhr herum.

„Willst du mich schon wieder verlassen?" Martin stand in seinen Boxershorts groß und mächtig vor ihr. „Was machst du denn hier draußen?", fragte er weiter und legte lachend einen muskulösen Arm um ihre Schultern. Doch in Marlenes Ohren klang dieses Lachen nicht fröhlich, sondern boshaft. Dann dirigierte er sie wieder in Richtung Schlafzimmer, als wäre sie ein kleines Kind, das nicht in seinem Zimmer bleiben mochte.

Marlene hatte bis jetzt nichts gesagt, doch als sie wieder im Bett lagen, fragte sie betont nebensächlich in die Dunkelheit hinein: „Wo hast du denn den Haustürschlüssel hingetan?"

„Also hatte ich doch Recht? Wolltest du tatsächlich fort?" Sie spürte, wie er sich in ihre Richtung drehte und roch die Reste des Alkohols in seinem Atem. „Im Nachthemd? Das hätte wirklich keinen guten Eindruck gemacht, findest du nicht auch? Was sollen bloß die Nachbarn denken?" Er machte ein mißbilligendes Geräusch mit der Zunge. Dann fuhr er mit seiner Hand unter seinen Kopfpolster. Sie konnte das Knistern der frischen Bettwäsche hören. Und dann hörte sie ein anderes Geräusch.

„Eine alte Gewohnheit." Er klimperte mit dem Schlüsselbund über ihrem Kopf. „Aus irgendeinem Grund laufen mir ständig die Frauen davon. Vielleicht liegt es an meinem Schnarchen? Was meinst du? Schnarche ich zu laut?" Es sollte ein Scherz sein, doch Marlene hatte das eigenartige Gefühl, dass etwas Wahres dran war. Nicht, was das Schnarchen betraf, sondern, dass ihm die Frauen davonliefen. Und der Grund wurde ihr langsam klar. Sie versuchte im Dunkeln vergeblich seinen Gesichtsausdruck zu erkennen, doch sie sah nur Umrisse. Trotzdem spürte sie, dass er auf eine Antwort wartete.

„Du schnarchst doch gar nicht", flüsterte sie.

„Da hab ich aber noch mal Glück gehabt."

Am klirrenden Geräusch erkannte sie, dass er die Schlüssel noch immer in der Hand baumeln ließ, ehe er sie wieder unter dem Polster vergrub.

„Schlaf gut, mein Vögelchen."

Warum, fragte sie sich stumm, *hat er Angst, dass ich mitten in der Nacht verschwinde?* Doch in dieser Nacht bekam sie keine Antwort mehr auf diese Frage.

20

Sie hatte das Bild von Martins Mutter – zumindest dachte sie, dass sie es war – in der Hand und betrachtete es zum gefühlt fünfzigsten Mal. Da sie nie ein Foto von seinen Eltern gesehen hatte, konnte sie natürlich nicht sicher sein, dass es wirklich seine Mutter war, doch etwas sagte ihr, dass das die einzige Erinnerung von der Frau, die ihn geboren hatte, war, die er besaß.

Sie hatte das Polaroid beim Aufräumen entdeckt, als sie gerade einen geeigneten Platz für ihre Pullis gesucht hatte – der Kleiderschrank im Schlafzimmer bot zwar genügend Platz, doch sie wollte das lästige Wintergewand im Frühling aus ihrem Blickfeld schaffen und nicht jedes Mal zu Gesicht bekommen wenn sie den Schrank öffnete. Martin war gerade in der Arbeit gewesen, deshalb hatte sie ihn nicht um Rat fragen können. So hatte sie in eigener Regie beschlossen, sämtliche Kästen im Schlaf- als auch Vorraum zu durchstöbern. Wenn sie gewusst hätte, welche Folgen das nach sich ziehen würde, hätte sie nie die Schiebetür des Schrankes im Vorraum geöffnet. Nie hätte sie sich die Trittleiter geholt, um die Kartons auf dem obersten Regelboden zu überprüfen, ob dessen Inhalt auch woanders Platz finden würde.

Was sie gesehen hatte, nachdem sie den Karton auf Zehenspitzen heruntergehoben hatte, darauf bedacht nicht den Staub einzuatmen, der als dünne Schicht darauf ruhte und nun aufgewirbelt wurde, hatte sie für einen Moment stutzig werden lassen.

Im Karton befanden sich alte, teils vergilbte Teddybären und andere Kuscheltiere. Sie hatte ein Tier nach dem anderen herausgehoben, sie der Reihe nach stirnrunzelnd betrachtet und anschließend zur Seite gelegt.

Wenn sie nicht alles täuschte, mussten diese Stofftiere einmal Martin gehört haben, als er noch ein kleines Kind gewesen war. Die andere Möglichkeit wollte sie einfach nicht in Betracht ziehen. Nämlich, dass es doch Kinder in seinem Leben gab und er sie somit schon wieder belogen hatte.

Man sah den Kuscheltieren an, dass sie schon vor etlichen Jahren produziert worden waren, außerdem schienen sie stark in Mitleidenschaft gezogen. Anscheinend wurden sie einmal sehr geliebt. Marlene hatte sich Martin als kleinen Jungen vorgestellt - einen Teddy im Arm - und musste lächeln, während sie das letzte Tier – einen alten Stoffhasen mit nur einem Auge – vorsichtig aus dem Karton gezogen hatte. Sie hatte ihn kurz betrachtet und wollte schon wieder alles einräumen, da es Martin sicherlich peinlich war, wenn er wüsste, dass sie auf seine alten Kuscheltiere gestoßen war. Vielleicht wusste er gar nicht mehr, dass sie noch existierten. Welcher erwachsene Mann hob seine alten Kuscheltiere auf? Doch da hatte sie ganz unten im leeren Karton einen vergilbten Umschlag entdeckt, den sie beinahe übersehen hatte.

Er war so dünn, dass sie im ersten Moment geglaubt hatte, er wäre ohne Inhalt. Neugierig hatte sie den Umschlag herausgenommen. Er war weder zugeklebt noch beschriftet gewesen, weshalb sie beschlossen hatten einen Blick hinein zu wagen, schließlich war Martin ihr Ehemann und kein Fremder. Es war doch nicht verboten in ein nicht verschlossenes Kuvert zu sehen? Noch dazu wo die Wahrscheinlichkeit, dass dieses leer war, sehr groß war.

Sie hatte sich geirrt.

Trotz schlechten Gewissens hatte sie das Foto aus dem Umschlag gezogen. Es war offensichtlich eine alte Fotografie. Das Foto war zum Teil verblasst und die Farben nicht besonders kräftig, trotzdem konnte man die Ähnlichkeit nicht verleugnen.

Nun, eine Stunde später, starrte Marlene immer noch das Bild an. Die Frau, die darauf zu sehen war, war kaum älter als sie selbst. Und nicht nur das, sie war Marlene wie aus dem Gesicht geschnitten.

Sie nahm das Foto mit ihrem Ebenbild und ging damit zum Fenster, wo sie besseres Licht hatte, um es genauer zu betrachten. Diese Frau konnte ohne Frage sie selbst sein, würde nicht die Frisur und die Tapete im Hintergrund verraten, dass das Bild in einer anderen Zeit aufgenommen worden war. Höchstwahrscheinlich aus der Zeit, aus der auch die ganzen Stofftiere stammten. Sie runzelte die Stirn. Es konnte sich nur um seine Mutter handeln, spekulierte sie aufs Neue.

Da Martin nie mit ihr über seine Eltern gesprochen hatte, nahm sie sich vor, ihn diesen Abend auf das Foto anzusprechen. Auch wenn sie dabei zugeben musste, in seinen alten Kisten gekramt zu haben. Doch was war schon dabei, fragte sie sich, ohne zu ahnen, was sie damit anrichten würde.

Plötzlich hörte sie, wie sich der Schlüssel im Schloss drehte, was Martins verfrühtes Heimkommen signalisierte.

Schnell legte Marlene das Foto in die oberste Küchenschublade, wo sie das Besteck aufbewahrten. Sie wollte den passenden Zeitpunkt abwarten, schließlich war das Thema Familie für ihn stets ein heikles Thema, über das er nicht gerne sprach. Über das er genau genommen noch nie mit ihr gesprochen hatte.

„Hallo, Schatz." Sie ging ihm entgegen, um sich einen Kuss abzuholen, wie sie es jeden Abend tat, wenn er nach ihr nach Hause kam - was seit dem Tag, an dem sie mit ihrer Arbeitskollegin etwas trinken gewesen war, immer der Fall war. Sie hatte es vermieden, nach der Arbeit noch irgendwo hinzugehen, außer zum Supermarkt an der Ecke. Marlene redete sich selbst ein, dass sie einfach zu müde war für irgendwelche Treffen oder Aktivitäten. Und da Andrea und Sabine gerade zeitgleich auf Urlaub waren, fielen die beiden ebenfalls aus.

„Wie war es auf der Arbeit?", fragte sie ihren Mann jetzt.

„Okay und bei dir?", grunzte er, ohne sie anzusehen. Sein Kiefer wirkte verkrampft, als würde er die Zähne fest aufeinander pressen. Sein Blick ging ins Leere, als wäre sie gar nicht da.

Plötzlich fragte sich Marlene, ob er sich je wirklich für ihren Arbeitstag interessiert hatte. Bis auf den Abend, als sie sich kennen gelernt hatten, hatte er nie gefragt, was sie gerade für ein Projekt laufen hatte oder, ob sie gerade viel oder wenig Aufträge hatten. Doch sie verwarf diese negativen Gedanken gleich wieder und rügte sich selbst, sich darüber Gedanken zu machen. Ob er sich für ihre Arbeit interessierte oder nicht, war doch nicht wichtig. Wichtig war, dass er sich für sie als Person interessierte.

Sie nahm Martin die Krawatte aus der Hand, die er sich beinahe brutal vom Hals gerissen hatte, als wäre sie eine gefährliche Schlange, die ihn zu erwürgen drohte. Anscheinend war ihm irgendetwas oder jemand über die Leber gelaufen, denn er schmiss gleich darauf sein Jackett - was überhaupt nicht zu seiner peniblen Art passte - beim Vorübergehen über die Sessellehne.

Marlenes Blick folgte ihm bis zur kleinen Diele, die das Wohn- mit dem Schlafzimmer trennte. Sie wollte etwas zu ihm sagen, fühlte sich aber durch seine veränderte Art gehemmt, sodass sie kein Wort herausbekam. Stattdessen verfolgte sie ihn mit ihrem Blick, unsicher, ob sie ihm folgen oder ihn lieber in Ruhe lassen sollte. Ein Gefühl, dass sie in letzter Zeit immer öfter hatte.

Als er abrupt vor der Schlafzimmertür stehen blieb und einen Blick zum Schrank warf, der sich links daneben befand, musste sie schlucken. Verstohlen blickte sie zu dem Möbelstück, um sicher zu gehen, dass sie nicht vergessen hatte die Schiebetür ganz zu zuziehen.

Erleichtert atmete sie aus. Es sah alles aus wie immer. Was auch immer er gesehen haben mochte, es hatte nichts mit ihr zu tun gehabt.

Als Martin das Schlafzimmer betrat und die Tür hinter sich zuknallte, lief Marlene schnell zur Bestecklade und zog das Kuvert mit dem Foto heraus. Heute war nicht der passende Zeitpunkt, um ihn darauf anzusprechen, beschloss sie, und steckte es in ihre Handtasche, die wie immer auf der Kommode beim Eingang stand. Nicht, dass er das Foto seiner Mutter rein zufällig in der Lade fand. Nicht in seiner jetzigen Verfassung.

Nachdem das erledigt war, stand sie, unschlüssig, was sie jetzt tun sollte, im Wohnzimmer und begann mit einem Staubtuch, die offenen Flächen zu wischen. Sie wusste, er hatte es gerne sauber und sie hatte den Haushalt, wie sie selbst zugeben musste, in letzter Zeit ziemlich vernachlässigt. Sie nahm sich vor, das Wohnzimmer ein bisschen aufzuräumen, danach ruhige Entspannungs-musik aufzulegen und für Martin und sich selbst ein Glas Wein zur Beruhigung einzuschenken.

Als sie den gesamten Wohnzimmerbereich gewischt und Wein in zwei Gläser eingeschenkt hatte, war von ihrem Mann immer noch nichts zu hören oder zu sehen. Einer Eingebung zufolge ging sie zum Kühlschrank. Seine Größe täuschte darüber hinweg, dass sich nicht viel Essbares darin befand. Marlene ärgerte sich über sich selbst. Martin hatte mit seinen Andeutungen Recht. Was war sie doch für eine lausige Hausfrau. Außer einer vergammelten Zitrone, drei Eiern und einem halben Liter Milch war darin nur gähnende Leere vorzufinden.

Eine Eierspeise mit drei Eiern, jedoch ohne Wurst, Käse oder irgendeiner Art von Gemüse, war auch nicht gerade das, was sich ein Ehemann wünschte, wenn er abends müde und hungrig von der Arbeit kam. Damit würde sie seine Laune mit Sicherheit nicht verbessern können. Sie sah auf ihre Armbanduhr. Es war fast neunzehn Uhr - kurz vor Ladenschluss. Entweder sie lief jetzt auf der Stelle zum nächsten Supermarkt, kaufte frische Lebensmittel und kochte anschließend etwas Leckeres oder sie ging zum Telefon und wählte die Nummer auf einem der Flyer die neben dem Kühlschrank hingen, zückte nach einer halben Stunde Wartezeit ein paar Scheine und sparte dafür ihre Nerven.

Denn Kochen war immer noch nicht ihre Stärke. Außerdem hielt sie noch ein anderer Grund davon ab, das Abendessen selbst zuzubereiten: Sie wollte nicht einfach die Wohnung für den dafür nötigen Einkauf verlassen ohne vorher Bescheid gegeben zu haben. Und das stellte sich momentan als Problem dar. Sie musste zugeben, sie hatte Angst zu Martin ins Schlafzimmer zu gehen; was eigentlich lächerlich war. Denn er hatte Marlene seit dem Vorfall vor ein paar Wochen, nicht wieder so herablassend behandelt. Ganz im Gegenteil, er hatte sich am nächsten Tag für sein Verhalten entschuldigt und ihr abends sogar einen Strauß rote Rosen und ein goldenes Kettchen mit einem Herz als Wiedergutmachung geschenkt.

Nach einigem Hin und Her, beschloss Marlene, die zweite Variante zu wählen, auch wenn sie wusste, dass Martin selbstgekochtes Essen bevorzugte und nicht ständig den Lieferservice in Anspruch nehmen wollte. Schließlich aß er während seiner dienstlichen Termine mit Klienten oft genug in Restaurants oder musste sich in hektischen Zeiten von seiner Sekretärin diverses Fastfood ins

Büro bringen lassen. Andererseits hatte sie keine andere Wahl. Sie nahm sich vor, ab Morgen mehr Energie und Kreativität in den Haushalt, insbesondere das Kochen, zu stecken. Sie würde gleich auf dem Heimweg von der Arbeit, die entsprechenden Lebensmittel besorgen. Vielleicht würde sie sogar schon heute Abend im Internet ein bisschen nach Kochvorschlägen schmökern, die Martin zusagen würden und eine Einkaufsliste erstellen. Schließlich gab es doch zahlreiche Seiten mit Rezepten, die noch dazu von anderen Usern erprobt worden waren. Da konnte nicht viel schief gehen. Für heute musste wohl oder übel wieder einmal der Japaner oder der Italiener herhalten.

Kurz darauf nahm sie einen Schluck Wein, stellte das Glas wieder auf dem Küchentresen ab und setzte sich mit einem Glas Wasser auf die Couch vor dem großen Fenster. Während sie die bunten Lichter der Autos fünf Stockwerke unter ihr beobachtete, überlegte sie, was sie jetzt noch tun konnte. Nachdem zehn Minuten später immer noch nichts von Martin zu hören war, holte sie das iPad, das sie von ihm geschenkt bekommen hatte und öffnete den Internetexplorer. Als sie noch alleine in ihrer Einzimmerwohnung gelebt hatte, hatte sie sich oft Spaghetti mit Olivenöl und Knoblauch oder einen leichten Salat gemacht. Sie war nie sehr wählerisch gewesen. Doch da sie nun seit knapp zwei Monaten eine Ehefrau war, musste sie ihrem Mann schon etwas Besseres bieten, fand sie. Sie nahm sich fest vor an ihren hausfraulichen Fertigkeiten zu feilen. Vielleicht fand sie heute schon ein einfaches Rezept für morgen. Ansonsten konnte ihr Andrea sicherlich weiterhelfen. Sie hatte schließlich genug Übung darin hungrige Mäuler zu stopfen.

Plötzlich ertönte eine gedämpfte Melodie und riss sie damit aus ihren Gedanken. Erst überlegte sie, woher das Geräusch kam, als ihr Blick an Martins Sakko hängen blieb, das immer noch schlampig über der Sessellehne hing.

Das Klingeln seines Handys war zu leise, als dass Martin es im Schlafzimmer hören konnte, also beschloss sie, es als gute Gelegenheit zu betrachten, um nach Martin Ausschau zu halten. Schnell sprang sie von der Couch auf und nahm das immer noch klingelnde Ding aus der Tasche seines Sakkos. Vor der

Schlafzimmertür zögerte sie eine Sekunde und klopfte dann zaghaft. Im gleichen Moment verstummte das Telefon in ihrer Hand.

„Ja", hörte sie die gedämpfte Stimme von Martin und machte daraufhin die Tür auf.

Er saß auf dem Bett, seine Haare wirkten zerzaust. Außerdem standen die obersten Knöpfe seines Hemdes offen.

„Alles okay?" Marlene trat auf ihn zu und reichte ihm sein Telefon. „Es hat geläutet", fügte sie als Erklärung für ihr Eintreten hinzu.

„Danke", murmelte er. Ohne auf ihre Frage nach seinem Befinden zu antworten nahm er ihr das Handy aus der Hand, jedoch ohne es anzusehen.

„Was gibt's heute zu essen?" Müde sah er zu ihr hoch.

Marlene zögerte, ehe sie antwortete: „Japanisch?"

„Verdammt, Marlene!"

Sie zuckte bei seinem lauten Ton zusammen.

Er sah sie wütend an. „Ist es denn zu viel verlangt, wenn du mal was Anständiges kochen würdest, so wie andere Frauen es für ihre Männer tagtäglich tun?"

Marlene spürte, wie ihr das Blut in die Wangen stieg. „Ich gehe arbeiten", verteidigte sie sich lasch.

„Genau das ist das Problem. Du *musst* nicht arbeiten gehen. Ich verdiene genug Geld, um uns beide gut zu versorgen. Wie oft muss ich dir das noch anbieten. Andere Frauen wären froh, wenn sie nicht mehr arbeiten gehen müssten."

„Ich weiß, aber ich mag meinen Job."

„Ich möchte, dass du zu Hause bist, dich um den Haushalt kümmerst und für uns kochst. Glaubst du, mir ist nicht aufgefallen, dass du den Haushalt vernachlässigst?" Er wurde immer lauter. „Ist dir deine Arbeit wichtiger als unsere Ehe?"

„Natürlich nicht!" Wie konnte er so etwas auch nur denken? „Wir könnten doch eine Haushaltshilfe anstellen", unternahm sie zaghaft den Versuch, eine Lösung für das Problem anzubieten.

„Möchtest du wirklich, dass eine fremde Person täglich bei uns ein und aus geht?" Er fuhr sich mit den Fingern durch die Haare, was die zu Berge stehende Frisur noch wilder aussehen ließ.

„Was ist heute in der Arbeit geschehen, das dich so aufgebracht hat?" Marlene versuchte das Thema zu wechseln und den wahren Grund für seine miese Laune heraus zu finden, auch wenn sie dabei Gefahr lief, sich wieder von ihm anschnauzen lassen zu müssen.

Doch Martin ließ sich nicht darauf ein. „Nichts ist geschehen. Ich muss nächste Woche für ein paar Tage nach New York und möchte, dass du mit kommst."

Anscheinend war sehr wohl etwas geschehen, dachte Marlene und merkte, wie sie langsam wütend wurde.

„Meine Mutter", begann er plötzlich und Marlene stellte es die Nacken-haare auf. Noch nie hatte er freiwillig von ihr zu erzählen begonnen. „… sie war die schlechteste Mutter, die man sich nur vorstellen kann. Aber sie konnte zumindest *kochen*." Sein Blick schweifte ab, als würde er seine Mutter vor sich sehen. „Das einzige, das sie richtig machte in ihrem Leben, war gut zu kochen." Er sah Marlene wieder an und seine Augen waren hart wie Granit.

Hat er Angst, dass ich wie seine Mutter bin oder sogar noch schlechter, weil ich nicht einmal kochen kann? Marlene sah ihn an und versuchte abzu-schätzen, ob sie es wagen konnte, ihm von dem Foto zu erzählen. Sie musste zugeben, dass sie es selbst nicht ganz in Ordnung fand, dass sie in seinen Sachen gestöbert hatte, ohne ihn vorher zu fragen. Andererseits… Sie waren seit ein paar Monaten verheiratet, da hatte man doch keine Geheimnisse mehr vor dem anderen? Oder doch?

Warum war sie bloß so nervös? Sie musste gestehen, dass sie nicht einmal wusste, ob seine Mutter noch lebte. Wahrscheinlich nicht mehr, da er in der Vergangenheitsform von ihr gesprochen hatte. Er war ihren Fragen in Bezug auf seine Familie immer geschickt ausgewichen und sie wollte nicht so gefühl-los sein und in möglichen Wunden bohren, wenn er es nicht von sich aus wollte.

„Apropos deine Mutter. Ich habe ein Foto gefunden", platzte es dennoch aus ihr heraus und sie bereute die Worte im selben Moment, als sie ihren Mund verließen. Vielleicht hätte sie doch auf einen günstigeren Zeitpunkt warten sollen und nicht jetzt davon anfangen sollen, wo Martin so schlecht gelaunt war. Obwohl, war es nicht ein eindeutiges Zeichen, dass er plötzlich ohne Vorwarnung von seiner Mutter zu reden begonnen hatte? Wann würde diese Chance wiederkommen?

Sein abwesender Blick veränderte sich mit einem Schlag und er sah sie mit großen Augen an. War es Überraschung oder Angst, die sie darin sah?

„Was für ein Foto? Woher-"

„In einer alten Kiste", stammelte sie, um irgendetwas zu sagen, und leckte sich nervös über die plötzlich trockenen Lippen.

„Wie bitte?" Seine Stimme war gefährlich leise.

„Das Foto war in einer alten Kiste. Ich habe nur ein wenig aufgeräumt. Einen Platz für meine Winterpullover gesucht. Da ist mir eine Kiste aufgefallen. Zuerst dachte ich, sie wäre leer. Aber es waren ein paar Stofftiere darin." Am liebsten hätte sie sich auf die Zunge gebissen.

Seine Augen weiteten sich und Marlene blickte auf ihre nackten Zehenspitzen. Der Nagellack gehörte wieder einmal erneuert, fiel ihr auf, als hätte sie jetzt keine anderen Probleme.

Immer noch saß er auf dem Bett, während sie vor ihm stand. Am liebsten würde sie sich ebenfalls hinsetzen, doch sie traute sich nicht, als würde sie im Stehen bessere Chancen zur Flucht haben.

„Das Foto war ganz unten. Soll ich es dir zeigen?", fragte sie kleinlaut.

Da er nicht verneinte, deutete sie dies als Zustimmung. Sie lief zu ihrer Handtasche und holte es. Sie wusste, dass es ein Fehler gewesen war. Er wollte aus irgendeinem Grund nicht über seine Mutter sprechen. Und dies war der denkbar schlechteste Augenblick, den sie sich ausgesucht hatte. Sie verfluchte sich selbst für ihre Dummheit.

Als sie ihm das Polaris reichte, verengten sich seine Augen zu Schlitzen. Reglos starrte er das Foto an. Plötzlich zerriss er es zornig in kleine Stücke und ließ die Schnipsel vor ihren Füßen zu Boden segeln.

„Mach das nie wieder", flüsterte er kaum hörbar. Dann stand er auf und stieß sie im Vorbeigehen so hart zur Seite, dass sie mit dem Kopf gegen den Türpfosten schlug. Sie spürte Haut aufplatzen und warmes Blut an ihrer Schläfe herunter laufen.

Kurz darauf fiel die Wohnungstür mit einem lauten Knall ins Schloss.

21

Marlene hatte die ganze Nacht unruhig geschlafen, sich ständig von einer Seite zur andere gewälzt, nur um dann wieder in einen weiteren Alptraum zu fallen. Sie hatte geträumt, von einem gesichtslosen Monster verfolgt zu werden; und immer kurz bevor es zuschnappte, war sie wach geworden.

Erst als die Sonnenstrahlen sie im Gesicht kitzelten, merkte sie, dass sie nochmals eingeschlafen war. Verschlafen rieb sie sich über die Augen und streckte ihre verspannten Glieder.

Als sie ihre Augen schließlich öffnete, stieß sie einen Schrei aus. Martins Gesicht war so dicht vor ihrem, dass sie im ersten Moment gedacht hatte, das Monster aus ihren Träumen hätte sie nun doch erwischt.

„Guten Morgen, Dornröschen", flüsterte er ihr ins Ohr, sodass sie eine Gänsehaut bekam.

„Du hast mich erschreckt", bemerkte sie betont ruhig, während sie versuchte ihren rasenden Puls wieder unter Kontrolle zu bekommen.

„Das tut mir leid. Ich wollte dich nicht wecken, aber hier drinnen war es so stickig, da hab ich schon mal das Fenster geöffnet. Es ist ein herrlicher Tag heute."

Marlene folgte seinem Blick zum Fenster und nickte in Richtung des blauen Himmels. Mehr brachte sie nicht zustande. Er hatte Recht, heute hätte ein herrlicher Tag sein können. Nur, dass ihre Stimmung nicht zu dem strahlenden Sonnenschein draußen passte. Das was gestern geschehen war, hätte nie passieren dürfen. Noch nie hatte ein Mann sie so behandelt. Nicht sie. Als sie gestern das warme Blut ihr Gesicht hinunter rinnen gespürt hatte, war sie sofort ins Bad gelaufen. Kurz hatte sie überlegt, ob sie ins Krankenhaus fahren sollte, um die Wunde ansehen zu lassen. Doch als sie die Blutung schließlich hatte stillen können, hatte sie es nicht mehr für notwendig gefunden. Wahrscheinlich hatte sie

Glück gehabt und es musste nicht einmal genäht werden. Trotzdem war sie völlig geschockt schlafen gegangen, nachdem sie eine Schmerztablette – mehr zur Beruhigung als gegen die Schmerzen – genommen hatte. Martin hatte sie nicht mehr heimkommen gehört und es war ihr auch egal gewesen.

Und jetzt? Er tat so, als wäre nichts geschehen. Sie hatte zumindest eine Entschuldigung erwartet, wenigstens einen zerknirschten Gesichtsausdruck. Irgendetwas. Doch Martin benahm sich, als hätte es seinen Wutausbruch gestern Abend und den Stoß gegen den Türpfosten nie gegeben.

„Ich habe Frühstück gemacht." Er lächelte sie unschuldig an.

Vielleicht war das seine Art sich zu entschuldigen. Trotzdem wäre ihr eine Aussprache lieber gewesen, doch sie beschloss das Thema erstmals ruhen zu lassen. Sie musste erst für sich selbst entscheiden, wie sie mit dieser Situation umgehen würde.

Marlene schlüpfte aus dem Bett, zog ihren Morgenmantel an und folgte Martin in die Küche. Es duftete tatsächlich bereits nach frischer Eierspeise und gebratenem Speck. Wo hatte er die Lebensmittel herbekommen? Sie konnte sich nicht erinnern, gestern Abend Speck im Kühlschrank gesehen zu haben. Wahrscheinlich war er heute früh einkaufen gegangen, als sie noch geschlafen hatte. Langsam verblasste der Ärger und auch die Angst kroch ein wenig in ihre Höhle zurück, als sie ihren Mann dabei beobachtete, wie er die Eierspeis aus der Pfanne nahm und auf zwei Tellern verteilte.

„Setz dich." Diesmal schwang ein liebevoller Ton in seiner Stimme mit und sie entspannte sich ein wenig.

Marlene setzte sich an ihren gewohnten Platz, an dem bereits der Kaffee vor sich hin dampfte und seinen verführerischen Duft bis in die letzten Winkel des Appartements verströmte. Marlene konnte nicht widerstehen und nahm einen Schluck. Er schmeckte köstlich wie immer.

Martin brachte die Teller an den Tisch und setzte sich ihr gegenüber. Er lächelte sie an, als hätte es den gestrigen Abend nie gegeben. Fast kam es Marlene vor, als hätte sie alles nur geträumt. Als wäre der Abend zuvor nur einer der vielen Alpträume gewesen, die sie heute Nacht heimgesucht hatten.

Doch sie wusste es besser. Als Martin sich über seinen Teller beugte und ein Stückchen Speck mit der Gabel aufspießte, berührte sie den Beweis auf ihrer Stirn vorsichtig mit den Fingern. Sie spürte eine Beule und eine Kruste, wo die Haut aufgeplatzt war. Als Martin seinen Blick hob, ließ sie ihre Hand schnell zum Tisch sinken. Sie wollte seine gute Laune nicht verderben. Auch wenn er so tat, als wäre nichts gewesen, er konnte unmöglich diese Wunde übersehen. Marlene beschloss sie später im Bad genauer zu begutachten. Hoffentlich konnte sie sie am Montag mit Make-up überdecken, wenn sie wieder zur Arbeit musste. Sie hatte keine Lust ihren Arbeitskolleginnen eine Lügengeschichte zu erzählen, wie sie tollpatschig gegen einen Türpfosten gerannt war. Erstens war sie keine gute Lügnerin und zweitens wollte sie nicht eine dieser Frauen sein, die sich von ihrem Ehemann schlagen ließen und diesen dann auch noch mit einer Lüge verteidigten. Trotzdem konnte sie wohl schlecht die Wahrheit sagen. *Verdammt*, dachte sie. Wenn sie nicht aufpasste, wurde sie zu genau einer dieser Frauen. So etwas durfte einfach nie wieder passieren.

22

Am späten Montagvormittag läutete es an der Tür. Marlene war gerade damit beschäftigt, die Betten neu zu beziehen - auf ihrem Kopfpolster hatte sie einen kleinen Blutfleck entdeckt, der offensichtlich von der Wunde an ihrem Kopf stammte.

Hastig zog sie die Decke zurecht und lief gleich darauf zur Tür, im Glauben Martin stünde davor, weil er etwas auf dem Weg zur Arbeit vergessen hatte. Er war heute kurz nach dem Frühstück weggegangen. Er hätte einen wichtigen Termin, hatte er behauptet, und wäre nicht vor fünfzehn Uhr zurück. Er müsse den Fehler, den einem seiner Mitarbeiter am Freitag unterlaufen sei, ausbügeln. Marlene verstand nichts von seinen Geschäften und es interessierte sie ehrlich gesagt auch nicht wirklich. Nachdem er ihr am Wochenende nichts davon erzählt hatte, würde sie sicherlich kein weiteres Mal nachfragen. Einige Male war sie ab und zu Empfängen mit gegangen, wo all die anderen gelangweilten Ehefrauen auftraten, als hätten sie nichts Besseres zu tun, als ihren teuren Schmuck und ihre getunten Körper zur Schau zu stellen. Marlene hatte jedes Mal gute Miene zum bösen Spiel gemacht und sich als perfekte Ehefrau präsentiert, die immer lächelte, aber stets den Mund hielt, wenn sie nichts zu sagen hatte. Ihre Meinung war selten gefragt, und wenn doch, hatte sie stets das Gefühl, sie würde einen heimlichen Test bestehen müssen. Außerdem war es ihr immer unangenehm gewesen, wie sie von den anderen Gattinnen angestarrt wurde. Wahrscheinlich verglichen sie sie mit Martins Ex-Frau, mit der sie vielleicht sogar noch befreundet waren, wer wusste das schon? Marlene wusste immer noch nicht mehr zu Martins früherer Ehe, was sie aber nicht störte. Vorbei war vorbei. Und zum Glück waren diese Veranstaltungen in letzter Zeit immer weniger geworden, was auch immer das für Martins Karriere zu bedeuten haben mochte.

Als sie beim Spiegel vorbei lief, erschrak sie wieder einmal über ihr eigenes Spiegelbild. Sie hatte sich noch nicht an den Anblick der Wunde an ihrer Stirn gewöhnt. Wie hatte Martin das beim Frühstück bloß so perfekt ausblenden können?

Es läutete erneut, diesmal länger. Marlene öffnete etwas verärgert über die Ungeduld die Tür. Erschrocken machte sie einen Schritt zurück. Vor ihrem Gesicht war alles rot, wohin sie auch sah. Zuerst dachte sie an Blut, bis ihre Augen das Bild, welches sich ihnen bot scharf stellten und entschlüsselten. Ein riesiger Strauß dunkelroter Rosen verdeckte einen Mann dahinter. Es war nicht Martin, sondern ein Bote, der ihr diese Blumen überbrachte.

„Für Sie, Fräulein." Der schmale junge Mann war kaum zu sehen. Er überreichte ihr die Blumen. „Er muss sie sehr lieben", sagte er noch mit einem türkischen Akzent, nachdem sie ihm ein Trinkgeld gegeben hatte, und kehrte erleichtert von der großen Last, auf dem Absatz um.

Marlene stellte die Blumen in die größte Vase, die sie auftreiben konnte, und öffnete anschließend das Kuvert. *„Entschuldigung"*, war alles, was dort stand und die Buchstaben verschwammen vor ihren Augen, als eine Träne an ihrer Wange herab kullerte.

„Ich werde ausziehen." Marlene versuchte vergeblich ihrer Stimme eine Festigkeit zu geben. Wie oft hatte sie dieses Gespräch in ihrem Kopf geführt. Jetzt, wo Martin vor ihr saß, war es schwieriger als in ihrer Fantasie, diese Worte auszusprechen. Aber sie konnte so einfach nicht mehr weiterleben. Jeden Tag die Angst vor seinen, immer häufiger werdenden, Stimmungsschwankungen. Sie konnte dieses Leben, das nur mehr aus einer Fassade bestand, nicht mehr weiterleben. Der Tag, an dem sie das Foto von Martins Mutter gefunden hatte, war erst der Beginn gewesen. Von da an war ihre Beziehung aus dem Ruder gelaufen. Nie hätte sie gedacht, dass Martin auf irgendetwas, dass sie tat, so reagieren würde; dass er handgreiflich werden würde. Oder hatte sie es bereits geahnt? War sie deshalb so nervös gewesen, als sie ihn auf das Foto seiner

Mutter angesprochen hatte? Kannte sie ihn insgeheim doch besser, als sie dachte?

Wie konnte sie nur so blind gewesen sein, sich einem Menschen anzuvertrauen, den sie kaum kannte. Sie hatte einfach die Anzeichen übersehen, die im Nachhinein betrachtet schon ganz zu Beginn ihrer Beziehung da gewesen waren. So war es wahrscheinlich immer, wenn man die von der Natur ausgedachte rosarote Brille aufhatte. Dinge, die einem an seinem neuen Partner störten, fielen zu Beginn nicht so ins Gewicht, man nahm sie nicht so ernst, auch wenn man dessen Auswirkungen bereits, wie durch einen Nebel, schemenhaft erahnen konnte. Erst mit der Zeit, wenn man wieder klarer sehen konnte und der Alltag da war, begann man die Fehler des anderen so richtig wahrzunehmen. Manchmal gelang es einem dann, sich damit zu arrangieren, manchmal nicht. In Marlenes Fall war es unmöglich mit Martins Verhalten zu leben – es musste sich etwas ändern. Und die Wahrscheinlichkeit, dass er sich wieder in den Mann zurück verwandelte, den sie geheiratet hatte, war schwindend klein. Dieser Mann war er nämlich nie wirklich gewesen.

Nun erkannte sie den Menschen, der jetzt vor ihr saß und mit dem sie vor ein paar Monaten - viel zu überhastet im Nachhinein betrachtet - vor den Traualtar getreten war, kaum wieder.

Er wurde bei jeder Gelegenheit wütend oder eifersüchtig, wenn sie ihm widersprach oder sich nicht so verhielt, wie er es als angemessen empfand. Und genauso stark waren anschließend seine Reuegefühle und die vielen Entschuldigungen. Zuerst kam ein Kettchen, dann die Rosen, dann ein kleines Armband, später ein Ring. Doch all diese Geschenke konnten ihr Vertrauen nicht mehr herstellen. Und schon gar nicht die Risse in ihrer Ehe kitten.

Es hatte Marlene große Überwindung gekostet, diesen Schritt zu tun. Nun saß Martin ihr gegenüber in einem Lokal, dass sie selbst ausgesucht hatte - das erste Mal seit sie sich kannten, dass sie den Ort gewählt hatte, wie sie erschüttert feststellen musste. Sie hätte auch zu Hause mit ihm sprechen können, aber sie wollte auf keinen Fall alleine mit ihm sein, wenn sie ihm sagte, dass sie wieder bei ihm ausziehen würde. Zu groß war ihre Angst, wie er ihren Entschluss aufnehmen würde.

Immer wieder hatte sie den Satz in ihren Gedanken geprobt, bis sie ihn schließlich laut ausgesprochen hatte. *Ich werde ausziehen.*

„Was soll das heißen?" Sein Blick durchbohrte sie wie ein Dolch. Sie konnte seine Angst deutlich in seinen Augen erkennen. Doch nicht nur Angst, auch eine unterdrückte Wut, die in seinen Augen leuchtete wie glühende Kohlen. Aber sie wollte sich auf keinen Fall wieder einschüchtern lassen. Sie machte einen großen Schluck von ihrem zweiten Glas Wein, um sich zu fangen und blickte sich in dem überfüllten Lokal um, als könnte sie irgendjemand von den anderen Gästen retten. Doch niemand schien sie zu beachten.

Seit wann trank sie so viel? Ihr wurde bewusst, wie sehr sie sich während ihrer Beziehung zu Martin verändert hatte. Sie war von einer selbstbewussten Frau zu einem ängstlichen Mädchen geworden, dass seine Freiheit komplett aufgegeben hatte, zugunsten eines Mannes, der sie in allen Lebenslagen unterdrückte. Sie war nur noch eine Hülle ihrer selbst. Mit Erschrecken stellte sie fest, dass sie immer mehr wie ihre Mutter wurde.

Marlene nahm all ihren Mut zusammen, als sie auf seine Frage antwortete: „Das heißt, dass ich nicht mehr mit dir zusammenleben kann." Marlene schluckte schwer. Jetzt war es draußen. Sie fühlte sich erleichtert, doch die Angst war immer noch da. Ihr Mund fühlte sich fremd an, als hätte sie keine Kontrolle mehr über die Muskeln, die ihn steuerten. Sie war froh, dass sie nur einen Salat bestellt hatte, denn sie brachte keinen Bissen mehr hinunter. Das Schlimmste, glaubte sie, zwar überstanden zu haben, doch es war noch nicht vorüber. Wie würde Martin reagieren, fragte sie sich. Seine Kiefer malten bereits, wie immer, wenn er wütend war.

Plötzlich begann er laut und obszön zu lachen, als hätte sie ihm gerade einen Witz erzählt. Ein paar Gäste an den Nachbartischen drehten sich irritiert zu ihnen um, nur um kurz darauf ihre eigenen Gespräche wieder fortzusetzen.

Er beugte sich über den Tisch und zischte: „Du glaubst doch nicht, dass du einfach bei mir ausziehen kannst, wann immer du es dir einbildest!"

Hatte sie das wirklich geglaubt?

Als sie nicht antwortete schlug er mit der flachen Hand auf den Tisch, sodass der Wein in seinem Glas bedrohlich schwankte. Diesmal schüttelten ein paar Leute nur den Kopf, wendeten sich aber noch schneller wieder von ihnen ab, nachdem Martin ihnen einen eisigen Blick zugeworfen hatte.

Marlene spürte wie alles Blut aus ihrem Kopf entwich und hoffte, dass sie nicht ohnmächtig werden würde.

„Aber du bist doch sowieso nicht glücklich mit mir", versuchte sie es verzweifelt auf eine andere Methode, obwohl sie wusste, dass sie bereits verloren hatte, noch bevor der Kampf begonnen hatte. „Du sagst doch immer, wie falsch ich alles mache. Ich mache dich doch nicht glücklich. *Wir* machen uns nicht glücklich."

„Und?" Sein Blick durchbohrte sie wieder und Marlene erkannte den spöttischen Zug um seinen Mund, der ihm in letzter Zeit immer öfter anhaftete. „Das wird sich mit der Zeit schon ändern. Wie du weißt, arbeiten wir doch gemeinsam an deinem Verhalten. Du wirst schon noch lernen, mich glücklich zu machen. Und dann wirst du es auch sein."

Marlene verschlug es die Sprache. So direkt hatte er es noch nie ausgesprochen. Aber er hatte Recht. Alles lief darauf hinaus, dass sie sich zu seinen Gunsten änderte. Und ihr wahres Ich war nur mehr eine Erinnerung in ihrem Kopf.

Der Salat und der Rostbraten, den Martin bestellt hatte, kamen. Er bedankte sich wieder gefasst beim Kellner und nahm die Gabel in die Hand, als hätten sie sich gerade über das Wetter unterhalten.

„Mahlzeit." Martin lächelte ihr aufmunternd zu und begann zu essen, als hätte ihr Gespräch nie stattgefunden, während Marlene lediglich lustlos in ihrem Salat herumstocherte. Ihre Gedanken schwirrten herum, wie ein Schwarm aufgebrachter Bienen. Am liebsten wäre sie aufgestanden und fortgelaufen. Doch sie wusste, es gab kein Entrinnen.

Während des gesamten Essens sprach keiner ein Wort. Marlenes Mund fühlte sich so trocken an, als hätte sie in ein Stück Kreide gebissen.

„Du hast ja gar nichts gegessen", sagte Martin nach einer Weile missbilligend zu ihr. Er hatte seinen Teller bis auf die Garnitur leer gegessen. „Schade um den schönen Salat."

Marlene traten Tränen in die Augen, doch sie versuchte sie vehement zu bekämpfen. Ihre Auseinandersetzungen endeten in letzter Zeit immer damit, dass sie in Tränen ausbrach, doch diesmal würde sie Martin nicht so leicht gewinnen lassen. Sie würde gleich morgen früh ihre Sachen packen und zu Andrea fahren. Egal, was Martin sagte.

Auch wenn ihre beiden Freundinnen sich immer noch nicht vorstellen konnten, dass Martin so ein Tyrann war, musste es ihnen doch komisch vorkommen, dass sie Marlene in letzter Zeit kaum mehr gesehen hatten. Dem gemeinsamen Treffen an jenem Donnerstag, an dem sie Martin kennen gelernt hatte, waren nicht mehr viele gefolgt, an denen Marlene teilgenommen hatte. Wahrscheinlich dachten sie, dass Marlene einfach keine Lust mehr auf die Frauenrunden hatte, seit sie vergeben war. Und anfangs hatten sie sogar Recht gehabt. Marlene hatte ihre Freundinnen nicht einmal sehr vermisst, musste sie beschämt zugeben. Martin war mit ihr zu Vernissagen gegangen oder ins Theater. Da konnte die kleine Bar nicht mithalten. Doch in letzter Zeit fehlten ihr die Gespräche mit den beiden Frauen immer mehr.

„Ich werde morgen aus deinem Leben verschwinden", sagte sie, nachdem sie sich wieder gefangen hatte und wunderte sich über ihren schroffen Ton. Ihre zitternden Hände jedoch verrieten sie.

„Das werden wir noch sehen", sagte Martin beunruhigend ruhig, ohne sie eines Blickes zu würdigen.

Ja, das werden wir sehen. Du wirst dich noch wundern, dachte Marlene mit der Gewissheit, alles für den morgigen Tag vorbereitet zu haben. Sie hatte sich Urlaub genommen, ohne es Martin zu sagen, um in Ruhe ihre Sachen packen zu können, während er in der Arbeit war. Sie wollte gehen, wenn er nicht die Möglichkeit hatte, sie aufzuhalten.

Marlene war froh, dass Martin während der Heimfahrt so ruhig war. Vielleicht traf es ihn ja doch nicht so hart, wie sie geglaubt hatte und sie hatte sich umsonst so viele Sorgen gemacht. Ihn zu verlassen schien vielleicht doch einfacher, als sie gedacht hatte.

Er sagte immer noch kein Wort, als sie wenig später mit dem Lift zu ihrer Wohnung hochfuhren. Ruhig sperrte er die Wohnungstür auf. Doch kaum war die Haustür ins Schloss gefallen, packte er sie plötzlich bei den Schultern und schüttelte sie so heftig, dass ihr schwindlig wurde.

„Was glaubst du, wer du bist!", schrie er sie an.

Marlene sagte kein Wort, sie betete nur, dass er ihr nichts antat. Nicht schon wieder. Doch wenn es einen Gott gab, hatte er sie nicht gehört, denn im nächsten Moment schlug Martin sie mit der flachen Hand mitten ins Gesicht. Durch die Wucht verlor Marlene das Gleichgewicht und stürzte. Sie spürte, dass sie irgendwo dagegen schlug. Dann wurde alles dunkel.

23

Als sie wieder zu Bewusstsein kam, hatte sie schreckliche Kopfschmerzen. Sie lag auf dem Boden. Von Martin war nichts zu sehen. Er hat es schon wieder getan, stellte sie fest. Diesmal schien es noch schlimmer zu sein, als das letzte Mal, denn sie war ohnmächtig geworden. Als sie sich an die Stirn griff, spürte sie etwas Klebriges an ihren Fingern. Es war Blut, sie musste mit dem Kopf irgendwo dagegen gestoßen sein. Schon wieder.

Langsam stand sie auf und spürte dabei, wie sie von einem Schwindel umnebelt wurde. Bevor sie umkippte, lies sie sich erneut mit dem Rücken zur Wand gelehnt zu Boden gleiten. Dann wartete sie mit dem Kopf zwischen ihren Knien, bis sich der Schwindel wieder gelegt hatte. Nach einiger Zeit versuchte sie erneut aufzustehen. Schwankend ging sie in die Küche und drückte sich ein Geschirrtuch, dass sie zuvor mit kaltem Wasser benetzt hatte, an die Stirn.

Von Martin hörte sie nichts. Vielleicht war er gegangen, überlegte sie und ging vorsichtig von einem Zimmer zum nächsten, um zu sehen, ob er wirklich weg war. Erleichtert ließ sie sich anschließend auf die Couch sinken und legte ihre Füße hoch. Sie hatte Angst davor in den Spiegel zu sehen. Außerdem wollte sie, dass Martin sah, was er getan hatte, wenn er wiederkam, auch wenn er wahrscheinlich wie letztes Mal keinerlei Schuldgefühle haben würde. Trotzdem würde sie das Blut nicht von ihrem Gesicht wischen, dachte sie beinahe trotzig. Sie lehnte ihren Kopf zurück und versuchte sich, so gut es mit den Schmerzen an ihrer Stirn ging, zu entspannen.

Das Zuschlagen der Haustüre weckte sie aus einem Dämmerschlaf. Das Geräusch des Schlüssels, als er sich im Schloss drehte, rief ihr die Ereignisse wieder in Erinnerung und sie griff sich unvermittelt an den Kopf. Als sie etwas Kühles, feuchtes an ihrem Hals spürte erschrak sie, doch dann fiel ihr ein, dass es das nasse Geschirrtuch war, das sie sich zuvor an die Stirn gelegt hatte. Es musste hinuntergerutscht sein, als sie eingeschlafen war.

Martin kam mit einer Plastiktüte in der Hand ins Zimmer. Marlene sah ihren Mann an und merkte, wie die Angst sie lähmte. Wie konnte sie nur mit so einem Menschen zusammen sein? Bevor Martin die Couch erreichte, stand sie auf und schwankte Richtung Vorzimmer, als ihr einfiel, dass er die Tür sicher wieder verschlossen hatte, wie so oft in letzter Zeit. Es hatte keinen Sinn, jetzt zu fliehen, sie musste erst an den Schlüssel kommen, ohne, dass er es bemerkte. Oder bis morgen früh warten, wenn er zur Arbeit gegangen war. Wie sie es ohnehin geplant hatte. Sie musste nur noch Andrea Bescheid sagen.

„Wohin gehst du?", fragte er und sah ihr nach.

Kurz bevor sie das Vorzimmer erreichte, bog sie nach rechts ab und schwankte Richtung Badezimmer, als hätte sie nie etwas anderes vorgehabt.

„Ich habe Durst", sagte sie leise, als sie im Bad angelangt war, in dem Glauben, dass er sie sowieso nicht mehr hören konnte. Doch plötzlich stand er hinter ihr.

„Komm." Sein Ton war mit einem Mal besorgt. „Ich bring dir etwas, leg dich ein bisschen hin. Du siehst ja schrecklich aus." Er führte sie langsam ins Schlafzimmer und drückte sie sanft auf die Matratze. „Ruh dich ein wenig aus."

Dann verschwand er wieder Richtung Küche.

Marlene fühlte sich innerlich so leer, dass seine vorgetäuschte Fürsorge wie Balsam für ihre Seele war. Auch wenn sie wusste, dass es falsch war und dass sie ihn im Grunde ihres Herzens hasste, für das, was er ihr angetan hatte. Doch er war der einzige Mensch, der sich jetzt um sie kümmerte. Der einzige, der sich je um sie gekümmert hatte.

Sie hörte den Wasserhahn und das Klirren von Gläsern. Kurz darauf kam Martin wieder zu ihr, in der einen Hand ein Glas Wasser, in der anderen ein Tuch. Mit einem Zug trank sie das Wasser aus. Anschließend wischte er ihr mit dem angefeuchteten Geschirrtuch zärtlich das Blut von der Stirn.

„Warte noch, ich hole dir einen Verband, damit es zu bluten aufhört." Als könnte sie irgendwo hin. Beinahe musste sie lachen und merkte dabei, wie erschöpft sie war. Artig lag sie im Bett und ließ sich von ihrem Ehemann verarzten. Es war bereits elf Uhr abends. Sie hatte nicht einmal mehr die Kraft sich umzuziehen, sondern schlief sofort zwischen den Zierkissen mit dem fröhlichen Blumenmuster ein.

24

Als Marlene erwachte dämmerte es bereits. Sie konnte sich nicht richtig orientieren und ihr war kalt. Erst als ihr Blick auf den Flachbildfernseher an der gegenüberliegenden Wand fiel, wusste sie, wo sie war. Sie wunderte sich erst, warum sie mit ihrer Straßenkleidung im Bett lag, als ihr der gestrige Abend wieder einfiel. Ein Gefühl der Panik überkam sie, als die Erinnerung über sie hereinbrach, wie ein unvorhergesehenes Gewitter. Eigentlich hatte sie vorgehabt, Martin heute zu verlassen, doch, wie es schien, musste sie diesen Schritt noch ein wenig aufschieben. So, wie sie sich jetzt fühlte, konnte sie froh sein, wenn sie es überhaupt bis zur Toilette schaffte.

Sie blickte auf ihre Armbanduhr, doch die Zeiger verschwammen immer wieder vor ihren Augen. Nur mit äußerster Konzentration schaffte sie es, die Uhrzeit abzulesen. Es war fünf Uhr abends! Wie konnte das sein?! Sie konnte unmöglich so lange geschlafen haben! Womöglich war ihre Uhr stehen geblieben? Doch der Sekundenzeiger schob sich unaufhörlich weiter. Langsam versuchte sie aufzustehen und den Schwindel, der sich sofort bemerkbar machte, zu ignorieren. Sie fühlte sich wie in einem Karussell, nur anders rum, als würde sie stillstehen und sich das Zimmer immerzu um sie herumdrehen.

An der Wand abstützend, schaffte sie es bis ins Bad. Sie vermied es, in den Spiegel zu sehen, trank stattdessen einen großen Schluck kaltes Wasser direkt aus der Leitung, und setzte sich dann auf den Toilettendeckel, um sich auszuruhen. Wieder fühlte es sich an, als würde sich alles um sie herumdrehen. Eine Welle der Übelkeit erfasste sie. Gerade rechtzeitig schaffte sie es aufzustehen und sich in die Toilette zu übergeben.

Fünf Minuten später hockte sie schweißüberströmt auf den nackten Fliesen. Ihrem Magen ging es besser, doch der Kopf schien als würde er jeden Moment zerplatzen. Mühsam erhob sie sich und begann ihr Gesicht mit kaltem Wasser abzuwaschen, darauf bedacht, die schmerzende Stelle an ihrer Stirn nicht zu berühren. Sie hatte Angst, dass die Wunde wieder zu bluten anfangen würde, auch wenn Martin sie gestern Abend mit einem Druckverband versorgt hatte. Erschöpft ging sie ins Schlafzimmer und legte sich wieder ins Bett. Sie streckte ihre Hand aus. Martins Seite war noch warm, schnell zog sie die Hand wieder zurück, als hätte sie sich verbrannt, und deckte sich stattdessen bis unters Kinn zu.

Du hast nichts zu befürchten. Er ist weg. Zumindest für die nächste Stunde. Ich muss bei meiner Arbeit anrufen, fiel ihr plötzlich ein. *Ich muss mich krank melden.* Sie schwankte wieder hinaus wie eine Betrunkene, Halt suchend an jedem Gegenstand, der ihr in die Quere kam, bis sie im Wohnzimmer vor der Anrichte stand, wo sie feststellen musste, dass ihr Handy nicht mehr dort war, wo es immer lag. Fieberhaft suchte sie überall danach. Im Bad, im Schlafzimmer, sogar im Kühlschrank sah sie nach. Verdammt! Was sollte sie jetzt tun? Nachdem sie die gesamte Wohnung auf den Kopf gestellt hatte, überlegte sie verzweifelt, ob sie es in ihrem Zustand wagen sollte, auf die Straße zu gehen und ein Münztelefon zu benutzen. Aber wenn sie so weit kam, war es nicht am besten, gleich zu fliehen?

Dann fiel ihr ein, dass sie sich den heutigen Tag bereits Urlaub genommen hatte, in dem Vorhaben, ihren Mann zu verlassen. Somit war das Problem mit dem Anruf gelöst. Nicht jedoch das mit dem verschwundenen Handy.

Doch noch bevor sie irgendeinen Entschluss fassen konnte, hörte sie wie ein Schlüssel von außen ins Türschloss gesteckt und gedreht wurde. Dann öffnete sich die Appartementtür und wurde gleich darauf wieder zugesperrt. Sofort dachte sie daran, dass sie die ganze Zeit in der Falle gesessen hatte, gar keine Möglichkeit zur Flucht gehabt hatte, und eine Gänsehaut lief über ihren Körper. Sie war die ganze Zeit eingesperrt gewesen!

Sie setzte sich wieder aufs Bett im Schlafzimmer und tat so, als wäre sie gerade eben aufgewacht.

„Na, hast du dich ein wenig erholt? Ich wollte dich nicht wecken, heute Morgen. Du hast so tief geschlafen." Er kam auf sie zu und gab ihr einen scheinbar zärtlichen Kuss auf die Stirn, worauf die Stelle wieder zu schmerzen begann. Marlene zuckte zurück und verzog das Gesicht. Ob wegen des Schmerzes oder weil sie seine Berührungen nicht mehr ertragen konnte, wusste sie selbst nicht so genau. Er schien es jedenfalls nicht zu bemerken.

„Bist du gerade eben aufgewacht?"

„Ja."

„Du hast ziemlich lange geschlafen. Hast du schon die Tabletten genommen, die ich dir zurechtgelegt habe?"

„Tabletten?" *Wovon sprach er?*

„Ich war doch gestern extra für dich in der Apotheke und hab dir etwas gegen die schlimmen Kopfschmerzen besorgt", sagte er ärgerlich und sah sie vorwurfsvoll an. „Die solltest du gleich nach dem Aufwachen nehmen. Hast du das etwa vergessen? Mit so etwas darf man nicht leichtsinnig sein. Möglich, dass du eine kleine Gehirnerschütterung hast."

Marlene merkte, wie sie sofort begann, sich schuldig zu fühlen. Es war wie ein Reflex und passierte ohne Beteiligung ihres Verstandes.

„Es tut mir leid", hörte sie sich sagen und hätte diese Worte im selben Moment am liebsten wieder zurückgenommen, wäre das noch möglich gewesen. War sie von allen guten Geistern verlassen? Warum entschuldigte sie sich bei *ihm*? War es nicht er gewesen, der sie so zugerichtet hatte? Andererseits, was blieb ihr anderes übrig als gute Miene zum bösen Spiel zu machen? Wenn sie sich ihm widersetzte, half es ihr jetzt auch nicht weiter. Schließlich wollte sie ja heil von hier wegkommen und das schaffte sie nur, wenn sie ihn nicht provozierte, sondern ihn in dem Glauben ließ, er hätte sie immer noch in der Hand. Sie musste es schaffen, dass er ihr wieder vertraute, nur so konnte sie wieder gesund werden und von hier fliehen.

Sie wollte, dass er wieder so viel Vertrauen zu ihr hatte, dass er die Wohnungstür nicht mehr verschloss. Denn das würde er so lange tun, so lange er spürte, dass sie ihn verlassen wollte. Oder bis sie wieder zur Arbeit ging, schoss es ihr durch den Kopf. Wenn sie sich erholt hatte, musste er sie einfach wieder frei lassen. Er konnte sie unmöglich jeden Tag zur Arbeit bringen und wieder abholen, obwohl er das vermutlich liebend gerne tun würde. Doch seine eigenen Termine ließen dies mit Sicherheit nicht zu. Also, musste sie nur wieder gesund werden. Dann würde sie sich noch einen Tag Urlaub nehmen, ohne ihm etwas davon zu erzählen, und ihre Koffer packen. Wie sie es ursprünglich vorgehabt hatte.

Und bis dahin musste sie einfach alles tun, was Martin von ihr verlangte, damit so etwas nicht mehr geschah.

Martin war krank, es hätte ihr schon in jener Nacht bewusst werden müssen, als er den Schlüssel unter seinem Kopfpolster versteckt hatte. Seitdem waren so viele Wochen vergangen, es war so viel geschehen. Wie hatte sie nur so dumm sein können? Wann wäre der Zeitpunkt gewesen, an dem sie hätte merken müssen, dass sie auf dem Abweg war? Der Zeitpunkt umzukehren, bevor es zu spät war? Hatte sie ihn verpasst? Vielleicht war es noch nicht zu spät für sie, um eine andere Richtung einzuschlagen. Jeder Weg hatte Abzweigungen oder Wendepunkte. Sie konnte nur hoffen, dass sie bald an einem solchen ankommen würde.

Plötzlich tauchte eine Hand vor ihrem Gesicht auf. Unwillkürlich zuckte sie zurück.

„Keine Angst." Martin hielt ihr eine kleine Pille auf seiner offenen Handfläche und ein Glas Wasser entgegen, als wäre er ein Arzt und sie seine Patientin.

Sie starrte nur auf die Hand, die sie noch vor ein paar Stunden geschlagen hatte, unfähig irgend eine Reaktion zu zeigen.

„Mach schon den Mund auf", verlangte er von ihr in einem Tonfall, der keine Widerrede duldete. Seine Faust schloss sich zornig um die Pille, nur um sie ihr kurz darauf wieder unter ihre Nase zu halten.

Sie hatte keine andere Wahl, deshalb tat sie, was er von ihr verlangte, während Panik in ihr aufstieg. Sie wollte keine Tabletten schlucken. Sie fühlte sich so schon labil genug. Außerdem wusste sie nicht, ob sie ihm vertrauen konnte, wenn man das Wort Vertrauen überhaupt noch in Zusammenhang mit diesem Mann bringen konnte.

Was sind das für Tabletten, fragte sie sich, mit der bitteren Gewissheit, dass es keine Schmerzmittel waren, wie er es ihr weismachen wollte. Ihr ganzer Körper sträubte sich dagegen, doch sie nahm das kleine ovale Ding, führte es zum Mund und trank folgsam einen Schluck Wasser darauf, um es hinunter zu spülen.

„Ich kann mein Handy nirgends finden", fiel ihr plötzlich wieder ein, während sie sich abermals in der Wohnung umsah, jedoch ohne Erfolg. „Ich werde mich für die nächsten Tage krankmelden müssen, wenn es mir nicht bald besser geht."

„Das brauchst du nicht mehr. Ich habe alles für dich geregelt." Er lächelte sie fürsorglich an. Marlene jedoch ließ sich von seinem beruhigenden Tonfall und seinem falschen Lächeln nicht täuschen. Im Gegenteil; wieder kam Panik in ihr auf.

Wie bitte? Was hatte er geregelt? Und vor allem: was brauche ich nicht mehr? Was meinte er damit? Wo war ihr Handy? Hatte er bereits bei der Arbeit angerufen?

Sie war plötzlich so verwirrt. Eine neue Welle der Übelkeit überkam sie. Sie hatte jetzt nicht die Energie darüber nachzudenken, wie er was gemeint hatte. Sie würde all dem später auf den Grund gehen, wenn sie sich wieder besser fühlte. Wie sie erwartet hatte, fühlte sie sich kurz nach der Tablette wieder schlechter, wenngleich die Kopfschmerzen wie weggeblasen waren. Ihr Kopf fühlte sich nun jedoch an, als wäre er in Watte gepackt und sie konnte keinen klaren Gedanken mehr fassen.

Um nicht wieder einzuschlafen erhob sie sich mühsam aus dem Bett und setzte sich im Wohnzimmer auf den Fauteuil. Irgendwann merkte sie, dass vor ihr der Fernseher lief. Sie selbst hatte ein dickes Polster unter ihrem Rücken, damit sie aufrechter saß. Es spielte eine Talkshow, die sie noch nie zuvor gesehen hatte. Aber noch ungewöhnlicher war, dass sie sich nicht erinnern konnte, den Fernseher aufgedreht zu haben, obwohl die Fernbedienung in ihrem Schoss lag. Mit zittrigen Fingern nahm sie sie und drückte auf den roten Knopf, sodass das laute Geplänkel augenblicklich verstummte.

Erst jetzt hörte sie das aufdringliche Knurren ihres Magens. Vielleicht kam der immer noch anhaltende Schwindel davon, dass sie den ganzen Tag nichts gegessen hatte, überlegte Marlene. Sie erhob sich und ging schwerfällig in die Küche.

Martin saß dort auf einem Barhocker und rauchte. Er hatte es sich irgendwann in den letzten Tagen – oder waren es schon Wochen? - angewöhnt. Vielleicht hatte er auch nie damit aufgehört? Was wusste sie schon über diesen Mann.

Er sah abwesend aus, als wäre er in Gedanken woanders. Erst als Marlene den Kühlschrank öffnete, richtete er seinen Blick träge auf sie, doch ohne etwas zu sagen. Er beobachtete nur, wie sie eine Packung Schnittkäse herausholte, sich dann eine Scheibe Brot nahm und diese mit dem Käse belegte. Sie machte keine Anstalten ihn – so wie früher - zu fragen, ob er ebenfalls Hunger hatte, sondern setzte sich, ohne ihn zu beachten, an den Küchentisch und begann lustlos zu essen. Es tat ihr gut etwas im Magen zu haben und sie merkte erst jetzt, wie groß ihr Hunger tatsächlich gewesen war, obwohl sie nicht wirklich etwas schmeckte. Ihre Zunge fühlte sich pelzig an. Der Zigarettenqualm brannte in ihrer Nase, doch sie ignorierte dieses Gefühl.

„Ich wollte dir beibringen wie man kocht", hörte sie ihn plötzlich sagen. Es klang beinahe wehmütig. Er nahm einen tiefen Zug, dann fuhr er fort: „Dann hättest du so einen Kram nicht mehr essen müssen." Er deutete mit der Zigarette abfällig auf den Schnittkäse. Sie beobachtete, wie dabei Asche auf den Boden fiel. Er schien es nicht zu bemerken oder es kümmerte ihn einfach nicht.

Als er jedoch ihren Blick sah, dämpfte er die Zigarette in der Spüle aus. „Ich weiß, zu ungesund." Er grinste sie an, als wäre er plötzlich wieder zu Scherzen aufgelegt. Marlene konzentrierte sich wieder auf ihr Brot, ohne auf seine Bemerkungen einzugehen.

„Weißt du", fing er an. „Irgendwie gefällt es mir. Der Mann kommt von der Arbeit heim, die Frau wartet bereits auf ihn." Er musterte sie. „Das mit dem Kochen bekommen wir auch noch hin, was meinst du?"

„Mir ist schwindlig. Darf ich mich wieder auf die Couch setzen?" Ohne auf eine Antwort zu warten, nahm sie ihr Sandwich und setzte sich wieder vor den abgedrehten Fernseher. Sie konnte in seiner Gegenwart nicht essen, ohne, dass ihr übel wurde. Die Angst, aus dieser Situation nicht mehr heraus zu können, schnürte ihr den Magen zu.

Es war bereits zehn Uhr abends als sich Marlene im Badezimmerspiegel betrachtete. Sie nahm sich vor, bald wieder arbeiten zu gehen, egal ob Martin sie für längere Zeit krankgemeldet hatte oder nicht. Sie wusste immer noch nicht, was er geregelt hatte. Fest stand, das Handy war weg, gemeinsam mit ihrem Wohnungsschlüssel.

Aber wenigstens sah die Schwellung, die sie immer gespürt hatte, wenn sie mit ihren Fingern über die Stirn gefahren war, gar nicht mehr so schlimm aus, wie sie sich anfühlte. Außerdem konnte sie sie gut mit einem Schopf dunkler Haare verdecken, ohne dass es auffiel, da sich die Wunde nur knapp unter dem Haaransatz befand.

Zufrieden legte Marlene den Kamm zur Seite und betrachtete sich im Spiegel. Sie konnte sich also in spätestens ein paar Tagen wieder im Büro blicken lassen, ohne zu viele Fragen befürchten zu müssen. Sie würde einfach ihre Haare waschen, etwas Make-up auf die entsprechenden Stellen tupfen, dann sah sie wieder aus wie neu. Doch bevor sie wieder arbeiten ging, musste sie eine neue Bleibe finden.

Das folgende Wochenende verbrachte Marlene fast ausschließlich mit einem Buch im Schlafzimmer, während Martin auf seinem Laptop arbeitete. In ihren Gedanken war sie schon weit weg von hier.

25

Sie verzichtete aufs Abendessen, was Martin nicht gerade begeisterte. Doch er ließ sie zumindest in Ruhe.

Zeitig legte sie sich ins Bett und wartete darauf vom Schlaf übermannt zu werden, um zumindest für ein paar Stunden in eine, für sie bessere, Welt eintauchen zu können. Es würde eine der letzten Nächte in diesem Zimmer sein, versprach sie sich selbst, bevor sie in einen traumlosen Schlaf fiel. Morgen würde sie ihre Sachen packen und in einem Moment der Unaufmerksamkeit von hier verschwinden. Vielleicht zu Andrea oder einfach in ein Hotel? Das würde sie kurzfristig entscheiden, hatte sie beschlossen. Ohne Handy hatte sie nicht wirklich viel planen können für die Zeit danach. Hauptsache weg von Martin. Mit diesem Entschluss schlief sie schließlich ein.

Irgendwann hörte sie im Halbschlaf jemanden reden. Es war Martins Stimme, doch sie klang weiter weg. Er war nicht im Schlafzimmer; sprach nicht mit ihr. Schlaftrunken tastete sie sicherheitshalber mit einer Hand seine Bettseite ab. Er war nicht da. Anscheinend war er im Wohnzimmer und telefonierte mit jemandem aus der Firma. Beinahe wäre sie wieder eingeschlafen, als plötzlich ihr Name fiel und sich daraufhin ihre Sinne schärften. Der Radiowecker zeigte erst einundzwanzig Uhr an. Sie hatte also noch nicht lange geschlafen. Angestrengt lauschte sie auf Martins Worte und versuchte einen Zusammenhang daraus zu bilden.

„Nein."

Pause.

„Ja, ist in Ordnung. Ich werde es ihr ausrichten."

Pause.

„Sie wird sicher noch einige Zeit außer Gefecht gesetzt sein."

Pause.

„Hm. Ja."

Längere Pause.

„Ja, das machen wir."

Ihr Herz klopfte. War das Andrea? Oder Sabine? Sie hatte schon ewig nichts mehr von den beiden gehört. Sie wunderten sich bestimmt schon, warum sie sich nicht meldete oder ans Handy ging. Aus diesem Grund hatten sie jetzt vermutlich bei Martin angerufen. Sabine hatte ja seine Nummer. Zu gerne hätte Marlene gehört, was er ihnen erzählt hatte. Aber sie war zu spät aufgewacht. So wie es sich angehört hatte, dachten sie jetzt offensichtlich, sie wäre krank. Zu krank, um zu telefonieren. Ob sie ihm das abnahmen? Wahrscheinlich schon. Die wenigen Male, die sie Martin getroffen hatten, waren sie sehr angetan von ihm gewesen. Marlene war es beinahe peinlich gewesen, wie sie an seinen Lippen gehangen hatten, als wäre er der Papst in Gestalt von George Clooney. Aber sie konnten anscheinend nicht anders, schließlich fanden sie jedes Wort, das aus seinem Mund kam, „einfühlsam, intelligent und witzig". Und er schien es zu genießen von drei Frauen umgarnt zu werden. Umso verwunderlicher fand es Marlene, dass er ihre Freundinnen später mit genau den entgegengesetzten Adjektiven bezeichnet hatte, wie sie zuvor ihn. Manchmal dachte sie, er hatte seinen Beruf verfehlt. Er hätte ein guter Schauspieler werden können. Oder Politiker.

Am nächsten Morgen erwachte sie bereits früher als sonst. Der Schwindel war weg, nur ein dumpfer Schmerz erinnerte sie noch an ihre Kopfwunde. Martin lag neben ihr und schlief noch.

Sollte sie sich leise anziehen, die wichtigsten Dinge, die sie hier hatte, packen und gleich jetzt verschwinden? Einen Versuch war es wert, fand sie. Außerdem hatte sie genug Zeit bis sie bei ihrer Arbeit sein musste. Sie wusste zwar nicht, ob sie noch offiziell krank gemeldet war, aber sie konnte ja nicht ewig unerreichbar sein. Marlene überlegte, vorher noch kurz bei Andrea vorbeizuschauen, um sie erstens einzuweihen und zweitens die wichtigsten Utensilien für die nächsten Tage dort zu deponieren. Außerdem würde sie früher von der Arbeit fort gehen, nur für den Fall, dass Martin vorhatte sie dort abzupassen.

Innerhalb von zwanzig Minuten hatte Marlene ihre sieben Sachen in eine Plastiktüte geschmissen und neben die Wohnungstür gestellt. Jetzt brauchte sie nur noch den Wohnungsschlüssel, der unter Martins Kopfpolster lag.

Leise schlich sie zurück ins Schlafzimmer. Martin befand sich in der gleichen Position wie vorhin. Er lag auf dem Bauch und hatte mit beiden Armen den Polster umklammert wie ein Ertrinkender die rettende Boje. Wie sollte sie da an den Schlüssel gelangen? Marlene überlegte fieberhaft, was sie tun konnte. Wenn sie es bloß schaffen würde, seine Position zu ändern, ohne, dass er aufwachte. Sie konnte nur eines machen. Sie ging an ihre Seite des Doppelbettes und legte sich vollständig angezogen unter die Decke. Dann drückte sie sich an ihn, als würde sie seine Nähe suchen, was ihr ziemliches Unbehagen bereitete. Martin bewegte sich kurz, schnaufte einmal auf und schlief weiter. So ist es gut. Marlene drückte sich noch mehr an ihn und schob ihre Hand an seiner entlang unter den Kopfpolster. Millimeter für Millimeter tastete sie sich vor. Vor lauter Anspannung vergaß sie zu atmen. Wenn er jetzt aufwachte, war es vorbei.

Zuerst spürte sie nichts außer dem warmen Bezug. Sie hatte keine Ahnung, ob der Schlüssel links oder rechts neben seinem Kopf lag oder genau darunter. Letzteres wäre ein Problem gewesen. Doch dann konnte sie zu ihrem Glück etwas Hartes ertasten. Ihre Finger schlossen sich vorsichtig um den Schlüsselbund und zogen ihn Stück für Stück unter dem Polster hervor. Sie hatte es geschafft! Langsam entfernte sie sich wieder von Martin, als er sich plötzlich auf die Seite drehte und seinen Arm um sie schlang, als wollte er sie zurückhalten. Doch seine Augen waren geschlossen, er schien immer noch zu schlafen. Sein Atem ging langsam und gleichmäßig.

Verdammt! Marlene versuchte sich aus seiner Umarmung zu lösen, doch es gelang ihr nicht. Sein Arm auf ihrem Körper war schwer wie Blei. Ihr Herz hämmerte gegen ihre Brust. Jedes Mal, wenn sie ihren Körper etwas unter seiner Umklammerung gelöst hatte, packte er im gleichen Moment noch fester zu.

Nach einer Ewigkeit schaffte sie es endlich sich aus seiner Umklammerung zu lösen und aus dem Bett zu steigen, ohne Martin zu wecken. Auf Zehenspitzen verließ sie so rasch wie nur möglich das Zimmer, darauf bedacht, keinen Lärm zu machen. Sie wagte es nicht, sich nochmals umzudrehen. Zu groß war die Angst, dass er plötzlich hinter ihr stand.

Mit zitternden Fingern schloss sie die Wohnungstür von innen auf, als sie auch schon Schritte hörte.

Natürlich befand sich der Lift gerade nicht in ihrem Stockwerk. So wandte die sich dem Treppenabgang zu. Mit der Plastiktüte in der Hand rannte sie die Stufen zur Straße hinunter und wäre beinahe mit der alten Dame, die im ersten Stock wohnte, zusammengestoßen. Sie hörte sie hinter sich etwas rufen. Hatte sie sich das nur eingebildet oder hatte sie gerufen: „Laufen Sie!"? Anscheinend spielte ihr ihr Verstand schon wieder einen Streich.

Sekunden später hörte sie Martin nach ihr schreien.

Beides ignorierend lief sie auf die Straße und von dort direkt zur nächsten U-Bahn-Station. Erst als sie nach Luft ringend in einem Waggon saß und sich die Türen hinter ihr schlossen, atmete Marlene erleichtert aus. Sie hatte keine Ahnung, wohin sie fuhr, doch es war ihr egal. Es ist vorbei, dachte sie, ohne zu ahnen, dass es das noch lange nicht war.

26

Sie hatte das Gefühl, als starrten sie alle Fahrgäste an. Vielleicht lag es ja daran, dass sie keuchte, wie ein gehetztes Tier. Marlene versuchte ruhig durch die Nase ein und wieder aus zu atmen und spürte, wie sich bei jedem Atemzug ihre Nasenflügel gierig aufblähten. Sie schwitzte, obwohl sie im Gegensatz zu den anderen Menschen, die in der U-Bahn fuhren, lediglich eine dünne Baumwolljacke trug. Sie hatte keine Ahnung, seit wann es schon so kalt geworden war. Erst jetzt wurde ihr bewusst, wie lange sie nicht mehr im Freien gewesen war. Ihre Wintergarderobe hatte sie dieses Jahr noch gar nicht hervorgeholt, obwohl es bereits Anfang November war.

Trotz der unpassenden Garderobe fror Marlene nicht. Sie war so schnell gelaufen, dass nun ein dünner Schweißfilm über ihrer Haut lag. Wenn sie später wieder aus der überheizten U-Bahn aussteigen würde, würde sie sich wahrscheinlich erkälten. Aber was war eine Erkältung gegen eine Platzwunde? Oder Schlimmeres? Damit konnte sie gerne leben.

Die Blicke des älteren Ehepaars auf der Bankreihe ihr gegenüber ignorierend, studierte Marlene den Fahrplan über dem Fenster. Sie hatte Glück. Wenn sie bei der nächsten Station ausstieg und den Bus nahm, würde sie dieser direkt zu Andrea führen. Hoffentlich war sie zu Hause. Marlene hatte keine Uhr, aber sie schätzte, dass es kurz vor sieben Uhr sein musste, denn um sechs Uhr dreißig war sie aufgewacht.

Erst langsam normalisierte sich ihr Puls. Kurz vor der nächsten Haltestelle stand sie auf und stellte sich mit der großen Plastiktüte zum Ausgang. In Gedanken bereits bei Andrea drängte sie sich schließlich gemeinsam mit den anderen Menschen aus dem Wagon.

Was würde sie ihrer Freundin erzählen? Die Wahrheit oder eine harmlose Lügengeschichte? Plötzlich hatte sie ein komisches Gefühl, so als würde sie

Andrea mit ihren Problemen belasten, wenn sie ihr das ganze Ausmaß ihrer Ehe erzählen würde - all das, was vorgefallen war. Andrea hatte doch schon genug mit ihrer eigenen kleinen Familie um die Ohren. Vielleicht sollte sie sich lieber ein Hotelzimmer nehmen? Aber mit welchem Geld? Sie wollte ihre Freundin auf keinen Fall um Geld anpumpen, da konnte sie sie gleich fragen, ob sie für ein paar Tage bei ihr einziehen konnte. Zumindest so lange, bis sie bei der Arbeit um einen kleinen Vorschuss ihres nächsten Gehalts in Bar bitten konnte. Denn ihre Geldbörse mit der Kreditkarte hatte sie auch nicht mitgenommen. Sie hätte sich besser vorbereiten müssen, wurde ihr mit einem Mal klar.

Sie stand im überfüllten Aufzug, der sie langsam nach oben führte und seufzte laut auf, doch keiner schien es bemerkt zu haben. Zumindest tat jeder so, als wäre sie gar nicht da und starrte stattdessen auf seine eigenen Fußspitzen oder ins Leere. Die Menschen um Marlene herum schienen ihren eigenen Gedanken und Problemen nachzuhängen. Die meisten waren auf dem Weg zur Arbeit. Männer mit Aktentaschen, Frauen in eleganten Hosenanzügen oder schönen Kostümen. Niemand interessierte sich dafür, was die viel zu leicht bekleidete Frau mit den unfrisierten Haaren und dem Plastiksack gerade durchmachte. Wahrscheinlich hielten sie sie für eine Verrückte. Zumindest für jemanden, der keines Blickes wert war.

Es erschien ihr alles so aussichtslos. Wenn sie wenigstens ein bisschen Bargeld hätte. Sollte sie vielleicht doch zur Polizei gehen und ihren eigenen Ehemann anzeigen? Schließlich hatte er sie geschlagen und ihr Handy in Beschlag genommen. Außerdem hatte er sie eingesperrt. War das nicht Grund genug? Sie merkte, dass sie trotz der kalten Temperaturen, die bereits herrschten, immer noch schwitzte. Nein, sie konnte unmöglich zur Polizei gehen. Wenn die Menschen hier draußen sie schon für verrückt hielten, wem würde die Polizei glauben, wenn ein erfolgreicher Geschäftsmann seine labile Ehefrau, die er über alles liebte abholen kam?

Sie musste Andrea wohl oder übel die Wahrheit sagen, auch wenn es ihr nicht leicht fallen würde. Aber schließlich war sie ihre Freundin. Warum hatte sie plötzlich solche Angst davor, ihrer besten Freundin ihr Schicksal zu beichten? War es, weil sie sich schuldig fühlte? Irgendwie hatte Marlene das Gefühl, dass einer anderen Frau nicht passiert wäre, was ihr geschehen war. Einer anderen Frau, die kochen konnte und sich mehr für die Geschäfte ihres Mannes interessierte. Eine, die sich gefreut hätte, nicht mehr arbeiten gehen zu müssen, die stattdessen ihre Energie in den Haushalt gesteckt, die Wohnung umgestaltet oder ihren Mann auf Dienstreisen begleitet hätte. Aber sie war nicht eine andere Frau. Sie war Marlene – und vielleicht war das das Problem. Deshalb hatte sie, ihrer Meinung nach, auch ein wenig mit Schuld an dieser Situation.

Die Aufzugtüren öffneten sich und sie stieg aus.

Als sie endlich an der Tür, die mit einem Kranz aus getrockneten Beeren und Blättern geschmückt war, läutete, war es bereits sieben Uhr dreißig morgens. Andrea war mit Sicherheit schon wach, denn ihre Tochter war eine kleine Frühaufsteherin, wie ihre Freundin immer wieder betonte. Trotzdem hatte Marlene ein mulmiges Gefühl, als sie darauf wartete, dass geöffnet wurde.

Ohne nachzufragen, wer davor stand, hörte sie, wie Andrea das Sicherheitsschloss löste. Das konnte nur bedeuten, dass ihre übervorsichtige Freundin sie bereits durch den Spion gesehen hatte, dachte Marlene und begrüßte ihre etwas zerzaust wirkende Freundin.

„Marlene" grüßte nun auch Andrea und klang dabei mehr erschöpft als überrascht. „Komm herein."

Marlene betrat die überheizte Wohnung und folgte Andrea ins Wohnzimmer. Dabei bemerkte sie die Kleidung ihrer Freundin Sie hatte eine schwarze Jogginghose und ein graues Top an. Sogar darin sah sie gut aus, auch wenn man die tiefen Ringe unter den Augen nicht ignorieren konnte.

Im Wohnzimmer hob Andrea ihre Tochter, die noch den Pyjama trug, kurz auf ihre Hüfte, um sie gleich darauf in den Hochstuhl zu setzen.

„Marlene!", ahmte das Mädchen ihre Mutter nach.

„Wir haben das r gelernt", strahlte Andrea stolz und bat Marlene kurz auf Sara zu sehen, bevor sie in der angrenzenden Küche verschwand. „Deine Milch ist gleich fertig, Schatz!"

Plötzlich hatte Marlene schon wieder ein schlechtes Gewissen. Wie konnte sie nur geglaubt haben, Andrea könnte ihr helfen? Sie war voll und ganz mit ihrer Tochter und ihrem eigenen Leben ausgelastet. Am liebsten wäre sie wieder umgedreht und aus der Tür gegangen, doch der einzige Grund, warum sie das nicht tat, war die Tatsache, dass sie nicht wusste, wohin. Sabine wohnte zu weit weg und war öffentlich schwer zu erreichen, weshalb diese ausfiel.

Andrea kam mit einer Flasche Milch zurück. Erst jetzt sah sie Marlene richtig an und in ihrer Miene spiegelte sich so etwas wie Besorgnis. Sie musterte sie von oben bis unten, während sie die Flasche ihrer Tochter reichte. „Dir muss ja eiskalt sein. Setz dich doch erst mal, dann mach ich dir einen Kaffee."

Marlene setzte sich folgsam neben Sara an den Tisch, die die Milchflasche gierig zum Mund geführt hatte und mit vor Anstrengung geröteten Augen, trank.

Marlene musste an den Sack im Vorzimmer denken, der ihre wichtigsten Utensilien enthielt. Sie hatte ihn gleich neben der Tür abgestellt. Andrea hatte so getan, als hätte sie ihn nicht bemerkt, doch ihre gerunzelte Stirn hatte sie verraten.

Während Andrea den Kaffee holte, sah sich Marlene um. Sie war erst einige Mal hier gewesen. Das Haus war neu und das Wohnzimmer in hellen, freundlichen Tönen eingerichtet. Ein großes Bücherregal hinter der dunklen Ledergarnitur nahm beinahe die gesamte Wand ein. Immer wieder tauchten Fotographien von Sara auf; einmal alleine oder mit ihrer Mutter oder mit ihrem Vater. Eine glückliche Familie, als hätten sie keine Sorgen. Zumindest keine größeren. Und wahrscheinlich war es auch so.

Marlene beobachtete Sara lächelnd beim Trinken. Für einen kurzen Moment vergaß sie, weshalb sie hier war.

Als Andrea mit zwei Tassen Kaffee zurückkam, wurde Marlene wieder in die Realität geholt.

„Also, was ist los?", kam Andrea ohne Umschweife zur Sache und stellte eine der Tassen vor Marlene ab.

Irgendwie hatte Marlene das Gefühl, dass ihre Freundin etwas wusste, doch das war unmöglich. Also überlegte sie, wie sie am besten beginnen sollte.

Sag die Wahrheit!

„Ich bin von zu Hause abgehauen. Martin hat mich geschlagen", sprudelte es ohne Einleitung aus ihr heraus. Sie schielte zu Sara, doch diese war zu klein, um etwas von dem zu verstehen, was Marlene da sagte. Sie wandte sich wieder Andrea zu und schob ihren Pony aus der Stirn, um ihrer Freundin ihre bereits großteils verheilte Wunde zu präsentieren.

Andreas Mund öffnete sich für einen kurzen Moment und ihre Augen weiteten sich. Doch gleich darauf schien sie wieder gefasst. „Wie ist das geschehen? Hat er dich mit einem Gegenstand auf den Kopf geschlagen?", fragte sie mit ruhiger Stimme und sah Marlene eingehend an.

„Ehm, nein. Das kam vom Sturz …"

„Du bist gestürzt?"

Ein plötzliches Läuten an der Wohnungstür unterbrach ihr Gespräch. Andrea warf ihr einen kurzen Blick zu, der bedeutete, dass sie gleich wiederkam, und verließ das Wohnzimmer. Hoffentlich kein weiterer unerwarteter Besuch, dachte Marlene und nahm einen Schluck Kaffee. Er wärmte ihren immer noch zitternden Körper. Sie hörte ihre Freundin flüstern. Gott sei Dank, sie wimmelt den Besucher ab, dachte sie noch erleichtert, als sie plötzlich seine Stimme hörte.

Er kam mit großen Schritten ins Wohnzimmer auf sie zu. „Was machst du bloß für Sachen?", fragte Martin aufgebracht. Vor ihr blieb er stehen und ging in die Hocke, um mit ihr auf Augenhöhe zu sein. Vorsichtig tastete er ihren Kopf ab und schüttelte schließlich traurig den Kopf.

„Ich hätte doch mit ihr einen Arzt aufsuchen sollen", wandte er sich plötzlich ganz zerknirscht an Andrea. „Es scheint doch schlimmer zu sein, als es den Anschein hatte. Wahrscheinlich hat sie eine Gehirnerschütterung von dem Sturz davongetragen."

„Wie konnte sie nur so schlimm stürzen?", Andrea schüttelte den Kopf und sah Marlene fast vorwurfsvoll an, als wäre sie ein tollpatschiges Kleinkind.

„Es war meine Schuld." Martin stand auf.

Marlene stockte der Atem. War das ein Geständnis?

Zerknirscht fuhr Martin fort: „Ich hätte meine Aktentasche nicht so schlampig herum liegen lassen dürfen."

Marlene spürte, wie alles Blut aus ihren Wangen wich. Doch was hatte sie denn anderes erwartet? Hatte sie wirklich gedacht, er würde hier vor Andrea ein Geständnis ablegen? Das er seine Frau geschlagen hatte?

Zitternd - diesmal vor Enttäuschung - wollte Marlene etwas sagen, doch die beiden hatten sich bereits von ihr abgewandt, als wäre sie gar nicht da.

„Soll ich einen Arzt rufen?", hörte sie Andrea flüstern.

„Nein, mach dir keine Umstände. Ich fahre direkt mit ihr ins Krankenhaus. Der Sturz ist zwar schon ein paar Tage her, aber vielleicht braucht sie doch eine Behandlung. Danke, dass du sie aufgenommen hast. Sie muss dir ja einen ganz schönen Schrecken eingejagt haben."

„Wenn du mich nicht gewarnt hättest. Beinahe hätte ich ihr geglaubt, als sie behauptet hat, du hättest sie geschlagen."

„Oh, Gott. Das hat sie gesagt?"

„Es tut mir so leid." Andrea legte Martin teilnahmsvoll eine Hand auf seine Schulter.

„Schon gut. Es ist ja nicht deine Schuld. Du hast ja selbst genug um die Ohren."

Wie auf Kommando fing Sara, die seit Martins Ankunft niemand mehr beachtet hatte, zu quengeln an.

„Komm." Martin hatte sich wieder an Marlene gewandt. „Wir lassen die beiden jetzt alleine."

„Gute Besserung", war das letzte, das Marlene noch hörte, ehe die Tür hinter ihnen ins Schloss fiel und ihre einzige Chance auf Rettung damit kappte.

Erst später wurde Marlene bewusst, dass Andrea gar nicht wirklich überrascht über ihr unangekündigtes Erscheinen gewesen war. Sie hätte sich gleich denken können, dass Martin sie telefonisch vorgewarnt hatte. Wo hätte sie schließlich auch sonst hingehen sollen, ohne Geld?

Und jetzt hatte sie auch noch ihre Glaubwürdigkeit vor ihrer Freundin ein-
gebüßt.

27

Natürlich hatte er sie nicht ins Krankenhaus gebracht.

Als sie zu Hause ankamen, hatte Marlene einen Wutausbruch seinerseits erwartet und sich innerlich bereits gegen neue seelische und körperliche Verletzungen gewappnet. Doch Martin war erstaunlicherweise ruhig geblieben. Beinahe zu ruhig, was Marlene wiederum Angst gemacht hatte. Deshalb folgte sie nun artig seinen Anweisungen und legte sich sofort ins Bett, nachdem er ihr vorher ein heißes Bad eingelassen hatte. „Damit du mir nicht auch noch eine Lungenentzündung bekommst", hatte er kommentiert. Marlene hatte alles über sich ergehen lassen, auch als Martin ihr hinterher im Bett gleich zwei seiner Pillen gegeben hatte. Daraufhin war sie sofort in einen traumlosen Schlaf gesunken, wogegen sie nicht einmal versucht hatte, anzukämpfen. Sie wollte einfach nur vergessen.

Sie erwachte immer wieder, konnte jedoch ihre Augen nicht öffnen, bis sie feststellte, dass sie doch noch schlief. Immer wieder versuchte ihr Bewusstsein an die Oberfläche zu gelangen und jedes Mal wurde es wieder hinab in die Tiefen des Schlafs gezogen.

Erst am nächsten Morgen, als Martin sich für die Arbeit fertig machte wurde sie wach. Das stetige Summen des Rasierapparates hatte sie schließlich aus den vielen Stunden des Schlafs geholt. Marlene rieb sich die Augen. Sie fühlte sich wie benommen und musste dagegen ankämpfen, sie nicht sofort wieder zu schließen. Die Wirkung der Pillen hatte etwas nachgelassen, jedoch gleichzeitig einen schalen Geschmack hinterlassen. Marlene hatte unendlichen Durst. Der Durst war es auch, der sie aus dem Bett aufstehen ließ und sie torkelnd in die Küche führte. Dort trank sie zwei Gläser Wasser auf einen Zug leer.

„Ich hab dir Frühstück gemacht", sagte Martin und trat hinter sie. Er schob ein Tablett mit Brot, Schinken und Käse sowie einem Glas Orangensaft in ihre Richtung.

„Ach, fast hätte ich es vergessen." Er reichte ihr wieder eine dieser ovalen Pillen.

Ohne Widerrede nahm Marlene sie ihm folgsam aus der Hand und steckte sie in den Mund. Es hatte sowieso keinen Sinn ihm zu widersprechen. Mit einem Schluck Orangensaft spülte sie die Pille hinunter. Wenigstens war es nur eine, versuchte sie das Positive zu sehen.

Martin schob ihr noch den Barhocker zu, bevor er sich bei ihr mit einem Kuss verabschiedete.

Dann war sie alleine. Eingesperrt. Ohne Handy. Sie konnte aus dem Fenster rufen, doch von hier oben würde sie wohl kaum jemand hören. Und wenn doch, würde man sie höchstwahrscheinlich für eine Verrückte halten. Was sollten fremde Menschen von einer Frau halten, die aus dem Fenster nach Hilfe rief, wenn schon ihre Freundin dachte, sie ticke nicht mehr ganz richtig seit ihrem angeblichen Sturz auf den Kopf? Marlene blieb nichts anderes übrig, als sich ihrem Schicksal zu fügen. Vielleicht würde es irgendwann besser werden. Oder aber, sie fand eines Tages die Kraft einfach zu verschwinden.

Marlene kochte sich einen weiteren kräftigen Kaffee, um trotz der Pille halbwegs wach zu bleiben. Nachdem sie gefrühstückt hatte, wanderte sie ziellos in der Wohnung umher, um nicht in die Gelegenheit zu kommen, auf der Couch einzudösen. Stattdessen rückte sie Vasen zurecht, ordnete Zeitschriften nach dem Alphabet oder sah einfach beim Fenster hinunter auf die belebte Straße und stellte sich vor, sie würde dort unten gehen, als freies und selbstbestimmtes Wesen.

Dann las sie ein bisschen in einem Buch. Erst zu Mittag resignierte sie und legte sich ins Bett, nachdem sie eine Kleinigkeit aus der Tiefkühltruhe aufgetaut und gegessen hatte. Aber sie stellte sich den Wecker, um munter zu sein, bevor Martin nach Hause kam. Sie hatte Lebensmittel im Kühlschrank gefunden und wollte eine Kleinigkeit für ihn kochen. Martins Laptop lag auf seinem Schreibtisch im Arbeitszimmer. Sie würde auf eine Kochseite gehen und nach einem Rezept suchen, zu dem die paar wenigen Zutaten passten. Wer weiß, vielleicht war sie doch keine so schlechte Köchin?

Um Punkt vier Uhr nachmittags läutete der Radiowecker. Sie hatte ziemlich genau drei Stunden geschlafen und es wären wahrscheinlich noch mehr geworden, wenn sie den Alarm nicht gestellt hätte. Sie musste eine Lösung finden, um die Pillen nicht mehr zu nehmen. Sie machten sie nur schlapp und träge.

Sie stand auf, wusch sich das Gesicht mit kaltem Wasser, um wach zu werden und holte sich schließlich den Laptop, um sich damit auf die Couch zu setzen. Sie musste erst den Einschaltknopf finden, doch dann fuhr der Computer endlich hoch. Es dauerte eine Weile, dann erschien das Anmeldefenster. Sie musste Benutzernamen und Passwort eingeben. Daran hatte sie nicht gedacht. Martin hatte den Computer natürlich mit einem Passwort gesichert. Marlene schrieb in das Feld für den Benutzernamen *Martin*. Dann probierte sie als Passwort ihren eigenen Namen. Verdammt! Resigniert fuhr sie den Laptop wieder hinunter und legte ihn an den Platz zurück, wo sie ihn hergeholt hatte. Das konnte sie vergessen. Hatte sie wirklich geglaubt, Martin lasse seinen Laptop einfach so rumliegen, wenn er nicht mit Passwort gesichert war? Schließlich könnte Marlene dadurch ja Kontakt mit anderen aufnehmen, vielleicht sogar um Hilfe bitten.

Eine Stunde vor Martins vermutlicher Heimkehr von der Arbeit machte sie Spaghetti mit einer Sauce aus den Tomaten und dem Paprika, den sie im Kühlschrank gefunden hatte. Damit konnte man nichts falsch machen. Parmesan hatten sie zum Glück auch noch zu Hause. Dazu eine Flasche Weißwein und Martin dürfte nichts zu bemängeln haben. Was sie jetzt nicht brauchte, war wieder Streit. Wenn sie schon mit diesem Mann leben musste, dann so harmonisch wie möglich. Sie wollte nie wieder von ihm geschlagen werden. Dafür würde sie alles tun, auch wenn sie sich selbst dafür verleugnete. Zumindest so lange es nötig war und sie eine andere Lösung gefunden hatte.

An diesem Abend hatte Martin wirklich nichts an Marlene auszusetzen. Er war sogar freudig überrascht, dass seine Frau gekocht hatte und lobte sie für die Sauce, obwohl sie sehr einfach gehalten war. Nach dem Essen ging Marlene ins Bett. Sie wollte nicht mehr Zeit als nötig mit ihrem Mann verbringen, obwohl er heute sehr entspannt war. Aber seine Stimmung konnte sich so schnell ändern wie das Wetter.

Erst Stunden später folgte er ihr. Auch wenn Marlene wach geworden war, als er sich zu ihr legte, stellte sie sich schlafend. Sie spürte seinen Arm über ihre Schultern streichen. Als sie nicht reagierte, legte er sich seufzend auf seine Seite und kurz darauf hörte sie ihn leise schnarchen. Erleichtert stieß sie leise den angehaltenen Atem aus.

Die nächsten Tage verliefen ähnlich ereignislos. Marlene bemühte sich, Martin nicht zu verärgern. Er brachte ihr täglich die Lebensmittel mit, die sie brauchte, dafür kochte sie und räumte die Wohnung auf. Schließlich konnte sie bald wieder arbeiten gehen, was hieß, dass er sie nicht mehr länger einsperren konnte. Sie musste nur geduldig sein. Angeblich hatte Martin für sie Urlaub beantragt, wie er ihr versichert hatte. Da sie mit ihren Kopfverletzungen nie bei einem Arzt gewesen war, hatte sie keine ärztliche Bestätigung, die sie bei einem Krankenstand benötigt hätte.

Es war ein Freitag, als Martin heimkam. Wie an den meisten Abenden brachte er ihr Zeitungen und Werbematerial mit, damit sie sich nicht langweilte, wenn er außer Haus war. Schließlich sollte sie nicht den Kontakt zur Außenwelt verlieren, wie er einmal betont hatte. Marlene war es erst komisch vorgekommen. Weshalb sollte sie den Kontakt zur Außenwelt verlieren, nur weil sie zwei Wochen zu Hause verbrachte? Doch als Martin ihr mit der übrigen Post ein Kuvert reichte, ahnte sie bereits Schlimmes. Der Absender kam ihr nur allzu bekannt vor. Und sie hatte Recht. Es würde nicht bei den beiden Wochen Urlaub bleiben.

Der Brief war von ihrem Arbeitgeber. Als sie den kurz gehaltenen Text las, überlief es sie heiß und kalt. Sie war gekündigt worden, aufgrund ihres unentschuldigten Fernbleibens. Wie konnte sie nur so blauäugig gewesen sein und Martins Aussage hatte vertrauen können? So wie es aussah hatte er nie bei ihrer Firma angerufen! Aber was hätte sie schon daran ändern können, wenn sie es gewusst hätte?

All ihre Hoffnungen, die sie noch seelisch am Leben erhalten hatten, waren mit diesem Brief fortgespült. Ohne Arbeit war sie von Martin abhängig. Sie fühlte sich, als hätte man die Luft aus ihr herausgelassen, wie aus einem Luftballon. Sie sackte auf die Couch, unfähig irgendetwas zu sagen. Aus den Augenwinkeln sah sie, wie Martin sie zufrieden beobachtete.

Die nächsten Wochen verbrachte Marlene wie in Trance. Sie schluckte jeden Tag die Pille, die Martin ihr immer gleich morgens nach dem Aufwachen reichte, und aß nur das absolut Notwendigste, um nicht zu verhungern. Sie hatte jegliche Motivation verloren. Martin schien das locker hinzunehmen. Er hatte, was er wollte: eine Marionette. Vielleicht hoffte er aber auch darauf, dass sie irgendwann wieder aufwachte aus ihrer Lethargie, wenn sie ihr Schicksal so angenommen hatte, wie es jetzt war. Und dann würde sie endlich Martins Frau sein, so wie er es sich immer gewünscht hatte. Doch noch war sie weit davon entfernt.

Oft wusste Marlene nicht einmal, ob es Tag oder Nacht war. Sie schlief sehr viel. Ihr Schlafbedürfnis war im Gegensatz zu ihrem Hungergefühl sehr gestiegen.

Auch wenn sie in dieser Zeit wenig nachdachte, eine Sache versuchte sich immer wieder in ihr Bewusstsein zu drängen: Martins Computer. Jedoch wischte Marlene diesen unklaren Gedanken stets beiseite.

28

Jeden Morgen reichte Martin ihr ihre Pille. Damit sie sich besser fühlte, wie er behauptete. Diese Medizin jedoch war ein Teufelszeug, das Marlene all ihre Energie raubte. Trotzdem widerstand sie dem Impuls sie sofort wieder auszuspucken. Denn sie hatte auch etwas Gutes. Sie schützte sie vor ihren eigenen trübseligen Gedanken.

Doch eines Morgens, es mussten bereits mehrere Wochen vergangen sein, seit sie ihre Kündigung erhalten hatte, läutete genau in dem Moment Martins Handy, als er ihr die Pille in die Hand gedrückt hatte. Marlene hatte sie gerade in den Mund gesteckt, aber sie noch nicht hinuntergeschluckt. Unschlüssig reichte Martin ihr das Glas Wasser und verlies nach einem kurzen Kontrollblick hastig das Schlafzimmer, um sein Telefon zu holen. Anscheinend war der Anruf ziemlich wichtig für ihn. Ohne zu überlegen nutzte Marlene diese einmalige Gelegenheit und spuckte das rosa Ding in ihre Hand, um sie anschließend unter ihrem Kopfpolster verschwinden zu lassen. Hätte sie eine Sekunde länger gezögert, wäre sie aufgeflogen, denn Martin stand bereits wieder mit dem Handy am Ohr im Schlafzimmer und sah sie argwöhnisch an. Marlene jedoch legte sich wieder auf ihr Kissen und schloss die Augen bis sie seine Anwesenheit nicht mehr spürte.

Irgendwann fiel die Haustür ins Schloss und das mittlerweile vertraute Geräusch war zu hören, wenn sich der Schlüssel zweimal im Schloss drehte. Erst da öffnete sie wieder ihre Augen, holte die Pille unter dem Kissen hervor und spülte sie in der Toilette hinunter. Ein Gefühl von Triumph machte sich in ihr breit, auch wenn sie wusste, dass sie morgen schon wieder verlieren würde. Doch heute wollte sie nicht an den nächsten unerfreulichen Tag in ihrem Leben denken. Sie wollte die vor ihr liegenden Stunden soweit es ging genießen. Das

Gefühl nicht in Watte gepackt zu sein auskosten, wie einen süßen Wein, auch wenn es weh tat, ihr Schicksal plötzlich wieder so klar vor Augen zu haben.

Marlene verließ das Badezimmer, machte sich eine Tasse Kaffee und setzte sich damit ins Wohnzimmer. Ihr Blick fiel auf Martins Laptop, der nach wie vor auf der Kommode lag. Er nutzte ihn scheinbar nicht oft, hatte er doch sein Firmennotebook, das er immer mit zur Arbeit nahm.

Marlene gab sich einen Ruck und holte das Gerät zu sich. Es konnte doch nicht so schwer sein, Martins Passwort zu knacken. Sie begann ganz simpel mit seinem zweiten Vornamen als Passwort, Geburtsdaten von ihr und Martin, ihr Hochzeitsdatum, Städtenamen, … Nichts.

Nach einer Stunde gab Marlene frustriert auf. Sie stellte den Laptop wieder sorgfältig an seinen Platz, damit Martin später nichts merkte. Dann machte sie sich einen Toast. Während sie aß, überlegte sie die ganze Zeit, was es war, dass sie übersehen hatte. Doch sie wusste es nicht. Schließlich setzte sie sich auf die Couch und drehte den Fernseher auf. Erst nach einiger Zeit merkte sie, dass sie nichts von dem mitbekam, was dort lief und schaltete das Gerät wieder ab.

Es war bereits vierzehn Uhr. Sie hatte noch drei Stunden Zeit, bis Martin kam. Wie langsam die Zeit doch verging, wenn man wach war, aber nichts zu tun hatte. Immer wieder ertappte Marlene sich dabei, wie sie im Kopf die verschiedensten Möglichkeiten durchging, die für ein Passwort, das Martin möglicherweise verwendet haben könnte, in Frage kamen.

Wenig später ging sie in der Wohnung auf und ab, unschlüssig, was sie tun konnte. Als sie im Vorzimmer stehen blieb, fiel es ihr plötzlich wieder ein. Das Foto aus dem Schrank! Marlene konnte sich erinnern, dass auf dessen Rückseite etwas geschrieben stand. Undeutlich hin gekritzelt, aber doch eindeutig ein Wort. Ein Name oder ein Ort? Sie hatte es damals nicht weiter beachtet, zu wichtig war ihr das Foto von Martins Mutter selbst erschienen. Sie öffnete den Schrank und blickte nach oben. Doch wie sie erwartet hatte, befand sich der Karton mit den Stofftieren nicht mehr an seinem Platz. Außerdem hatte er das Foto ja vor ihren Augen zerrissen. Was erhoffte sie sich auch davon, wenn sie

Zugang zu Martins Computer hatte? Würde sie versuchen mit der Polizei Kontakt aufzunehmen? Diese Option hatte sie schon vor langer Zeit ausgeschlossen. Hatte sie ihre Meinung inzwischen geändert? Oder würde sie Andrea oder Sabine per E-Mail um Hilfe bitten? Die hielten sie doch seit ihrem angeblichen selbstverschuldeten Sturz für nicht mehr ganz richtig im Kopf. Dafür hatte Martin sicher schon längst gesorgt. Wer weiß, wie oft er ohne Marlenes Wissen mit den beiden telefoniert hatte und was er ihnen über sie erzählt hatte? Sie mochte gar nicht daran denken. Es konnte gut möglich sein, dass ihre ehemals besten Freundinnen bereits eher Martin glaubten, als ihr selbst. Auch wenn sie den beiden alles per E-Mail schildern könnte, es wäre gut möglich, dass sie sich sofort an Martin wenden würden. Nein, das war zu unsicher. Sie würden ihr genauso wenig glauben wie die Polizei. Die hatte wichtigeres zu tun, als eine Frau aus einem Luxuspenthouse zu retten. Ihr Leben war einfach nur jämmerlich, dachte Marlene resigniert. Aber der Zugang zum Computer und über ihn in das World Wide Web wäre wenigstens ein kleines Fenster nach draußen zur Normalität. Deshalb machte sie sich auf die Suche nach weiteren Fotos oder Informationen, falls Martin noch irgendwo welche aufgehoben haben sollte. Schließlich hatte sie ja nichts Besseres zu tun. Sie überlegte, wo ihr Ehemann seine persönlichen Dinge aufbewahrte. Bis jetzt hatte sie sich darüber noch nie Gedanken gemacht. Sie war keine Ehefrau, die in den Sachen ihres Mannes schnüffelte. Doch was blieb ihr nun anderes übrig, nachdem er ihr alles andere genommen hatte.

Sie begann im Schlafzimmer. Martin war sehr ordentlich. Es dauerte nicht lange und sie hatte all seine Schubladen durchsucht. Sie sah zwischen den sorgfältig gefalteten Socken nach, hinter den T-Shirts und zwischen den Hemden, die er alle fein säuberlich in einer Schutzhülle aufbewahrt hatte.

Nach einer halben Stunde war Marlene fertig. Außer ein paar Rechnungen der Putzerei, die regelmäßig Martins Hemden wusch und bügelte, hatte sie nichts gefunden.

Irgendwo musste Martin doch seine Dokumente und dergleichen aufbewahren. Der kleine Sekretär im Wohnzimmer fiel ihr ein. Warum war sie nicht gleich darauf gekommen?

Nachdem Marlene ein paar der beschrifteten Ordner herausgenommen hatte, griff sie ganz nach hinten und holte eine dunkelblaue Schachtel hervor, die so groß war wie ein halber Schuhkarton. Komisch, dass sie noch nie auf die Idee gekommen war, in den Sekretär zu sehen.

Das Gefühl, etwas Verbotenes zu tun, wurde jäh von einem Gefühl der Aufregung abgelöst, als sie die Schachtel öffnete.

Sicherheitshalber warf Marlene einen Blick auf die Uhr. Sie hatte noch über zwei Stunden Zeit. Dann sah sie noch einmal auf das was sich ihr in der Schachtel bot. Es war kein weiteres Bild von Martins Mutter, das sie stutzen ließ, auch wenn sie bereits alle Hoffnung aufgegeben hatte, es zu finden. Stattdessen lag dort ein Ledereinband in der Größe eines Passes. Behutsam hob sie ihn heraus, als wäre er zerbrechlich. Tatsächlich war es die Schutzhülle eines Reisepasses. Doch es war nicht der von Martin, wie sie zuerst vermutete. Auch nicht ihr eigener, der in ihrem Nachtkästchen lag. Es war das Foto einer jungen Frau, die sie mit ihren braunen Augen ansah. Der Pass war noch nicht abgelaufen. Irritiert las Marlene den Namen: Sophie Meier. Sie wirkte jünger als Marlene, war aber derselbe Typ wie auch schon Martins Mutter. Mit großen Augen starrte die junge Frau Marlene ernst an, als würde sie sie anflehen, ihr zu helfen. Mit zitternden Fingern hielt Marlene den Pass fest. Wer immer das auch war, was hatte der Pass dieser Person in Gottes Namen hier zu suchen? Es konnte sich eigentlich nur um Martins Ex-Frau handeln. Geboren 1985. Warum hatte Martin ihren Pass aufbewahrt?

Sie legte den Pass zurück, darauf bedacht, dass alles wieder an seinem richtigen Platz lag.

Jetzt hatte sie noch einen Namen, den sie als Passwort ausprobieren konnte. Doch gerade in dem Moment, als sie sich bückte, um den Laptop hervorzuholen, fuhr ein Schlüssel brutal ins Schloss.

29

„Na, wie ich sehe, geht es dir heute ja besser." Martins Stimme klang aggressiv und streitlustig. Außerdem lallte er wieder verdächtig. Marlene wich vor ihm zurück, als er das Zimmer betrat und auf sie zu wankte.

„Willst du deinem Mann keinen Kuss geben?" Sie ignorierte seine Frage und versuchte aus dem Zimmer zu flüchten. Doch er war schneller. Als sie rückwärts gegen die Lehne der Couch stieß, packte er sie an den Haaren. Ihr entfuhr ein leiser Schrei, doch er zog sie weiter unsanft zu sich heran. Dann küsste er sie hart auf den Mund. Marlene konnte den Alkohol riechen. Ihr wurde übel.

Trotz seines Alkoholspiegels und seiner dadurch fehlenden Körperbalance, war er immer noch stark genug, Marlene hochzuheben und ins Schlafzimmer zu tragen.

„Nein, bitte!" Marlene flehte ihn an, sie in Ruhe zu lassen. Doch er war wie von Sinnen. Er riss ihr die Kleider vom Körper, während er sie aufs Bett drückte. Sie fühlte sich wehrlos wie ein kleines Kind. Sie konnte nichts weiter tun, als alles über sich ergehen zu lassen. Stumm rannen ihr die Tränen der Verzweiflung über das Gesicht, sie traute sich nicht laut zu weinen. Sie wollte nur, dass es vorbei war. Nach fünf Minuten, die ihr wie eine Ewigkeit vorgekommen waren, ließ er endlich von ihr ab. Er stand vom Bett auf und sah sie an. Für den Bruchteil einer Sekunde konnte Marlene so etwas wie Entsetzen in seinen Augen aufblitzen sehen. Als hätte er sich gerade selbst im Spiegel erblickt, bei dem, was er eben getan hatte. Dann drehte er sich um. Er ließ sie allein im Schlafzimmer zurück, knallte die Tür hinter sich zu. Marlene rollte sich ein wie ein Embryo und weinte sich still in den Schlaf.

Am nächsten Morgen war alles ruhig. Marlene öffnete ihre Augen. Martins Seite des Bettes war leer, dafür lag auf ihrem Nachtkästchen ein kleiner Teller mit der rosa Pille darauf und ein Glas Wasser. Es war das erste Mal, dass er sie ihr nicht selbst verabreichte. War sein schlechtes Gewissen so groß?

Marlene überlegte nicht lange. Sie nahm die Pille in den Mund und ging ins Bad. Auch auf dem Weg dorthin begegnete sie Martin nicht. Im Bad spukte sie die Arznei sofort in die Toilette, auf die sie sich gleich darauf sinken ließ. Der gestrige Abend kam ihr wieder mit voller Wucht ins Gedächtnis. Sie musste sich zusammen reißen, um nicht wieder loszuheulen. Sie zwang sich stark zu bleiben, sie durfte vor Martin keine Schwäche zeigen.

Als sie sich wieder einigermaßen gefasst hatte, verließ sie das Badezimmer. Martin war tatsächlich schon fort. Seine Aktentasche lag nicht mehr auf der Ablage im Vorzimmer und seine schwarzen Lederschuhe fehlten ebenso. Marlene vergewisserte sich noch, ob die Tür versperrt war. Vielleicht hatte Martin sie aufgrund seines schlechten Gewissens heute offengelassen, in der Hoffnung Marlene würde es sowieso nicht bemerken? Oder sie hätte so viel Angst vor ihm, dass sie es erst gar nicht wagen würde zu fliehen?

So wie es aussah, hatte Martin heute Nacht im Wohnzimmer auf der Couch geschlafen. Eine zerwühlte Decke zeugte noch davon. Beinahe tat er ihr leid, doch sie ohrfeigte sich sofort im Stillen für diese dumme Gefühlsregung. Sollte ihn sein schlechtes Gewissen doch umbringen!

Marlenes Magen knurrte und sie fühlte sich leicht benommen. Sie hatte seit gestern Mittag nichts mehr gegessen und der Appetit, der in den letzten Wochen durch die Pillen unterdrückt worden war, kam nun mit einer Wucht an die Oberfläche.

Nachdem Marlene etwas zu sich genommen hatte, holte sie sofort den Laptop und setzte sich damit an den Esstisch. Kurz darauf erschien wieder das Login-Fenster. Beim Feld für das Passwort blinkte wie das letzte Mal der Cursor.

Zuerst gab sie wieder Martin als Benutzer ein. Dann klickte sie in das Fenster für das Passwort und schrieb dort *Sophie* hinein. Wieder nichts.

Erst als sie *Sophie1985* eingab änderte sich der Bildschirm. Sie hatte es geschafft, sie hatte das Passwort geknackt! Sie konnte es kaum glauben. Vor lauter Konzentration waren ihre Hände ganz feucht geworden und sie musste sie erst an ihrer Hose abwischen, bevor sie Google öffnete.

Ohne zu überlegen, gab sie Sophie Meier in die Suchmaschine ein, in der Hoffnung irgendetwas über Martins Ex-Frau zu erfahren. Die Liste der Ergebnisse war jedoch einfach zu groß. Sie musste die Suche einschränken, also fügte sie den Namen ihres Mannes hinzu.

Damit landete sie einen Treffer. Gleich unter den ersten zehn Vorschlägen wurde ihr ein Link zu einer Internetseite angezeigt, in dem beide Namen vorkamen.

Es musste sich dabei um denselben Artikel handeln, den Sabine laut Andrea gelesen hatte. Darin ging es in erster Linie um Martins ehrenamtliche Arbeit. Nur mit einem Satz wurde erwähnt, dass ihn seine Frau Sophie zu einer Wohltätigkeitsveranstaltung anlässlich von Alzheimerpatienten begleitet hatte. Dass Martin einem Krankenhaus für die Erforschung von Alzheimer regelmäßig Geld spendete, hatte Marlene nicht gewusst. Die Ehrung, zu der Martin und seine damalige Frau eingeladen waren, fand genau ein Jahr bevor Marlene ihn kennengelernt hatte, statt. Leider gab es kein Foto von den beiden. Zu gern hätte sie eine Bestätigung gehabt, dass die Frau auf dem Pass tatsächlich seine Ex-Frau war. Andererseits, war der Name nicht Bestätigung genug? Vielleicht gab es ja noch andere Artikel. Der nächste, den sie fand, war etwas aktueller. Diesmal war tatsächlich ein Foto von Sophie und Martin abgebildet, wie sie gemeinsam in Abendgarderobe in der Loge der Oper saßen und in die Kamera lächelten. Martin war mit seiner Ex-Frau beim Wiener Opernball gewesen. Marlene spürte Neid, jedoch nicht, weil sie auch gerne einmal an diesem Ereignis teilgenommen hätte, sondern vielmehr, weil Sophie nicht eingesperrt worden war, so wie sie. Was hatte sie anders gemacht? Wieder kamen Schuldgefühle in Marlene auf. Sie betrachtet das Foto ganz genau. Versuchte Sophies Mimik genau zu analysieren. Doch sosehr sie sich auch bemühte, sie konnte keine Spuren von Sorgen oder Unglück in ihrem hübschen Gesicht ausmachen. Und auch keine anderen verräterischen Anzeichen, die womöglich von einer Misshandlung stammen würden. Ganz im Gegenteil, Martins frühere Frau sah glücklich aus. Wenn sie keine gute Schauspielerin war, dann ging es ihr sichtlich besser als ihr selbst. Fast ein wenig enttäuscht klickte sich Marlene durch die anderen Fotos auf der Seite. Hauptsächlich Prominente und natürlich *Richard Lugner*, der Baumeister, mit seinem alljährlich wechselnden mehr oder weniger berühmten Gast.

Da war es. Ein Bild zeigte irgendein Schauspielerpärchen, das Marlene nicht kannte. Doch daneben konnte man gerade noch Sophie erkennen. Genau genommen, ihre linke Gesichtshälfte, der Rest war auf dem Foto abgeschnitten. Trotzdem war deutlich zu erkennen, dass sie diesmal nicht lächelte. Im Gegenteil, sie weinte, wenn Marlene das richtig erkennen konnte. Sie starrte auf das Bild. Sophies Auge war rot und sie wirkte gequält.

Mehr Fotos gab es nicht auf dieser Seite.

Der nächste Link, den Marlene öffnete war ein Zeitungsartikel. Die Schlagzeile sprang Marlene sofort ins Gesicht: Frau des Unternehmers Martin M. spurlos verschwunden – die Eltern der jungen Frau gehen von einem Gewaltverbrechen aus. Als Marlene diese Zeilen las, hatte sie das Gefühl, jemand zog ihr den Boden unter den Füßen weg. Sie holte tief Luft, dann scrollte sie weiter zum Text. Angeblich war Sophie nach einem Streit mit ihrem Mann zu ihren Eltern gefahren, hatte dort ein paar Nächte verbracht und war dann wieder zurück zu Martin gefahren. Nur dass sie nie bei ihrem Mann angekommen war, wie er gegenüber der Presse behauptete.

Und seitdem war sie verschwunden.

Martin M. spricht außerdem von psychischen Problemen seiner Frau(dieselbe Masche wie bei mir).

Marlene lief es kalt den Rücken hinunter, gleichzeitig wusste sie nicht, was sie glauben sollte. Hatte Martin seine damalige Frau wirklich umgebracht? Oder war sie ihm einfach verwirrt weggelaufen, wie Martin es laut Presse angedeutet hatte? War Marlene nicht auch knapp davor gewesen, ihn zu verlassen? Doch, wenn Sophie wirklich aus eigenen Stücken verschwunden war, wie hatte sie es geschafft, sich vor ihm zu verstecken? Martin hatte Kontakte, er hätte bestimmt den besten Privatdetektiv auf sie angesetzt. Marlene fuhr sich mit zittrigen Händen durch ihre Haare und spürte, dass eine Haarwäsche schon längst überfällig war.

Immer wieder ging ihr dieselbe Frage durch den Kopf: *War ihr eigener Mann ein Mörder?*

Sie hatte noch nie verstehen können, wenn Menschen behaupteten, nach einem Schock Alkohol zur Beruhigung zu benötigen. Doch jetzt spürte sie zum ersten Mal dieses Verlangen. Sie wollte das Brennen spüren, wenn die Flüssigkeit in ihrer Kehle hinunterlief und gleichzeitig ihren Verstand betäubte. Plötzlich wünschte sie sich den Zustand der letzten Wochen zurück, nachdem sie täglich ein bis zwei der schmerzstillenden und den Verstand betäubenden Pillen genommen hatte.

Sie wünschte, sie hätte nie das Passwort von Martins Computer geknackt. Hätte nie erfahren, dass seine damalige Frau verschwunden war. Hätte nie der Möglichkeit ins Auge sehen müssen, dass ihr eigener Mann vielleicht ein kaltblütiger Mörder war.

Doch jetzt war es zu spät. Sie konnte es nicht mehr rückgängig machen, sondern nur versuchen mit diesem Wissen zu leben.

Marlene widerstand dem Verlangen nach einem Schluck Scotch, der griffbereit neben der Anrichte stand. Stattdessen suchte sie nach weiteren Artikeln, die Sophies Verschwinden betrafen. Doch sie fand nichts mehr darüber. Kein Bericht über ihr Wiederauftauchen, nicht einmal über den Fund ihrer Leiche. Als wäre die Sache abgehakt. Eine Frau verschwand und tauchte nicht mehr auf. Ein Leben weniger auf diesem Planeten - was soll's. Es gab ohnehin zu viele Menschen. War das Verschwinden einer Frau wirklich nur einen einzigen Artikel wert? Andererseits wusste Marlene, dass ständig Menschen verschwanden, oft sogar aus eigenem Willen. Manchmal tauchten sie nach Jahren wieder auf, in anderen Fällen nie mehr wieder. Und keiner erfuhr jemals, was mit ihnen geschehen war.

Marlene hoffte, dass Sophie noch lebte. Irgendwo, sicher und behütet. So wie sie es selbst nicht konnte. In Marlene keimte plötzlich der Wunsch auf, selbst zu verschwinden. Aber sie hatte keine Möglichkeit dazu. Wenn Martins erste Frau tatsächlich abgehauen war, würde er alles tun, damit ihm das kein zweites Mal passierte.

Und wenn er Sophie umgebracht hatte? Würde er es wieder tun? Marlene schüttelte den Gedanken aus ihrem Kopf. Stattdessen löschte sie den Verlauf und fuhr den Computer hinunter. Nicht, dass Martin die von ihr besuchten Seiten sehen konnte. Dann holte sie sich die Tageszeitung, mit der sie sich auf die Couch setzte. Sie musste auf andere Gedanken kommen.

Sie überblätterte die ersten Seiten. Sie wollte nichts von ertrunkenen Flüchtlingen, misshandelten Kindern und zersägten Ehefrauen lesen. Das Elend auf dieser Welt wurde nicht besser, wenn es jeden Tag auf den Titelseiten der Tageszeitungen und in den Nachrichten im Fernsehen ausgeschlachtet wurde. Im Gegenteil, es fraß sich in die noch heilen Seelen der Menschen, die täglich zeitungslesend mit der U-Bahn in die Arbeit fuhren oder mit ihren Familien zu Hause saßen und beim Lesen dieser schrecklichen Verbrechen an ihre eigenen Kindern denken mussten. Das Grauen blieb dadurch nicht nur bei den Opfern, sondern verbreitete sich wie eine ansteckende Krankheit in den Köpfen der Menschen.

Marlene las das Kinoprogramm, obwohl sie wohl nie mehr ins Kino gehen würde, und anschließend die Reisebeilage. Etwas forderte dabei ihre Aufmerksamkeit. Die Anzeige einer Donauschifffahrtsgesellschaft. Marlene hatte einmal ein Buch gelesen über Menschen, die auf großen Kreuzfahrtschiffen verschwanden. Seitdem musste sie jedes Mal daran denken, wenn sie das Foto eines Passagierschiffes sah. Natürlich war dieses Schiff hier viel kleiner, hatte nicht einmal Kabinen zum Übernachten. Trotzdem konnte Marlene nicht aufhören, den Artikel anzustarren. Sie fasste einen Entschluss, auch wenn er sehr kühn war. Sie musste Martin dazu bringen, mit ihr diese kleine Tour zu buchen. Es war eine Abendveranstaltung mit Tanz und Unterhaltung. Marlene hatte bald Geburtstag und sie hatte sich noch nie etwas von Martin gewünscht.

30

Martin war nachlässiger geworden, was die Verabreichung der „KO-Pillen",
wie Marlene sie insgeheim nannte, betraf. Er schaute ihr zwar dabei zu, wie sie
sie in den Mund steckte und einen Schluck Wasser darauf trank, kontrollierte
aber hinterher nicht mehr ihren Mund, wie er es anfangs immer gemacht hatte.
Das war ihre Gelegenheit. Sie brauchte nur darauf zu warten, bis Martin das
Schlafzimmer verließ, um kurz darauf die kleine Kapsel unter ihrer Zunge hervor zu holen und in einem unbeobachteten Moment zu entsorgen.

Es war bereits der fünfte Tag ohne Pillen und Marlene fühlte sich deutlich
besser. Trotzdem versuchte sie in Martins Gegenwart den Schein zu wahren.
Sie schlurfte morgens lustlos in die Küche, aß kaum einen Bissen und sprach
nicht viel. Er sollte ihre Veränderung nicht bemerken. Gleichzeitig versuchte
sie Martin das Gefühl zu geben, es mache ihr nichts mehr aus, in seiner Wohnung eingesperrt zu sein. Heute Morgen hatte sie ihm sogar im Vorbeigehen
einen Kuss auf die Wange gegeben. Auch wenn es sie große Überwindung gekostet hatte, es hatte sich gelohnt. Das kurze Aufflackern von Freude in seinen
Augen war nicht zu übersehen gewesen. Im Grunde war er kein schlechter
Mensch, dachte Marlene, während sie ihm beim Kaffee gegenüber saß und ihn
heimlich beobachtete, während er Zeitung las. *Außer, er hat seine Ex-Frau auf
dem Gewissen.* Dieser Gedanke zog seit sie den Artikel gelesen hatte, immer
wieder wie eine dunkle Wolke über ihr Gemüt.

Als Martin zur Arbeit gegangen war und sie wieder alleine war, klopfte es
plötzlich heftig an der Tür. Marlene fuhr aus ihrem Sessel hoch, in den sie sich
mit einem Buch eingekuschelt hatte. Langsam schlich sie sich zur Tür, als es
wieder klopfte. Diesmal hörte sie auch Stimmen.

„Marlene?!" Stille.

„Marlene, bist ist du da?"

Marlene erkannte die beiden Stimmen sofort. Trotzdem sah sie durch den Spion, um sicher zu gehen, dass ihr ihre Fantasie keinen Streich spielte.

„Sabine, Andrea …", flüsterte Marlene, nachdem sie ihre Freundinnen durch den Spion gesehen hatte, ohne zu wissen, warum sie so leise sprach, schließlich war sie ja alleine.

„Marlene?", kam es, diesmal ebenfalls vorsichtiger, zurück.

„Ich kann euch leider nicht herein lassen."

„Was ist los? Wir machen uns schon solche Sorgen. Du lässt gar nichts mehr von dir hören, bist nicht mehr zu erreichen."

Marlene wusste nicht, wie sie es ihnen erklären sollte. Sie verstand es ja selbst nicht wirklich.

„Martin", brachte sie nur schluchzend heraus, die einzige Erklärung, die sie im Kopf hatte.

„Sollen wir die Polizei rufen?" Sabine klang alarmiert.

„Nein!"

„Was-„

„Wenn ihr die Polizei holt, wird es nur noch schlimmer. Martin hält mich hier gefangen. Er ist ein sehr jähzorniger und eifersüchtiger Mensch. Er hat viele Kontakte. Die Polizei kann mich nicht vor ihm beschützen." Selbst in ihren Ohren klang das seltsam. Würden sie ihr glauben? Oder würden sie sie für verrückt halten?

Kurz herrschte Stille und Marlene fürchtete schon, ihre Freundinnen hielten sie für nicht zurechnungsfähig.

„Können wir etwas für dich tun?", kam es leise zurück.

„Irgendetwas müssen wir doch tun können. Er kann dich doch nicht einfach einsperren!"

„Du hattest Recht, nicht wahr? Es tut mir so leid, dass ich dir damals nicht geglaubt habe", schluchzte Andrea.

„Es gibt nur eine Möglichkeit, mir zu helfen." Marlene war über ihre plötzliche Entschlossenheit selbst überrascht. Auch wenn sie dieses Szenario in den letzten Tagen immer wieder in ihrem Kopf durchgegangen war, wusste sie insgeheim, dass es nicht zu realisieren war. Trotzdem, es war vielleicht ihre einzige Chance und deshalb einen Versuch wert.

„Ich muss verschwinden."

„Was?" Sie konnte die Unverständlichkeit in Sabine Stimme hören und sah förmlich ihre gerunzelte Stirn vor sich.

„Hört zu", flüsterte Marlene. „Ihr müsst Martin dazu bringen, dass er mit mir einen Schiffsausflug macht. Ein Dinner bei Nacht. Auf der Donau. Zu meinem Geburtstag. Seht in der Zeitung nach, dort ist eine Anzeige. Läutet zu meinem Geburtstag an und schenkt mir diese Fahrt für zwei Personen." Marlene holte den Prospekt, riss die eine Seite heraus und schob sie unter der Tür durch.

„Wie sollen wir das anstellen? Er wimmelt uns nur mehr ab, wenn wir ihn anrufen, um sich nach dir zu erkundigen."

„Und warum gerade eine Schifffahrt? Ich verstehe nicht-", schaltete sich wieder Andrea ein.

„Bitte!", flehte Marlene durch die geschlossene Tür und lehnte sich erschöpft dagegen. „Das ist die einzige Möglichkeit, wie ihr mich retten könnt."

31

Er war schon seit über einer Woche freundlich zu ihr gewesen. Sollte sie sich darüber freuen? Sie musste zugeben, dass es in ihr noch mehr Angst entfachte. Irgendetwas lag im Argen, sie konnte es förmlich spüren. Es war wie die sprichwörtliche Ruhe vor dem Sturm.

Er benahm sich so, als wäre er ein anderer. Wieder mehr der Mann, den sie damals geheiratet hatte, nicht der, neben dem sie die letzten Monate aufgewacht war.

Er war einfühlsam und zuvorkommend. Unter anderen Umständen hätte sich Marlene darüber gefreut, doch sie traute dem Ganzen nicht. Er war der Wolf im Schafspelz. Zu gut kannte sie ihn mittlerweile. Er würde so lange zahm sein, bis er sie so weit hatte, dass sie ihm vertraute, dann würde er zubeißen.

Was war der Grund für seinen plötzlichen Wandel? Sie wagte nicht daran zu glauben, dass er sich geändert hatte. Menschen änderten sich nicht – zumindest nicht in einem so kurzen Zeitraum. Wenn, dann vielleicht noch am ehesten durch einen Schicksalsschlag. Aber es war ja nichts geschehen, zumindest nichts, was Marlene wusste.

Erst gestern hatte er ihr wieder ein Geschenk gemacht. Eine Brillantbrosche, die, würde sie sie auf der Straße tragen, wahrscheinlich für kitschigen Modeschmuck gehalten würde. Doch Marlene konnte darauf wetten, dass sie echt war. Martin hielt nichts von falschem Schmuck. Und er verdiente genug, um ihn sich leisten zu können bzw. ihr zu schenken. Geizig war er nicht, das musste sie ihm lassen.

Marlene überlegte, was Martins plötzliche Veränderung hervorgerufen haben könnte. Lag es vielleicht an ihrem Verhalten? Sie versuchte ihm keine Gelegenheit zu geben, wütend zu werden. Aber auch das hatte in der Vergangenheit nicht immer geholfen. Möglicherweise hatte er Angst bekommen. Ihre

Freundinnen riefen in immer kürzeren Abständen auf seinem Handy an. Sie wusste es, auch wenn er nicht abhob. Sie konnte es an seinem genervten Gesichtsausdruck erkennen, wenn er auf das Display sah, bevor er den Ton stumm schaltete. Ihr eigenes Handy hatte Martin seit ihrer Gehirnerschütterung nicht mehr wieder zurückgegeben. Ihre Freundinnen legten sich richtig ins Zeug. Hoffentlich würde Martin irgendwann aufgeben und dran gehen. Wenigstens ein Mal. Doch wie Sabine und Andrea es schaffen sollten, sich zu Marlenes Geburtstag selbst einzuladen, um ihr das Geschenk zu überreichen, war ihr ein Rätsel. Hoffentlich ließen sie sich etwas einfallen.

Das Geräusch eines Schlüssels, der sich im Schloss drehte riss Marlene aus ihren Gedanken. Sofort versteifte sich ihr gesamter Körper. Eine Reaktion, die sie sich in den letzten Monaten angeeignet hatte und die sie immer wieder aufs Neue beschämte. Wie weit war es mit ihr gekommen? Warum gelang es ihr nicht, sich gegen diesen Menschen zu wehren?

Auch wenn sie es in ihrem früheren Leben nie verstehen konnte, jetzt wusste sie, wie es sich anfühlte, wenn man nicht fähig war, sich selbst zu beschützen.

Sie konnte es kaum glauben, aber Sabine und Andrea hatten es irgendwie geschafft, sich für heute Nachmittag einzuladen.

Martin hatte es ihr erst vor einer halben Stunde gesagt, früh genug, damit Marlene sich hübsch machen konnte, aber nicht zu früh, um sich irgendwelche Taktiken zu überlegen.

Er trat ins Zimmer, bekleidet lediglich mit einer Boxershorts und einem noch offenen blauen Hemd.

„Genieße die Zeit mit deinen Freundinnen", sagte er plötzlich, ohne Marlene dabei anzusehen. Und es klang wie ein guter Ratschlag, den ein Vater seinem Sohn gibt.

Marlene sah ihn etwas verständnislos an.

Seelenruhig widmete Martin sich einem Knopf nach dem anderen, ehe er endlich zu einer Erklärung ansetzte.

„Es wird vermutlich das letzte Mal sein, dass du sie zu Gesicht bekommst."

Marlene schnappte nach Luft. Was meinte er damit? Unwillkürlich musste sie an Sophie denken. Würde Marlene das gleiche Schicksal bevorstehen? Würde sie morgen vielleicht schon nicht mehr am Leben sein? Vor lauter Schreck über diesen beängstigenden Gedanken ließ sie die Bürste fallen, mit der sie gerade ihre Haare gekämmt hatte.

„Wir werden umziehen."

Marlene spürte wie sich ihr Magen zusammenzog. Damit hatte sie nicht gerechnet. *Nein!* Lautlos rannen ihr Tränen die Wangen herunter. Sie machte sich nicht einmal die Mühe zu fragen, wohin sie ziehen würden. Es spielte keine Rolle für sie. Sie wusste, dass er ihre letzten Verbindungen zu ihrem alten Leben kappen wollte. Es war egal in welche Stadt sie gehen würden, Hauptsache weg von hier und all dem, das sie noch an ihr altes Leben erinnerte. Vor allem weg von ihren beiden Freundinnen, die ihm wahrscheinlich in letzter Zeit immer lästiger geworden waren. Deshalb hatte er vermutlich diesem letzten Besuch zugestimmt. Weil ihm keine weiteren mehr folgen würden. Er würde heute Andrea und Sabine von ihrem Umzug berichten und damit einen Schlussstrich zwischen sie und ihren Freundinnen ziehen.

Marlene sprach die einzige Frage, die ihr noch auf der Zunge lag, aus: „Wann?" Das kleine Wörtchen klang so schwach, wie sie sich in diesem Moment fühlte.

„Bald schon." Er lächelte sie fröhlich durch den Spiegel hindurch an. „Ich hab uns ein hübsches Haus auf dem Land gekauft. Es wird dir gefallen. Außerdem gibt es dort keine verrückten Nachbarn." Er lachte über den alten Scherz, doch Marlene wusste, was er damit andeutete. Niemand würde sich mehr um sie kümmern.

„Geh ins Bad und richte dein verschmiertes Make-up", fuhr er sie plötzlich barsch an. „Sie nur wie du aussiehst, wie ein verheultes Schulmädchen und nicht wie eine erwachsene Frau, die in fünf Minuten Gäste empfängt." Er fuhr sich mit der Hand durch sein kurzes dunkles Haar. Eine fahrige Geste, die zeigte, wie nervös er in Wirklichkeit war.

Der Besuch war ihm sicher nicht leichtgefallen, ging er damit doch ein gewisses Risiko ein. Doch das Risiko, dass Marlenes Freundinnen misstrauisch wurden, war umso größer, wenn er keinen sauberen Schlussstrich zog, eine neue Begründung erfand, warum die Freundschaft nicht mehr weitergeführt werden konnte.

„Worauf wartest du noch?", knurrte er, als er sah, dass Marlene sich nicht rührte.

Sie stand auf, spürte seinen Blick auf sich, der sie wie ein Dolch zu durchbohren schien.

Im Bad gab sie etwas Reinigungslotion auf ein Wattepad und wischte sich damit die verronnene Mascara von den Wangen. Als sie ihren Lidstrich nachziehen wollte, gelang es ihr nicht, sosehr zitterte ihre Hand. Sie begnügte sich damit ihre Wimpern neu zu tuschen, was sie halbwegs zustande brachte. Als sie das Bad darauf hin wieder verließ und das Schlafzimmer betrat, war Martin verschwunden.

Sie trat auf den Flur hinaus und hörte die vertrauten Stimmen ihrer Freundinnen. Leise spähte sie um die Ecke. Sie mussten gerade eben gekommen sein, denn sie standen noch im Eingangsbereich. Marlene sah wie Martin ihnen gerade irgendetwas zu flüsterte, woraufhin, die beiden ein betroffenes Gesicht machten. Wieder sagte er etwas, dass Marlene aus dieser Entfernung nicht hören konnte. Dann nickten Sabine und Andrea synchron. Plötzlich hob Andrea den Blick und entdeckte Marlene. Das Nicken hörte abrupt auf. Andrea schien für einen Moment zu erstarren wie ein Kaninchen, das Gefahr witterte. Doch sie fing sich rasch wieder und ein strahlendes Lächeln trat auf ihr hübsches Gesicht. Marlene stellte sich vor, wie Andrea dieses Lächeln nutzte, um ihre Tochter zu besänftigen, doch sie konnte sie nicht täuschen. Inzwischen hatte auch Sabine sie entdeckt und lief mit ausgestreckten Armen auf sie zu, als hätte es das ernste Gespräch mit Martin nicht gegeben.

„Meine Liebe! Schön, dich endlich wieder zu sehen!"

Marlene bekam fast keine Luft, so fest wurde sie von Sabine umarmt.

„Ich habe mir solche Sorgen gemacht", flüsterte sie ihr ins Ohr und übergab sie darauf Andrea, die sie nicht minder heftig an sich drückte, sodass Marlene keine Möglichkeit hatte irgendetwas darauf zu erwidern. Stattdessen traten Marlene vor Rührung die Tränen in die Augen, doch sie blinzelte sie rasch fort, bevor Martin sie bemerken konnte, der hinter den Frauen stand und sie argwöhnisch beobachtete. Er hatte ihr eingebläut die glückliche Ehefrau zu spielen und nichts anderes.

Kurz darauf saßen sie zu viert am Tisch und aßen die Speisen, die Martin von einem Sternerestaurant besorgt hatte.

Die angespannte Stimmung am Tisch hing in der Luft, wie der Geruch des gegarten Lachs, den sie aßen.

„Ich habe gehört, du hast zu arbeiten aufgehört?", fragte Andrea und brach damit das unangenehme Schweigen. „Kann ich gut verstehen. Ich würde mir auch eine Auszeit nehmen, wenn ich an deiner Stelle wäre. Vielleicht findest du ja später etwas, das dich weniger stark belastet." Ohne auf eine Antwort zu warten schob sie sich eine Gabel Brokkoli in den Mund.

„Hm, köstlich", seit wann kochst du so sagenhaft?", wechselte Sabine das Thema, nachdem Marlene nichts gesagt hatte, und sah sie mit offensichtlich gespielter Begeisterung an.

Kurz überlegte Marlene was sie antworten sollte. War es Martin recht, wenn sie die Herkunft des Essens preisgab? Doch als sie seinen Blick sah, wusste sie Bescheid und antwortete stattdessen: „Seit ich nicht mehr arbeiten gehe, habe ich alle Zeit der Welt für meine neuen Hobbys", sie hatte versucht, es mit Enthusiasmus zu sagen, doch es klang selbst in ihren eigenen Ohren lahm. Außerdem dachte sie immer noch darüber nach, was Sabine gesagt hatte. *Vielleicht findest du ja später etwas, das dich weniger stark belastet.* Das klang so, als sei sie ihrer Tätigkeit in der Werbeagentur nicht mehr gewachsen gewesen und würde deshalb nicht mehr arbeiten gehen. Das Gegenteil war der Fall, sie hatte ihre Arbeit immer geliebt. Martin war derjenige gewesen, der darauf bestanden hatte, dass sie ihre Arbeit aufgab. Und ihm war es auch zu verschulden, dass sie gekündigt wurde. Wir können es uns leisten, hatte er immer wieder behauptet.

Doch Marlene wusste ganz genau, dass etwas anderes dahintersteckte. Er war eifersüchtig gewesen. Auf ihre Begeisterung für das was sie tat, auf die Arbeitskollegen, ... Er wollte sie für sich alleine. Das allein war der Grund. Was hatte Martin ihren Freundinnen noch für Unsinn aufgetischt? Wie oft hatten sie wirklich miteinander telefoniert? Am liebsten würde Marlene ihn vor den beiden Frauen zur Rede stellen, doch sie kannte die Folgen nur zu gut. In letzter Zeit, hatte sie gelernt, ihren Missmut stets hinunter zu schlucken sowie ihre Meinung für sich zu behalten. Jede noch so kleine Regung in ihrem Gesicht konnte von Martin missverstanden werden. Er war nicht wie andere Menschen. Zuerst dachte sie, ihm fehle es an Einfühlungsvermögen und Mitgefühl. Aber im Laufe der Zeit war sie zu dem Ergebnis gelangt, dass er zu viel davon hatte. Er war extrem sensibel. Dazu kam, dass er alles, was um ihn herum geschah auf sich selbst bezog. Er hatte das Gefühl, Marlene nicht alleine durch seine Anwesenheit glücklich machen zu können. Er verstand nicht, dass sie wie jeder andere Mensch auch ihre Hobbys, Arbeit und Freunde brauchte. All seine Geschenke und Fürsorge konnten Marlene nicht so an ihn binden, wie er es sich vorstellte. Und damit konnte er nicht umgehen. Irgendetwas musste in seiner Welt schief gegangen sein. Vielleicht begann es schon in Martins Kindheit. Marlene wusste nicht wie er aufgewachsen war, wie sie gestehen musste. Nicht einmal, ob seine Eltern noch lebten oder woran sie gestorben waren. Er würde sich ihr schon öffnen, hatte sie immer gedacht. Sie musste ihm nur genug Zeit geben. Und sie hatte Recht behalten. Mit der Zeit hatte Martin sich geöffnet, wie sie bedauerlicherweise festgestellt hatte. Er hatte sein wahres Gesicht gezeigt.

Marlene hatte einen Fremden geheiratet. Komischerweise war es ihr erst aufgefallen, als es bereits zu spät war. Zu Beginn ihrer Beziehung hatte Martin jedes Gespräch immer geschickt auf sie gelenkt, wie es ihr im Nachhinein bewusst geworden war. Sie hatte sein offensichtliches Interesse an ihr geschätzt. Die Männer, die sie davor kennen gelernt hatte, hatten immer nur von sich selbst gesprochen.

Martins strafender Blick riss sie aus ihren Gedanken und bedeutete ihr, dass sie sich zusammenreißen sollte. Doch zum Glück schienen Sabine und Andrea nichts von ihrer geistigen Abwesenheit mitbekommen zu haben.

„Welche Hobbys hast du denn noch?" Sabine sah sie neugierig an. Marlene entging nicht, wie ihre Freundin einen Blick mit Martin austauschte, während sie das sagte.

Marlene überlegte, was sie sagen sollte, wurde jedoch gleich wieder unterbrochen, bevor sie den Mund aufgemacht hatte.

„Ich hätte auch gern mehr Zeit für meine Hobbys." Sabine legte das Besteck auf den leeren Teller.

„Du musst mir unbedingt das Rezept geben", bat Andrea und sah Marlene ernst an, als gebe es für sie nichts Wichtigeres im Leben.

Marlene hatte das Gefühl als würde hier nach allen Regeln der Kunst versucht, den Schein aufrecht zu erhalten. Sie konnte nicht mehr unterscheiden, was echt und was Show war. Ob ihre Freundinnen ihr etwas vorspielten oder Martin. Jeder schien in eine Rolle geschlüpft zu sein ohne Recht zu wissen, welches Stück hier eigentlich gespielt wurde. Sie hatte die Rolle der glücklichen Hausfrau übernommen, während ihre Freundinnen in die Rolle der besorgten Freundinnen geschlüpft waren. Jedoch schien sich ihre Besorgnis plötzlich in eine andere Richtung gedreht zu haben. Es kam Marlene so vor, als hätten sie sich mit Martin gegen sie verbündet. Oder irrte sie sich? Die beiden Frauen sahen sie mit einer Miene an, als wäre Marlene eine welkende Pflanze im Regen. Sie verstanden nicht, wie eine Frau, die alles hatte, so unglücklich sein konnte. Das Gespräch vor Marlenes Tür, bei dem sie ihren Freundinnen erzählt hatte, wie Martin wirklich war, hatten sie anscheinend verdrängt. Oder sie hatten ihr nie geglaubt. War das möglich?

Am liebsten hätte Marlene laut losgeschrien: „Hallo, ich bin es! Warum seht ihr mich so an, als wäre ich wer anderer?! Was hat er euch über mich erzählt?! Das ich verrückt bin?!"

Marlene merkte wie sie plötzlich alle am Tisch anstarrten. Sie hatte doch nicht wirklich geschrien, oder? Langsam hatte sie das Gefühl verrückt zu werden.

„Was ist mit dir?" Andrea stand auf, ging um den Tisch herum und trat neben sie. Besorgt legte sie eine Hand auf ihre Schultern. „Du zitterst ja." Tatsächlich. Marlene sah zu ihren Händen herab, die auf dem Tisch Gabel und Messer in je einer Hand hielten. Ihre Knöchel traten weiß hervor, so fest hielt sie das Besteck. Gleichzeitig zitterten ihre Hände, so dass die Gabel immer wieder am Tellerrand anstieß und ein leises, unmelodiöses Klirren erzeugte. Was war bloß mit ihr los? Vielleicht hatten sie alle Recht. Vielleicht war sie wirklich verrückt, wie ihre verstörten Blicke es lautlos bestätigten.

„Alles in Ordnung", log sie und versuchte ein Lächeln, das ihr gänzlich misslang und ihr Gesicht stattdessen in eine bizarre Maske verwandelte. Trotzdem schienen sich alle am Tisch sofort zu entspannen und fielen in ein belangloses Gespräch über die sommerliche Hitze, die momentan ganz Österreich erreicht hatte.

Als Marlene den Versuch unternahm, aufzustehen, um die Teller in die Küche zu tragen, sprangen alle drei Frauen gleichzeitig auf. Marlene solle ruhig sitzen bleiben, befahlen die anderen beiden ihr sanft aber bestimmt, schließlich hatte sie schon genug Arbeit mit dem Kochen gehabt. Nur Martin blieb mit einem unsicheren Ausdruck im Gesicht auf seinem Stuhl sitzen. Marlene wusste, dass er sie mit keiner von beiden Freundinnen alleine lassen wollte. Weder in der Küche noch hier am Tisch. Unschlüssig sah er von Andrea, die gerade die Teller aufeinander stapelte zu Sabine, die sich die Salatschüssel geangelt hatte. Mit einem Blick befahl er Marlene, sich wieder zu setzen. Als die Gäste sich zur Küche wandten und klar war, dass keine von beiden bei Marlene bleiben würde, folgte er ihnen und nahm ihnen das Geschirr ab. Kaum hatten sie wieder das Wohnzimmer betreten, war er ihnen auch schon auf den Fersen.

„Wieso setzen wir uns nicht auf die Couch?", fragte er und deutete in die Richtung, wo die wuchtige dunkle Ledergarnitur stand.

„Gerne." Andrea folgte ihm gehorsam.

„Marlene?" Als Marlene merkte, dass sie gemeint war, schloss sie sich den beiden an, während Sabine sich entschuldigte und das Bad aufsuchte.

Als Sabine kurz darauf wieder erschien, hatte sie ein kleines Päckchen dabei. Sie trat vor Marlene, worauf sich auch Andrea zu ihr gesellte, aufgeregt, wie ein kleines Kind. Beide hatten einen feierlichen Ausdruck im Gesicht und lächelten ihre Freundin an.

Marlenes Herz begann wild zu schlagen. Sie sah kurz zu Martin, der überrascht aussah. Anscheinend hatte er keine Ahnung, was jetzt folgen würde.

„Liebe Marlene", begann Andrea. „Da du nächste Woche Geburtstag hast, haben wir eine kleine Überraschung für dich."

Sie hatten es tatsächlich nicht vergessen. In Marlene keimte Hoffnung auf.

Andrea begann etwas unsicher *Happy Birthday* zu singen, doch da weder Sabine noch Martin einstimmten, wurde sie immer leiser, bis man das letzte *you* nicht mehr hören konnte.

„Sag nicht, du hast deinen eigenen Geburtstag vergessen?!" Marlene lächelte beschämt. Sie hatte jeden verdammten Tag daran gedacht. Gebetet, dass ihre Freundinnen ihr diesen einen Wunsch, ihre letzte Chance, von hier zu verschwinden, erfüllen würden.

„Sie hat es tatsächlich vergessen!" Triumphierend sah Martin zu den beiden Frauen, die jetzt vor Marlene standen. „Sie ist in letzter Zeit etwas zerstreut, nicht wahr?" Martin tätschelte ihr das Knie und lächelte ihr aufmunternd zu. Marlene stand auf und umarmte zuerst Andrea und dann Sabine dankbar. Dann reichte Sabine ihr das Päckchen. Es war klein, in rosa Papier gewickelt und mit einer cremefarbenen Schleife zugebunden. Was würde sie tun, wenn es nicht die Schifffahrt war, fragte Marlene sich, als sie es dankend entgegennahm. Würde sie in der Lage sein, ihre Enttäuschung zu überspielen? Sie war noch nie so aufgeregt gewesen, während sie ein Geschenk geöffnet hatte. Schwer war es nicht, stellte sie fest, als sie es in der Hand wog. Fragend sah sie Martin an. Er nickte ihr zu, worauf hin sie sorgfältig die Schleife und anschließend vorsichtig das Geschenkpapier öffnete, ohne es zu zerreißen.

Es war eine kleine bunt gepunktete Schachtel. Als sie den Deckel anhob befand sich darin ein Kuvert. Vorsichtig nahm sie es heraus.

Als sie es öffnete traten ihr Tränen in die Augen. Sie reiche Martin den Gutschein mit zitternden Fingern und bedankte sich bei ihren Freundinnen, nicht ohne die Reaktion ihres Mannes aus den Augenwinkeln zu beobachten.

„Ich hoffe, du hast an deinem Geburtstag noch nichts geplant", sagte Andrea vorsichtig.

„Wir hätten vielleicht doch vorher mit deinem Mann sprechen sollen", meinte Andrea mit einem Seitenblick zu Martin, der den Gutschein für ein Candlelightdinner auf einem Donaudampfschiff mit gerunzelter Stirn betrachtete.

Marlene sah Martin mit angehaltenem Atem an. Ihre Freundinnen hatten sie nicht im Stich gelassen. Sie konnte es kaum glauben. Jetzt lag es daran, dass sie Martin dazu brachte, den Gutschein mit ihr einzulösen. Sie würde alles dafür tun, was nötig war, schwor sie sich.

„Nein, schon in Ordnung, das ist wirklich eine tolle Idee", sagte er. „Marlene kann sich wirklich glücklich schätzen, solche Freundinnen wie euch zu haben." Er legte das Geschenk auf den Couchtisch. „Schade, dass wir bald wegziehen werden."

„Was?!", fragten Sabine und Andrea im Chor.

„Ihr wollt wegziehen?", fragte Sabine an Marlene gewandt.

„Wohin denn?", fragte gleich darauf Andrea.

„Aufs Land. Weg von all dem Stress und Lärm. Es wird uns beiden guttun." Martin machte eine Pause und sah Marlene mit liebevoll strenger Miene an. „Vor allem Marlene."

„Schade, dann werden wir uns wohl noch seltener sehen", Andrea sah Marlene traurig an. „Aber natürlich freut uns das für euch. So ein Häuschen auf dem Land war auch schon immer mein Traum", warf sie kurz darauf ein und ihr Blick nahm einen verträumten Ausdruck an, der Marlene komischerweise mehr schmerzte, als die Tatsache, dass ihre Freundinnen einfach so hinnahmen, was Martin mit ihr vorhatte.

Als eine Stunde später die Tür ins Schloss fiel, lief Marlene ins Bad und ließ ihren Tränen endlich freien Lauf. War es die Erleichterung oder der Gedanke an den Umzug, sie konnte es nicht sagen. *Lieber Gott, bitte hilf mir*, flehte sie nur stumm.

32

GEGENWART

Der Ungar, der sie nach einem längeren Fußmarsch, den sie von der Donau zu einer Autobahnauffahrt gebraucht hatte, mitgenommen hatte, hielt in der Siedlung, die sie ihm genannt hatte. Marlene zog wie versprochen einen ihrer Ringe vom Finger und reichte ihn dem Fahrer, der ihn fast ungläubig entgegennahm. Seine Frau wechselte einen skeptischen Blick mit ihm. Mit ziemlicher Sicherheit glaubte sie nicht daran, dass der Ring echt war. Die beiden würden sich noch wundern. Doch Marlene war es das wert.

Als sie ausstieg, brauste das Auto davon und sie stand alleine da. Ihres armseligen Aussehens bewusst, zog sie die zu große Jeans hoch und machte sich zielstrebig auf den Weg. Sie suchte ein Haus mit gelber Fassade und einem Nadelbaum links neben dem Eingang, der über Stufen zu erreichen war. Sie sah das Foto noch genau vor sich, als hätte es sich in ihr Gehirn gebrannt. Kaum zu glauben, dass es erst ein paar Wochen her war, seit sie zu Hause an Martins Computer gesessen hatte und Nachforschungen zu Sophies Eltern betrieben hatte. Als sie deren beider Namen in die Suchmaschine eingegeben hatte, war sie prompt auf der Seite eines Siedlervereins gelandet. Sophies Eltern waren anscheinend sehr engagierte Mitglieder des Vereins, die in den letzten Jahren an diversen Veranstaltungen aktiv teilgenommen hatten und auch schon des Öfteren in Artikeln der Bezirkszeitung genannt wurden. Und genau einer dieser Artikel samt Foto der beiden vor ihrem Häuschen hatte Marlene zu dieser Adresse geführt.

Sie dachte schon, sie würde es nie finden. Was, wenn sie den Baum in der Zwischenzeit gefällt hatten. Würde sie das Haus dann wiedererkennen?

Es war das vorletzte Haus. Marlenes Herz begann schneller zu schlagen, als sie es sah. Sie musste sich kurz sammeln, bevor sie darauf zu trat. Zaghaft drückte sie auf die Klingel mit einem Gefühl der Ungewissheit, wie sie von dem älteren Ehepaar wohl empfangen wurde bzw. ob sie überhaupt mit Marlene sprechen würden. Vielleicht waren sie auch gar nicht zu Hause? Was würde sie dann tun?

Doch bevor sie diese Fragen beantworten konnte, hörte sie, wie die Tür zaghaft geöffnet wurde.

„Ja, bitte?" Ein dunkler Schopf schaute durch einen kleinen Spalt der nur dürftig geöffneten Tür.

„Entschuldigung." Marlene spürte ihr Herz klopfen und hoffte man möge ihr nicht anmerken, wie nervös sie war. „Dürfte ich kurz mit Ihnen sprechen?" Sie musste beinahe schreien, da gerade ein Motorrad hinter ihr vorbeifuhr. Zögerlich kam die Frau, der der gelockte Kopf gehörte, die Treppen hinunter und trat mit fragendem Blick vor Marlene. Jetzt trennte die beiden Frauen nur noch der grün gestrichene Eisenzaun. Aus dieser Nähe konnte Marlene die Ähnlichkeit mit ihrer Tochter Sophie durchaus erkennen. Marlene schätzte die Frau auf Mitte fünfzig.

„Ja, bitte?", wiederholte diese und sah Marlene skeptisch von oben bis unten an. Ihre Miene verriet nicht, was sie dachte, doch sie verhielt sich in distanzierter Abwehrhaltung, bereit der fremden jungen Frau vor ihrer Tür jederzeit den Rücken zuzudrehen.

„Ich heiße Marlene", stellte sich Marlene vor. „Ich wollte mit Ihnen über Ihre Tochter sprechen." Es war das Beste, wenn sie gleich auf den Punkt kam, dachte sie.

Doch als sie das Wort Tochter erwähnte, taumelte die Frau einen Schritt zurück, als hätte sie einen unsichtbaren Stoß erhalten.

„Sind sie eine Journalistin?" Misstrauisch sah sie nochmals an Marlenes Aufmachung hinunter. Sie war nicht überrascht, als Marlene den Kopf schüttelte.

„Nein, aber ich habe denselben Mann geheiratet wie ihre Tochter."

Die Frau schnappte nach Luft. Ihre vollen orange geschminkten Lippen erinnerten Marlene an einen Fisch.

„Was wollen Sie von uns?" Eine tiefe und kräftige Stimme dröhnte vom Haus herüber. Ein älterer Mann, dem man diese dominante Stimme nicht zugetraut hätte, trat kurz darauf neben seine Frau und legte beschützend den Arm um ihre Schultern. „Was ist hier los? Wer ist diese Frau, Hermine?"

„Sie sagt, sie ist mit Martin verheiratet." Während die Frau sprach, ließ sie Marlene nicht aus den Augen.

„Was?" Er sah seine Frau verständnislos an. Wieder an Marlene gerichtet, fragte er: „Was wollen Sie von uns?"

Trotz seiner kräftigen Stimme, erkannte Marlene eine gewisse Güte in seinen Augen. Sie war sich sicher, dass in diesem Haus, die Frau die Hosen anhatte. Aber war es nicht meistens so? Außer bei mir, dachte sie und räusperte sich, bevor sie weitersprach: „Ich bin hier, weil ich weiß, dass ihre Tochter mit meinem Mann verheiratet gewesen ist. Ich weiß, es klingt verrückt. Ich habe ihn übrigens verlassen." Sie beobachtete, wie die beiden sie unsicher ansahen, nicht wussten, worauf sie hinaus wollte. „Ich habe Angst vor ihm. Und ich will nicht so enden wie ihre Tochter."

„Was wissen sie über unsere Tochter?", fragte der Mann plötzlich alarmiert.

„Bitte, darf ich kurz hereinkommen?" Marlene blickte sich auf der Straße um. Nicht, dass irgendjemand dieses Gespräch mit anhörte. Man wusste nie.

„Also gut, kommen Sie", brummte der Mann und öffnete die schwere Eisentür, die in den Vorgarten führte. Seine Frau trat missmutig einen Schritt zur Seite.

Sie führten Marlene ins Wohnzimmer, wo sie ihr anboten, sich zu setzen. Das dunkle Holz der Möbel unterstrich die düstere Stimmung, die sich ausgebreitet hatte, seit Marlene das Haus betreten hatte. Von irgendwoher tönte eine Kakophonie von Lauten aus einem Fernsehgerät.

„Ist noch jemand zu Hause?", fragte Marlene verwundert.

„Unser Sohn."

„Er ist krank", ergänzte Sophies Vater, die knappe Antwort seiner Frau, als würde das alles erklären. Bevor Marlene nachfragen konnte fügte er noch hinzu: „Psychisch. Daher möchten wir ihn auch nicht stören. Er verträgt keine Aufregung."

„Oh, das tut mir leid."

„Es ist in Ordnung", fuhr Hermine dazwischen und beendete damit das Thema.

„Also", begann Sophies Vater und stellte sich als Herbert vor. Er saß in einem altmodischen großen Ohrensessel, der Marlene zugewandt war. „Nun erzählen Sie uns, was sie hierhergeführt hat. Ich habe ehrlich gesagt, immer noch nicht begriffen, warum sie hier sind und was sie von uns wollen."

Marlene erzählte ihre ganze Geschichte, angefangen damit, wie sie Martin kennengelernt hatte. Während sie sprach wurde ihr klar, dass die beiden die ersten Menschen waren, denen sie sich richtig anvertraute. Als sie bei ihrem inszenierten Tot angelangt war, wechselten Hermine und Herbert einen Blick und Marlene wusste, dass sie an ihrer Glaubwürdigkeit zweifelten. Doch sie erzählte einfach weiter. Es tat gut, sich endlich ihr Schicksal von der Seele reden zu können.

„Sie haben Sophies Pass bei sich?", fragte Hermine schließlich und sah ihren Mann an.

„Ja." Marlene holte ihn aus ihrer Tasche hervor und reichte ihn ihr.

„Martin hat vor der Polizei behauptet, sie hätte ihn mitgenommen", als sie verschwand. Hermine nahm ihn mit zittrigen Fingern entgegen. Ihre Haut an den Händen war fleckig von zu viel Sonne. Als sie den Pass öffnete und das Foto ihrer Tochter betrachtete, brach sie in Tränen aus. Sofort nahm Herbert ihn ihr aus der Hand und legte ihn geschlossen auf den Couchtisch vor sich, ohne einen Blick hinein zu werfen.

„Wollen Sie einen Kaffee? Ich glaube wir brauchen jetzt alle einen, nicht war Hermine?"

„Ja." Sie wollte schon aufstehen, als ihr Mann ihr den Arm um die Schultern legte und ihr bedeutete sitzen zu bleiben.

„Ich mach schon", sagte er sanft. „Für Sie auch?"

„Ja, bitte." Marlene blieb neben seiner Frau sitzen, nicht sicher, was als Nächstes geschehen würde.

Eine unangenehme Stille breitete sich im Wohnzimmer aus. Die leisen Geräusche des Fernsehers nebenan vermischten sich mit dem Klirren von Geschirr aus der Küche.

„Warum sind Sie zu uns gekommen?", fragte Hermine ohne Vorwarnung und durchschnitt damit die Stille wie mit einer scharfen Rasierklinge.

„Ehrlich gesagt, ich weiß es nicht." Marlene hatte sich selten so unvorbereitet gefühlt. Sie hatte sich in eine Situation begeben, ohne sich vorher überlegt zu haben, was sie eigentlich damit bezwecken wollte. So war es ihr in den letzten Tagen ständig ergangen. Doch jetzt hatte sie andere Menschen mit hineingezogen. „Vielleicht, weil ich Gerechtigkeit will", war ihre ehrliche Antwort.

Hermine sah sie an. Ihr Blick forderte sie auf weiterzureden. Doch es lag noch etwas anderes darin, womöglich Angst?

„Vielleicht gibt es einen Weg heraus zu finden, was mit ihrer Tochter geschehen ist?", sprach Marlene den Gedanken laut aus, der die ganze Zeit in ihr geschlummert hatte.

„Wir haben alles versucht", mischte sich Herbert ein, der gerade mit einem Tablett samt Kaffee das Zimmer betrat. „Es ist beinahe zwei Jahre her. Wir haben unseren Frieden damit gemacht." Sein Blick jedoch sagte etwas anderes.

„Glauben Sie, dass ihre Tochter vor ihm weggelaufen ist, so wie ich?", versuchte Marlene ihn aus der Reserve zu locken.

„Nein."

„Was macht Sie da so sicher?"

„So etwas hätte sie uns nie angetan", bestätigte auch Hermine und schüttelte heftig ihren Kopf, ohne Marlene dabei anzusehen.

„Auch nicht, wenn sie es zu ihrem eigenen Schutz getan hätte?" Marlene musste an ihre Freundinnen denken, die sie ebenfalls nicht in ihr Vorhaben eingeweiht hatte und die wahrscheinlich gerade um sie trauerten. Wahrscheinlich machten sie sich just in diesem Augenblick die schwersten Selbstvorwürfe.

Schließlich hatten sie ihrem Betteln nachgegeben und ihr die Schifffahrt geschenkt. Das schlechte Gewissen ihnen gegenüber nahm ihr beinahe die Kraft zum Atmen. Aber wenn sie sie eingeweiht hätte, wäre sie nie so weit gekommen. Fort von *ihm*.

„Sie hätte uns zumindest einen Hinweis gegeben", erlöste Herbert sie von ihren düsteren Gedanken und holte sie wieder in das nicht minder düstere Zimmer zurück.

Wenn Sophie nicht mehr am Leben war und sich auch nicht vor ihrem Mann versteckte, gab es nur noch eine Möglichkeit, überlegte Marlene. Sophie war tot. Und das bedeutete, dass man ihren Mörder überführen musste. Aber dazu mussten sie erst einmal ihre Überreste finden.

„Hätte sie sich doch niemals mit diesem Mann eingelassen", schluchzte Hermine plötzlich. „Er hatte sie grün und blau geschlagen, als sie zu uns kam. Hätte er sie nicht geschlagen, wäre sie nicht zu uns gekommen-"

„Hermine!", fuhr Herbert sie an und sie verstummte augenblicklich. „Es hat keinen Sinn wieder alles auszugraben. Wir haben genug gelitten."

„Wo hat ihre Tochter Martin überhaupt kennen gelernt?", wechselte Marlene das Thema.

„Auf irgendeiner Veranstaltung, ich weiß es nicht mehr."

„Es war eine Charity-Veranstaltung für Alzheimer. Unsere Tochter war Krankenschwester."

„Für Alzheimer?"

„Ja, jetzt kann ich mich auch wieder erinnern", stimmte Hermine ihrem Mann zu. „Seine Firma hat ziemlich viel für die Forschung gespendet. Und auch für das Pflegeheim, in dem Sophie gearbeitet hat."

Marlene erinnerte sich wieder an den Zeitungsartikel, den sie im Internet gelesen hatte.

„Es schien ihm ein persönliches Anliegen zu sein", fielen Hermine jetzt wieder die Worte ihrer Tochter ein. „Sophie war so beeindruckt von Martin und seiner Großzügigkeit. Doch das änderte sich schnell. Trotzdem haben sie sich nicht getrennt, sondern sogar geheiratet. Wir hätten sie davon abhalten sollen."

„Wir konnten nichts tun." Herbert nahm die Hand seiner Frau. „Sie war alt genug, eigene Entscheidungen zu treffen."

„Und wie kommen sie darauf, dass sie herausfinden können, was mit unserer Tochter geschehen ist?", fragte Hermine misstrauisch. „Sie sind doch selbst ein Opfer dieses Mannes. Sollten sie nicht einfach froh sein, dass sie noch leben?"

„Hermine!", ermahnte Herbert seine Frau und strich sich nervös über sein stoppeliges Kinn. Im Gegensatz zu seiner Kopfbehaarung war seine Gesichtsbehaarung beinahe vollständig weiß. „Sie will uns helfen. Vielleicht hat sie Recht. Keiner kennt Martin so gut wie sie."

Oder seine Mutter, überlegte Marlene im Stillen. Doch von dieser gab es ebenfalls keine Spur. Sie wusste nicht einmal, ob sie überhaupt noch am Leben war.

„Was ist mit Martins Mutter? Hat Sophie je von ihr erzählt?", fragte sie deshalb in der Hoffnung, die beiden wüssten mehr als sie.

„Ehrlich gesagt, wissen wir nichts über sie. Ich glaube nicht, dass sie noch lebt. Er sprach nie über seine Mutter."

Das kommt mir sehr bekannt vor, dachte Marlene.

„Warte", unterbrach Hermine ihren Mann nachdenklich. „Ich weiß, es klingt verrückt, aber was ist mit dieser Frau?"

„Welcher Frau?"

„Na, du weißt schon. Die auf Sophies Station. Sie hat Alzheimer. Sophie hat einmal erwähnt, dass Martin sich öfter über sie erkundigt hatte, was sie komisch gefunden hatte."

„Das gespendete Geld.", fiel Marlene ein. „Sie haben doch erzählt, dass Sophie Martin auf einer Benefizveranstaltung für Alzheimer kennengelernt hat.

„Glauben Sie, diese Frau könnte seine Mutter sein?" Hermine sah Marlene aus ihren großen braunen Augen an. Dieselben Augen, die ihre Tochter gehabt hatte, wie Marlene vom Passfoto her wusste.

„Möglich wäre es", überlegte Marlene laut.

„Aber warum hat er es dann nicht einfach gesagt? Schließlich wäre sie dann Sophies Schwiegermutter gewesen." *Und meine.*

Marlene konnte es sich nicht erklären. „Vielleicht hat er sich für sie geschämt?" Oder es war einfach bloß ein Hirngespinst.

„Hat er sie je besucht?", fragte sie dennoch.

„Die Frau mit Alzheimer? Ich glaube nicht oft, deshalb hat Sophie auch nicht wirklich daran geglaubt, dass sie seine Mutter ist. Wie gesagt, sie hat es nur einmal erwähnt."

„Aber es blieb aus irgendeinem Grund in ihrem Gedächtnis." Marlene sagte es mehr zu sich selbst, als zu dem alten Ehepaar, das ihr gezeichnet durch ihren eigenen Schicksalsschlag, Zuflucht geboten hatte. Zumindest für ein paar Stunden.

Als hätte Hermine ihre Gedanken gelesen, fragte sie Marlene, wohin sie heute gehen würde.

„Sie sehen nicht so aus, als hätten sie sich darauf vorbereitet für eine Weile unterzutauchen." Wieder blickte sie an Marlenes zweifelhaftem Äußeren hinunter. Bei der zu großen Jeans blieb ihr Blick einen Tick zu lange hängen.

„Sie werden doch hoffentlich nicht zu ihm zurückgehen?" Hermine sah sie an und Marlene spürte schmerzhaft eine mütterliche Zuneigung, die sie selbst so nie erfahren durfte.

„Ich weiß nicht, wohin ich gehen kann.", stammelte Marlene. Natürlich hatte sie sich nicht darauf vorbereitet, was sie nach der Flucht tat. Was hätte sie auch können. Sie hätte wohl kaum einen Koffer mit an Bord nehmen und damit ans Ufer schwimmen können. Auch Bargeld hatte sie keines mitnehmen können, schon alleine aus dem Grund, dass sie keines besaß. Wenigstens hatte sie ihren Schmuck, den sie verkaufen konnte, um über die Runden zu kommen. Aber dazu musste sie ihn erst einmal veräußern.

„Kommen Sie mit." Hermine stand plötzlich auf und nahm Marlene bei der Hand, während Herbert sich seufzend von dem gerade Erlebten in seinem Stuhl zurücklehnte.

„Zuerst einmal brauchen Sie etwas Ordentliches zum Anziehen", sagte Hermine.

Als Marlene kurze Zeit später mit ihr zurück ins Wohnzimmer kam, sah Herbert schockiert zu ihr auf. Die Ähnlichkeit die Marlene mit seiner Tochter hatte, jetzt wo sie ihre Sachen trug, war ihm ins Gesicht geschrieben. Verlegen strich Marlene den Rock glatt und zupfte an der perfekt sitzenden legeren Bluse, die Hermine ihr gegeben hatte. Sie fühlte sich nicht wohl in den Sachen einer anderen. *Einer Toten.*

Als Herbert sich wieder entspannt hatte, fragte er: „Wissen Sie schon, wo Sie heute schlafen werden?"

„Natürlich wird sie hier bei uns übernachten", kam Hermine Marlene zuvor und warf ihrem Mann einen bösen Blick zu.

Marlene sah von einem zum anderen und fühlte sich wie ein Eindringling, als Herbert plötzlich auf sie zutrat. „Wir werden Ihnen helfen. Wir helfen Ihnen diesen Mann zu überführen. Alleine haben Sie keine Chance." Herbert war so entschlossen, wie sie ihn die ganze Zeit, seit sie bei den beiden war, nicht erlebt hatte. Seine müden, von Trauer gezeichneten, Augen strahlten eine fast beängstigende Entschlossenheit aus. Auch Hermine hatte die Veränderung ihres Mannes bemerkt. Beinahe ängstlich trat sie auf ihn zu und nahm seinen Arm, als würde sie versuchen ihn wieder zur Vernunft zu bringen.

Marlene jedoch trat einen Schritt zurück. „Ich gehe aber nicht zur Polizei", sagte sie bestimmt. „Dann wäre alles umsonst gewesen. Ich bin nicht geflohen, um anschließend wieder von ihm bei der Polizeiwache abgeholt zu werden. Das was Martin am besten kann, ist Leute um den Finger wickeln. Außerdem hat er weitreichende Beziehungen." Marlene sah Herbert eindringlich an.

„In Ordnung", sagte dieser nur und trat neben seine Frau, die ihn mit großen Augen anstarrte. „Die Polizei kann in solchen Fällen sowieso nicht helfen." Es klang, als würde er aus Erfahrung sprechen.

„Wir brauchen zuerst handfeste Beweise." Marlene überlegte, bevor sie leiser weitersprach. „Am besten eine Leiche."

Hermine zuckte erst zusammen, doch dann nickte sie. Sie hatte verstanden. Der Tod an ihrer Tochter konnte nur gerächt werden, wenn sie ihre Leiche fanden. Auch Herbert sagte nichts mehr. Es war still im Zimmer, bis ein wütender Schrei aus dem oberen Stockwerk sie alle hochfahren ließ.

33

Marlene konnte nicht einschlafen. Trotz der Erschöpfung lag sie wach im Bett, in dem einst Sophie geschlafen hatte, als sie noch bei ihren Eltern gelebt hatte. Sophies Eltern hatten ihr ehemaliges Zimmer nicht großartig verändert, nachdem ihre Tochter ausgezogen war. Vielleicht aus Sentimentalität oder sie brauchten dieses zusätzliche Zimmer einfach nicht und hatten es deshalb für Sophies Besuche in seinem ursprünglichen Zustand gelassen. Und dann nach ihrem Tod, hatte ihnen wahrscheinlich einfach die Kraft gefehlt, etwas zu verändern.

Obwohl Sophie schon seit einiger Zeit nicht mehr hier lebte, konnte Marlene ihre Anwesenheit noch deutlich innerhalb dieser Wände spüren. Sie knipste das Nachtlicht an und kroch noch einmal aus dem Bett. Sie wanderte im Zimmer auf und ab, blieb stehen und betrachtete das Bild an der Wand neben dem aufgeräumten beinahe leeren Schreibtisch, auf dem Sophie, offensichtlich noch ein Teenager mit Zahnspange, kurzen Shorts und einem marineblauem Shirt neben einem kleinen Teich stand und in die Kamera grinste. Komisch, als Marlene heute Nachmittag durch das Wohnzimmerfenster in den Garten gesehen hatte, war ihr kein Teich aufgefallen. Aber das Foto war ja auch schon einige Jährchen alt. Dann wanderte ihr Blick wieder Richtung Bett.

Heute Nacht würde Marlene hier schlafen, wenn sie es denn schaffte irgendwann einzuschlafen. Sie ging zum Fenster, um es zu öffnen. Vielleicht konnte sie besser einschlafen, wenn sie etwas frische kalte Luft ins Zimmer ließ. Draußen war es bereits dunkle Nacht. Sie hatten noch einige Zeit geplaudert. Hermine hatte alte Fotoalben ihrer Tochter hervorgeholt, während Herbert und Marlene Brote mit Wurst und Käse zu Abend aßen. Sophies Mutter selbst hatte, wie sie behauptete, keinen großen Appetit gehabt. Marlene konnte das verstehen. Sie wusste, dass sie die Wunden dieses alten Ehepaares wieder aufgerissen hatte. Wunden, die nie vollständig verheilt waren und dies auch nie sein würden. Doch sie konnte den beiden helfen, ihren Frieden zu finden, wenn sie es schaffte, Sophies Verschwinden aufzuklären. Es war nicht leicht, einen Menschen loszulassen, wenn man nicht wusste, was mit ihm geschehen war. Ob er vielleicht doch irgendwo auf dieser Erde noch am Leben war. Man machte sich immer wieder Gedanken und vor allem Hoffnung, dass sich doch noch alles eines Tages aufklären würde und das vermisste Kind plötzlich wieder vor der Türe stand. Sophies Eltern hatten nie richtig von ihrer Tochter Abschied nehmen können, überlegte Marlene. Denn es gab keine Gewissheit. Kein Grab, das sie besuchen konnten.

Marlene begann bereits zu frösteln und so schloss sie das Fenster wieder. Sie wollte schon den Vorhang zu ziehen, als ihr Blick an der Hütte im Garten hängenblieb. Hatte sie sich das nur eingebildet oder war gerade für einen kurzen Augenblick das Licht angegangen? Unwillkürlich musste Marlene an Sophies Bruder denken, doch so sehr sie sich auch anstrengte, das kleine Holzhäuschen blieb mit dem restlichen Garten in der Dunkelheit verschmolzen. Kein Licht leuchtete durch die Fensterscheiben. Marlene rieb sich über ihre müden Augen. Sie hatte viel erlebt in den letzten Tagen und war nicht wirklich zur Ruhe gekommen. Auch jetzt fühlte sie ein Kribbeln unter ihrer Haut, als wolle ihr Körper ihr etwas mitteilen. Sie dachte an Martin. Was würde er in diesem Moment tun? Dachte er an sie? Unvermittelt lief ihr eine Gänsehaut den Rücken hinunter. Dann wanderten ihre Gedanken wieder zu Thomas, Sophies psychisch krankem Bruder. Nach seinem Wutausbruch war Hermine eilig aus dem Wohnzimmer gelaufen, um ihren Sohn zu beruhigen. Er hatte manchmal solche Anfälle, hatte Herbert ihr während sie beide alleine waren, flüsternd erklärt. Es war nicht immer leicht mit ihm gewesen, auch für Sophie nicht. Marlene wusste nichts über seine Krankheit, aber sie konnte sich vorstellen, dass es für ein heranwachsendes Mädchen, dass auch einmal Freundinnen zu Besuch haben wollte, sicherlich schwer war, mit einem kranken Bruder wie Thomas.

Marlene zog schließlich den Vorhang zu und legte sich wieder ins Bett.

Sie konnte erst wieder ein normales Leben führen, wenn sie sicher sein konnte, dass Martin sie nicht mehr suchte. Und auch, wenn er sie aufgegeben hatte, bestand immer noch die Gefahr, dass sie ihm eines Tages rein zufällig über den Weg lief. Die Welt war manchmal kleiner, als man dachte. Deshalb musste er für seine Taten bestraft werden. Ansonsten musste sie ihr restliches Leben Versteck spielen und daran würde sie zu Grunde gehen.

Sie betrachtete die vom Mondlicht beschienenen Poster einer längst vergangen Zeit und schlief schließlich irgendwann ein.

Am nächsten Morgen wusste Marlene zuerst nicht, wo sie war. Erst dachte sie, sie befände sich zu Hause bei Martin, und Panik kam auf. Dann fiel ihr ein, dass sie ja geflüchtet war und erwartete die von Buchenholz dominierte Einrichtung des Häuschens an der Donau. Erst als sie die Poster von Michael Jackson und Madonna sah, wurde ihr wieder bewusst, dass sie sich in Sophies ehemaligem Jugendzimmer befand.

Es war bereits hell und wenn sie sich konzentrierte, konnte sie Hermine bereits in der Küche mit Geschirr hantieren hören.

Eilig zog sie das Nachthemd, das Hermine ihr gestern gegeben hatte aus, und schlüpfte in ein paar Hosen und ein frisches T-Shirt. Es war ihr ein Rätsel, warum Sophies Mutter noch Kleidungsstücke von ihrer Tochter aufbewahrt hatte, nachdem diese ausgezogen war und geheiratet hatte. Aber vielleicht war es nicht so einfach, sein einziges Mädchen loszulassen. Und jetzt waren diese Kleidungsstücke das letzte, das dem Ehepaar von ihr geblieben war.

Neugierig, was sie noch alles von ihr aufgehoben hatten, ging sie zum kleinen Kleiderschrank gegenüber dem Bett, öffnete leise eine Tür und spähte hinein. Wie erwartet, waren die Regale gut gefüllt mit T-Shirts und Hosen, hauptsächlich Jeans in allen möglichen Blautönen. Sie öffnete auch die rechte Tür und fand dort ebenfalls sorgfältig aufgehängte Kleidungsstücke einer Jugendlichen. Sogar Sophies Schuhe hatte das alte Ehepaar aufgehoben, bemerkte Marlene kopfschüttelnd, als sie ihren Blick auf den Boden des Schrankes richtete, wo auch ein Trolley stand. Marlene schloss die Türen wieder. Was Sophies Eltern von ihrer Tochter aufbewahrten ging sie eigentlich überhaupt nichts an.

Wahrscheinlich war es noch schlimmer, als sie sich vorstellen konnte, so einen Schicksalsschlag zu erleben.

Marlene verließ das Zimmer und ging hinunter ins Bad, um sich frisch zu machen und ihre Haare zu kämmen.

Als sie wenig später aus der Tür trat, stieß sie beinahe mit Hermine zusammen.

„Ach, guten Morgen", sagte diese, überrascht, sie zu sehen. „Ich wollte Ihnen gerade das Frühstück hinaufbringen." Sie trug ein Tablett mit Kaffee, Orangensaft sowie Brot mit Wurst und Käse auf dem Arm. „Aber da Sie ja nun schon wach sind, können sie gerne unten in der Küche frühstücken. Mein Mann und ich sind schon fertig. Wir stehen immer sehr zeitig auf, vor allem wegen Thomas." Sie seufzte. „Ich hoffe, dass stört Sie nicht."

„Vielen Dank. Nein, natürlich nicht. Tut mir leid, dass ich so lange geschlafen habe, aber ich konnte erst sehr spät einschlafen. Wie spät ist es eigentlich?" Erst jetzt bemerkte Marlene, dass sie überhaupt keine Ahnung hatte, wie spät es war. In Sophies Zimmer hatte sie nirgends eine Uhr entdecken können.

„Oh, bereits elf Uhr, aber das macht nichts", sagte Hermine und lächelte. „Sophie war auch immer eine Langschläferin." Ihr Blick verdunkelte sich kurz schmerzvoll, ehe sie fortfuhr: „Dann bringe ich das Frühstück wieder in die Küche."

„Vielen Dank." Marlene war es mehr als unangenehm, dass diese, für sie fremde, Frau sich so um sie kümmerte. Schließlich hatte sie schon genug eigene Sorgen. Sie wunderte sich, dass sie ihr so vertrauten, schließlich konnte Marlene genauso gut eine Betrügerin sein. Umso mehr musste sie es schaffen, sie nicht zu enttäuschen und ihnen zu helfen, heraus zu finden, was mit ihrer Tochter geschehen war.

Nachdem Marlene gefrühstückt hatte, machte sie sich auf den Weg zum Pflegeheim, in dem Sophie als Krankenschwester gearbeitet hatte. Zuvor hatte sie sich telefonisch über die Besuchszeiten erkundigt, so dass sie den Weg nicht umsonst dorthin machen würde. Sie hatte vor, mit der alten Dame, die an Alzheimer litt, zu sprechen, auch wenn es, wie sie vermutete, aussichtslos sein würde. Doch wer weiß, sie wollte schließlich nichts unversucht lassen.

Zuvor jedoch machte Marlene noch einen Abstecher zum *Dorotheum*, eines der größten Auktionshäuser in Mitteleuropa für Kunst und Schmuck, dessen Hauptsitz sich im ersten Wiener Gemeindebezirk befand. Dort wollte sie erstmal ihren Schmuck schätzen lassen.

Die elegant gekleidete Dame, die Marlenes mitgebrachte Ringe mit einer Lupe begutachtete, zog ihre, zu dünnen Linien gezupften, Augenbrauen hoch, sah kurz zu Marlene auf und widmete sich dann wieder dem nächsten Ring. Dieses Spiel wiederholte sie bei allen fünf Ringen.

„Darf ich fragen, woher Sie diese Ringe haben?", fragte sie und blickte Marlene neugierig an. Eigentlich ging sie das nichts an und Marlene konnte sich auch nicht vorstellen, dass solche Fragen zu den Gepflogenheiten dieses Hauses gehörten, doch sie antwortete trotzdem: „Von meinem Mann." Damit handelte sie sich einen bewundernden, aber zugleich auch skeptischen Blick ein, der zu fragen schien, wie eine so gewöhnliche Frau wie sie, sich so einen reichen Mann angeln konnte. Marlene stand schließlich in den altmodischen beigen Hosen und einem einfachen T-Shirt von Hermine hier, nachdem sie sich heute Morgen geweigert hatte, sich für heute wieder ein Kleidungsstück von Sophie auszuleihen. Obendrein hatte sie sich auch nicht wirklich geschminkt. Bis auf einen Hauch Wimperntusche, die sie sich aus Hermines Badezimmerschrank mehr oder weniger geborgt hatte, war ihr Gesicht nackt. Und so fühlte sie sich auch vor den prüfenden Blicken der Angestellten. Nackt und schutzlos. Als könnte diese ihr Schicksal von ihrer Stirn ablesen.

„Normalerweise frage ich nicht. Aber diese Ringe sind alle sehr besonders. Sie haben Glück." Die Dame lächelte sie an und wechselte dann prompt in einen professionellen emotionsloseren Tonfall: „Ich kann Ihnen erst einmal fünfzehntausend Euro dafür geben. Sollte sich der Schmuck zu einem höheren Preis verkaufen lassen, werde ich mich natürlich bei Ihnen melden. Oder Sie rufen mich am besten in einem halben Jahr an und erkundigen sich über den Verkauf. Sollten diese Ringe wider Erwarten keine Abnehmer finden, behalten Sie natürlich trotzdem den Gegenwert."

Marlene nickte nur, unfähig etwas darauf zu erwidern. Mit so viel hätte sie nicht gerechnet. Damit würde sie wohl einige Zeit über die Runden kommen.

Das Pflegeheim lag im dreizehnten Bezirk. Von außen sah es fast wie eine gewöhnliche Wohnhausanlage aus, nur dass es rund um das großzügig gehaltene Areal einen hohen Zaun besaß. Einerseits zum Schutz vor Eindringlingen, aber vor allem hielt es die geistig Verwirrten unter den Bewohner davon ab, aus eigenem Antrieb das Gelände zu verlassen und sich anschließend womöglich einer Gefahr auszusetzen oder sich einfach bloß zu verirren.

Marlene ging den Weg neben den sorgsam gesetzten Blumenbeeten und den vielen zum Verweilen einladenden Bänken entlang, bis sie zum Eingang des dreistöckigen Gebäudes gelangte. Sie meldete sich beim Empfang an und wurde sofort von einer kleinen philippinischen Pflegerin mit kindlichen Gesichtszügen zu den Aufzügen geführt.

„Maria wird sich freuen, sie bekommt selten Besuch", sagte diese mit starkem Akzent und lächelte Marlene aufmunternd zu, als hätte sie ihre Nervosität bemerkt.

„Hat sie denn keine Angehörigen mehr?", wagte Marlene zu fragen und hoffte, dass sie nicht zu neugierig klang.

„Soviel ich weiß, hat sie nur ihren Sohn und dieser ist meist ziemlich beschäftigt." Die Krankenschwester verdrehte die Augen, was überhaupt nicht zu ihrem hübschen Gesicht passte. Marlene schätzte sie auf höchstens Mitte zwanzig.

Bevor Marlene weiter nachhaken konnte, kamen sie vor einer verschlossenen Tür zum Stehen. Die Pflegerin, deren Namensschild sie als Rose auswies, klopfte mit einem selbstbewussten Schlag an und öffnete dann ohne abzuwarten die Tür.

Marlene hatte sich keine Vorstellungen gemacht, was sie erwarten würde, doch der Anblick der ungefähr achtzigjährigen Frau in diesem Zimmer überraschte sie. Maria war eine hagere, jedoch gepflegte Dame. Das erste, das Marlene auffiel, waren ihre schlohweißen Haare, die sorgfältig um ihren Kopf toupiert waren, als wäre sie gerade beim Frisör gewesen.

Als Marlene in das kleine Zimmer trat, drehte sich die alte Frau langsam vom Fenster weg und blickte sie mit leeren, aber geschminkten Augen an. Marlene fragte sich, ob sie sich selbst so zurecht gemacht hatte, glaubte aber nicht daran.

„Maria?" Marlene trat näher, unsicher, ob sie ihr die Hand reichen sollte oder es bei einem einfachen Gruß belassen sollte. Als die alte Dame keine Reaktion zeigte, ging Marlene weiter auf sie zu.

„Ich bin Marlene", sie reichte der alten Dame nun doch die Hand. Erst nach längerem Zögern ergriff diese sie und hielt sie mit erstaunlich festem Griff fest. Maria betrachtete Marlenes Gesicht mit einem durchdringenden Blick, ohne deren Hand wieder freizugeben.

„Ich kenne sie nicht", sagte sie schließlich bestimmt und ließ Marlenes Hand frei. Marlene spürte wie ihre Hand der Schwerkraft nachgab und hinab sackte.

„Machen Sie sich nichts daraus", ertönte die Stimme der Pflegerin hinter ihr, deren Anwesenheit Marlene bis zu diesem Augenblick komplett ausgeblendet gehabt hatte. „Das sagt sie bei jedem. Ich werde Sie beide jetzt alleine lassen." Mit einem Lächeln trat sie leise in den Flur hinaus und schloss die Tür von außen.

„Danke", murmelte Marlene und blickte Rose etwas verloren nach. Sie hatte plötzlich das Gefühl, der Boden unter ihr würde schwanken. „Darf ich mich setzen?", fragte sie deshalb.

„Tun Sie sich keinen Zwang an." Maria deutete mit einem Nicken zu den beiden Stühlen, die neben einem Spiegeltisch standen.

Marlene ging auf den Stuhl zu, während sie den intensiven Duft zu ignorieren versuchte, der im Zimmer hing wie ein schwerer Samtvorhang und alles andere unter sich zu begraben vermochte. Es war Lavendelaroma. Dieser Duft setzte ihr Erinnerungsvermögen frei, was dazu führte, dass sie taumelnd auf den stoffbezogenen Stuhl plumpste, ehe ihr Körper drohte, den Halt zu verlieren. Die Duftmoleküle durchströmten ihre Nase, trafen auf die Riechrezeptoren und leiteten die Geruchsinformationen direkt an das Zentrale Nervensystem im Gehirn weiter. Plötzlich befand sie sich wieder im Badezimmer von Martins Penthouse.

Marlene zwang sich, sich zu beruhigen, ignorierte den schalen Geschmack in ihrem Mund und begann mit der ersten Frage, die ihr in den Sinn kam: „Kennen Sie Martin?" Er war der Grund, warum sie hier war. Aber vielleicht hätte sie sich langsamer herantasten sollen?

„Martin?" Marias runzelige Stirn legte sich noch einen Tick mehr in Falten, ehe sie schließlich antwortete: „Nein, ich kenne keinen Martin." Sie setzte sich auf den Stuhl neben Maria, nachdem sie diesen zuvor einen halben Meter von dem anderen weggezogen hatte.

Das hatte Marlene bereits insgeheim vermutet. „Sie haben doch einen Sohn?", versuchte sie es anders.

„Ich?", Maria lachte auf, als hätte die fremde Frau in ihrem Zimmer, die sich als Besucherin ausgegeben hatte, einen Scherz gemacht.

Verzweifelt überlegte Marlene, wie sie weiter vorgehen sollte, als sie den Auslöser für den Lavendelduft auf einem hohen Regal über dem Spiegeltisch bemerkte. Ein kleiner Diffuser stand dort oben, halb voll. Hatte Maria diesen Duft selbst dort oben aufgestellt? Marlene blickte auf die zittrigen Hände der Frau und bezweifelte dies. Vielleicht war es die Pflegerin Rose? In Wahrheit hatte Marlene eine Vermutung, doch sie wagte nicht, diesen Gedanken zu Ende zu führen.

Um die immer beklemmendere Stille zu durchbrechen, begann Marlene einfach zu erzählen. Schließlich würde Maria sich später an nichts mehr davon erinnern können. Soviel Marlene wusste, litt sie ja an Alzheimer.

Sie begann damit, wie sie Martin kennengelernt hatte, beschrieb ihn so gut sie konnte, in der Hoffnung, dass bei Maria doch irgendwo ein kleiner Funken Erinnerung an die Oberfläche gelangte. Doch Marias Gesicht blieb ausdruckslos.

Als Marlene bei ihrer Ehe angelangt war und von den Gewalttaten ihres Mannes berichtete, merkte sie eine kleine Regung in Marias Ausdruck. Ein kleines Zucken, ein kurzes Weiten der Pupillen. Bevor Marlene weitersprechen konnte, erhob sich die alte Dame mit einer Leichtigkeit aus ihrem Stuhl, die Marlene ihr nicht zugetraut hatte, und ging zum Schreibtisch. Dort öffnete sie eine Lade und holte ein in Leder gebundenes Buch heraus.

War das ein Fotoalbum? Marlenes Puls beschleunigte sich mit einem Mal. Sie stand auf und trat an Maria heran, die das Album bereits aufgeschlagen hatte und auf ein Foto zeigte. Es war ein kleiner Junge, ein Schwarzweißbild, doch die Ähnlichkeit mit Martin war klar erkennbar.

„Wer ist das?", fragte Marlene trotzdem, obwohl sie mit einem „Kenne ich nicht" rechnete.

Doch zu ihrer Verwunderung murmelte die Alte: „Mein Sohn, Martin." Sie strich zärtlich über das Foto. Plötzlich verfinsterte sich ihre Miene. Marlene folgte ihrem Blick auf die nächste Seite zu einem Mann. „In der Hölle soll er schmoren", murmelte Maria und Marlene lief es kalt den Rücken hinunter. Hatte sie richtig gehört?

Wieder stellte Marlene die gleiche Frage, während sie diesmal auf das andere Foto deutete: „Wer ist dieser Mann?"

„Martins Vater. Er war kein guter Mann, er hat uns geschlagen. Aber der Herr hat es gut mit uns gemeint. Er ist schon vor langer Zeit an Krebs gestorben."

Jetzt wusste Marlene zumindest von wem Martin die Brutalität hatte. Sein Vater hatte es ihm vorgelebt.

Als sie später wieder auf der Straße stand, wusste sie nicht so recht, was sie jetzt tun sollte. Hatte der Besuch sie weitergebracht? Sie war sich nicht sicher. Zumindest wusste sie jetzt, warum Martin so war, wie er war, auch wenn es keine Entschuldigung für sein Verhalten gab. Viel mehr hatte sie aus der alten Dame nicht herausbekommen.

Nachdem Marlene ratlos war, was ihre weitere Vorgehensweise anging, beschloss sie kurzerhand ein paar Dinge des täglichen Lebens zu besorgen. Sie wollte Hermine und Herbert nicht länger auf der Tasche liegen, außerdem brauchte sie dringend eigene Kleidung. Sie fühlte sich nicht wohl, wenn sie Sachen von Hermine oder ihrer verschwundenen Tochter trug. Außerdem hatte sie ja jetzt endlich Geld, was ihr ein wenig das Gefühl der Sicherheit gab.

Als sie ein paar Stunden später erschöpft und mit vollen Händen aus dem Bus stieg und zur Straße zurück kam, in welcher das Ehepaars wohnte, erstarrte sie ein paar Meter vor deren Haus. Zuerst dachte sie, sie täuschte sich, doch der auf Hochglanz polierte schwarze BMW vor der Einfahrt war eindeutig Martins Auto.

34

Marlene machte sofort einen Satz rückwärts und versteckte sich hinter einem der nächsten Bäume, die die Straße säumten. Sie hatte Glück gehabt. Soviel sie in dem kurzen Moment hatte erkennen können, hatte niemand im Auto gesessen. Trotzdem musste sie jetzt vorsichtig sein, er konnte jeden Moment aus dem Haus kommen. Denn wo sonst sollte er sein?

Was hatte Martin bei Sophies Eltern verloren?

Die Küchenfenster der Familie Bauer gingen auf die Straße hinaus und wenn Martin bei Sophies Eltern im Haus war und vom Fenster aus die Straße beobachtete, könnte er sie theoretisch sehen. Nach dieser Überlegung beeilte sich Marlene so schnell und unauffällig wie möglich in die vorherige Seitengasse einzubiegen.

Sie spähte vorsichtig um die Ecke, während ihr tausend Fragen durch den Kopf gingen. Wie war er nur so schnell auf ihren Aufenthaltsort gekommen? Woher nahm er an, dass Marlene von Sophie wusste, geschweige denn von ihren Eltern? Woher wusste er, dass Marlene nach ihrem Sturz von Deck des Schiffes noch lebte? Oder war es purer Zufall, dass er hier war? Andererseits, hätten Hermine und ihr Mann ihr nicht erzählt, dass sie noch Kontakt mit ihrem Schwiegersohn hatten? So wie sie von ihm gesprochen hatten, hatte es geklungen als würden sie nicht viel von ihm halten. Sie hatten sogar indirekt Martin die Schuld an Sophies Verschwinden gegeben, vielleicht sogar an ihrem Tod. Dann fiel Marlene der Reisepass ein. Mit Sicherheit hatte Martin bereits entdeckt, dass Sophies Pass fehlte. Er musste eins und eins zusammengezählt haben. Vielleicht hatte er auch irgendwie herausbekommen, dass Marlene von seinem Computer aus nach Sophie und ihren Eltern gesucht hatte. Auch wenn Marlene den Browserverlauf gelöscht hatte, es gab bestimmt Möglichkeiten, ihre digitalen Spuren zu verfolgen. Marlene glaubte sich erinnern zu können, einmal gelesen zu haben, dass man seine digitalen Fußabdrücke nie vollständig löschen konnte. Und wenn dem so war, dann war es für Martin sicher ein Kinderspiel gewesen, Marlene zu finden.

Marlene beobachtete die Straße. Der Wagen stand immer noch unverändert vor dem Haus. Jetzt konnte sie nicht mehr zu Sophies Eltern zurück. Sie musste sich eine andere Bleibe suchen, zumindest bis Martin wieder verschwunden war. Schließlich konnte sie hier nicht stundenlang herumstehen. Es würde nicht lange dauern und sie würde auf andere Bewohner dieser Reihenhaussiedlung verdächtig wirken. Schlimmstenfalls würde man sogar die Polizei rufen. Marlene konnte schon die imaginären Augenpaare spüren, die zwischen den Vorhängen auf sie gerichtet waren. Sie ging die Seitengasse der kleinen Wohnsiedlung weiter entlang, vorbei an dutzenden im Grunde gleichen Einfamilienhäusern, bis sie sicher war, dass Martin dort nicht entlangfahren würde und holte schließlich ihr neu erworbenes Wertkartenhandy aus ihrer Tasche. Hoffentlich war das Ehepaar vorsichtig genug und verriet sie nicht, dachte Marlene verzweifelt.

Zehn Minuten später hielt ein Taxi vor ihr am Randstein. Schnell schlüpfte Marlene mit ihren Einkäufen hinein und nannte dem Fahrer eine Adresse. Sie war froh, sich während der Fahrt nicht unterhalten zu müssen, denn glücklicherweise war der Taxifahrer genauso wenig wie sie an einem Smalltalk interessiert.

Sie wusste nicht, was sie geritten hatte, hierher zurück zu kommen. Schon nach so kurzer Zeit fühlte es sich an, als wäre sie Jahre fort gewesen. Sie blickte an der Fassade des Hauses hoch, in dem Bewusstsein, dort die schlimmste Zeit ihres Lebens verbracht zu haben. Doch jetzt gab es kein Zurück. Nachdem sie nun sicher sein konnte, dass Martin nicht da war, ging sie zielstrebig die fünf Stufen bis zum Eingang hinauf. Ihre Einkäufe hatte sie im Taxi gelassen, nachdem sie den Taxilenker zuvor gebeten hatte, auf sie zu warten. Sie würde nicht lange brauchen. Hoffentlich hatte sie Glück und die alte Dame von Stiege eins war zu Hause.

Gerade als Marlene ihren Daumen auf die Klingel drücken wollte, öffnete sich die Eingangstüre von innen und ein junger Mann in Hemd und Jeans trat mit gesenktem Kopf heraus. Höflich, aber ohne sie weiter zu beachten, da sein Blick auf sein Handy in der linken Hand gerichtet war, hielt er ihr mit der anderen die Tür auf, bevor er eilig über die Straße lief.

Nach einem kurzen Blick zum Taxi, das artig in zweiter Reihe mit gesetztem Blinker wartete, hastete Marlene die Stufen des Altbaus hinauf. Der kühle feuchte Geruch des Stiegenhauses weckte alte Erinnerungen in ihr wach, gegen die sie vehement, aber vergeblich anzukämpfen versuchte, ähnlich wie die des Lavendeldufts im Altersheim.

Sie wusste nicht genau, welche von den drei Türen die richtige war, entschied sich dann aber gegen die mit dem Kinderroller an der Wand und auch gegen die Tür an welcher gleich zwei Familiennamen standen.

Bei *Huber* läutete sie schließlich und wartete. Sogleich ertönte ein leises Bellen. So wie es sich anhörte, musste es sich um einen sehr kleinen Hund handeln. Doch außer dem Hundegekläff tat sich nichts. Wahrscheinlich war sonst niemand zu Hause, vermutete Marlene und wollte schon resigniert auf dem Absatz kehrt machen, als sie plötzlich schlurfende Schritte hinter der Tür warnahm.

„Entschuldigen Sie bitte", begann sie laut und lächelte in Richtung Türspion, da sie sicher war, dass die alte Dame sie beobachtete. „Ich bin Marlene. Ich habe bis vor kurzem hier gewohnt, darf ich kurz mit Ihnen sprechen?"

Die Tür wurde vorsichtig entriegelt und die alte Frau, die Martin als Verrückte bezeichnet hatte, lugte durch den Spalt. Als sie Marlene erkannte, öffnete sie die Tür ganz und bat sie herein. Marlene folgte der Dame durchs Vorzimmer hindurch bis zu einer kleinen Küche. Anders als in Martins Appartement gab es hier viele Wände und Winkel, weshalb die Wohnung auch viel düsterer wirkte. Trotzdem fühlte sich Marlene nicht unwohl. Die alte Dame, Frau Huber, hatte Geschmack. Antike Möbel und moderne skandinavische Stücke wechselten sich gekonnt ab und sorgten für eine angenehme heimelige Atmosphäre.

„Bitte, nehmen Sie doch Platz."

„Danke." Marlene setzte sich auf einen der vier Küchenstühle. „Ich möchte Sie nicht lange aufhalten. Vor der Tür wartet außerdem ein Taxi auf mich. Am besten ich komme gleich zur Sache."

Frau Huber sah sie aufmerksam an. Sie hatte ihre Hände in ihrem Schoss gefaltet und nickte wissend, als wüsste sie bereits, was Marlene zu sagen hatte. „Kannten Sie Sophie? Ich meine die vorherige Frau meines Mannes? Sie hat auch hier gewohnt."

„Die Frau, die verschwunden ist?"

„Genau." Marlenes Herz schlug schneller.

„So wie auch Sie verschwunden sind", bemerkte sie trocken und Marlene erstarrte. Die Dame sah sie mit zusammen gekniffenen Augen an. „Sie beide sehen einander sehr ähnlich."

Wie konnte sie nur so naiv gewesen sein, zu glauben, die alte Dame hatte von ihrem Verschwinden nichts mitbekommen? Es war bestimmt in den Nachrichten gewesen! Sie hatte sie vollkommen falsch eingeschätzt.

Aber vielleicht kam ihr das jetzt sogar zugute. Sophie war laut ihren Recherchen am 18.02.2014 verschwunden, als sie von ihren Eltern wieder zu ihrem Mann zurückgekehrt war. Vielleicht hatte die alte Nachbarin sie an diesem Tag gesehen? Marlene musste zugeben, dass das ein zu großer Zufall gewesen wäre, doch einen Versuch war es wert. Deshalb fragte sie: „Können Sie sich noch erinnern, wann sie Sophie das letzte Mal gesehen haben? Angeblich ist sie am 18. Februar vor zwei Jahren verschwunden. Es ist eine lange Zeit, ich weiß."

„Nein." Sie schüttelte langsam ihren Kopf.

Marlene seufzte. Wie konnte sie von einer über Siebzigjährigen erwarten, dass sie sich an einen ganz bestimmten, für sie nicht besonderen, Tag vor fast zwei Jahren noch erinnern konnte. Nicht einmal sie selbst hätte das gekonnt.

„Na gut, dann will ich Sie nicht länger aufhalten", sagte Marlene deshalb etwas enttäuscht und erhob sich aus ihrem Stuhl.

„Warten Sie! Haben Sie noch einen Moment Zeit?"

„Ja?" Marlene setzte sich wieder, unsicher, was jetzt kam. Wollte die Dame einfach nur noch ein wenig Gesellschaft haben oder war ihr vielleicht doch etwas eingefallen?

Langsam, als würde es sie plötzlich Mühe bereiten, begann Frau Huber zu reden: „Ein paar Tage vor Sophies Verschwinden, hörte ich die beiden streiten. Es war nicht ungewöhnlich, sie stritten sich oft lautstark im Treppenhaus. Es war auch nicht das erste Mal, dass ich sie weinen hörte.

Marlene hörte gebannt zu und eine grausige Vorahnung beschlich sie.

„Aber, als ich eine Stunde später mit Mücke Gassi gegangen bin, habe ich sie gesehen."

„Sophie?"

„Ja, sie war alleine und sie hatte einen kleinen Koffer bei sich. Einen schwarzen Trolley mit einem gelben runden Kreis darauf. Eines dieser Gesichter, Sie wissen schon", sie machte eine wegwerfende Handbewegung.

„Ein Smiley?"

„Ja, genau, so ein Ding."

„Sie war zu ihren Eltern gefahren", sprach Marlene ihren Gedanken laut aus. Natürlich, sie hatten sich gestritten, danach war Sophie zu ihren Eltern gefahren. Das alles wusste sie bereits. Frau Huber hatte ihr nichts neues erzählt. Doch sie hatte ihr unbewusst einen entscheidenden Hinweis gegeben. Marlene musste noch einmal zu Hermine und ihrem Mann zurück.

Sie sprang auf. „Vielen Dank, Sie haben mir sehr geholfen!"

Die Alte sah sie überrascht an, begleitete sie aber zur Tür, ohne weiter nachzufragen.

Marlene verabschiedete sich. „Bitte erzählen Sie niemandem, dass ich da war. Schon gar nicht meinem Mann."

„Natürlich nicht, was denken Sie von mir."

Immer zwei Stufen auf einmal nehmend lief Marlene die Stufen ins Erdgeschoss hinunter. Hoffentlich wartete der Taxifahrer noch. Die fünf Minuten, hatte sie mit Sicherheit überschritten.

Doch sie hatte Glück, das Taxi hatte inzwischen sogar einen Parkplatz direkt vor dem Haus bekommen. Der Fahrer stand draußen auf dem Gehsteig und rauchte. Als er Marlene sah, schmiss er die Kippe in den Rinnstein und stieg in sein Auto.

„Ich dachte schon, Sie kommen gar nicht mehr", sagte er in einem gelangweilten Tonfall und steckte sich einen Kaugummi in den Mund. Der scharfe Geruch von Minze erfüllte augenblicklich den Innenraum des Autos.

Als das Taxi losfuhr kam ihnen ein schwarzer BMW entgegen. Instinktiv bückte sich Marlene. Es war tatsächlich Martins Auto. Sie konnte nur beten, dass er sie nicht gesehen hatte.

„Ein Verehrer?" Der Taxilenker musterte sie grinsend durch den Rückspiegel.

„So was ähnliches", antwortete Marlene und ließ kurz darauf ihren Kopf erschöpft gegen die Kopflehne sinken. Sie schloss die Augen und überlegte, wie sie weiter vorgehen sollte.

„Na hoffentlich hat er sie nicht gesehen."

Sie öffnete die Augen und sein Blick traf ihren, doch diesmal lachte er nicht.

Nachdem er sich wieder auf der Hauptstraße befand, fragte er: „Wohin soll's denn jetzt gehen, Madame?"

„Kennen sie ein kleines Hotel im 22. Bezirk?"

„Also wieder zurück über die Donau? Vielleicht sollten sie sich einmal für eine Gegend entscheiden?" Er setzte den Blinker und murmelte: „Aber mir soll's recht sein. Ist ja nicht mein Geld."

Nachdem Marlene dem Taxifahrer ein großzügiges Trinkgeld gegeben hatte, checkte sie in der Pension Krainer ein.

Es war bereits später Nachmittag und sie war hundemüde. Morgen früh würde sie zu Sophies Eltern fahren. Sie hatte vor, die beiden über den letzten Besuch ihrer Tochter zu befragen. Da fiel ihr wieder ein, was Hermine gesagt hatte, bevor Herbert ihr das Wort abgeschnitten hatte. *„Er hat sie grün- und blaugeschlagen, als sie zu uns kam."* Marlene war sich sicher, dass sie noch etwas hinzufügen wollte, doch ihr Mann war ihr zuvorgekommen. Irgendetwas hielten die beiden vor ihr zurück und es war Marlenes Aufgabe es heraus zu finden. Sie konnten Martin nur überführen, wenn sie handfeste Beweise hatten, dass er an Sophies Verschwinden und vielleicht sogar an ihrem Tod schuld war.

Marlene musste Sophies Eltern davon überzeugen, dass sie nichts vor ihr verbergen durften, dass sie auf ihrer Seite war. Nur gemeinsam konnten sie herausfinden, was damals geschehen war. Aber etwas passte nicht in das Gesamtbild und das ließ Marlene keine Ruhe.

35

Als hätten sie bereits auf sie gewartet, kamen Hermine und Herbert am folgenden Tag - anders als bei ihrem ersten Besuch - sofort aus dem Haus gelaufen, nachdem Marlene geläutet hatte.

„Wir haben uns solche Sorgen gemacht!", begann Hermine sogleich und umarmte Marlene überschwänglich. Erst als ihr Mann sich räusperte, ließ sie sie wieder frei und bat Marlene ihr ins Haus zu folgen.

„Wo waren Sie bloß, meine Liebe?", fragte Hermine, als sie kurz darauf beim Kaffee in der Küche saßen. Herbert hatte immer noch kein Wort gesagt. Seine Frau hatte die Jalousien zur Straßenseite herunter gelassen, als hätte sie Angst, von jemandem dort draußen gesehen zu werden. Martin würde doch nicht wieder kommen?

„Er war da. Deshalb konnte ich nicht zurück", antwortete Marlene, ohne dabei auf Hermines Frage, wo sie gewesen war, einzugehen.

Hermine sah ihren Mann mit einem Blick an, den Marlene nicht zu deuten wusste. Doch Herbert verzog immer noch keine Miene.

„Es tut mir so leid. Martin muss herausgefunden haben, dass Sie überlebt haben." Hermine griff über den Küchentisch und tätschelte Marlenes Hand. Dann warf sie Herbert einen bösen Blick zu.

„Er muss auch herausgefunden haben, dass ich bei Ihnen bin", stellte Marlene trocken fest. „Hat er nach mir gefragt?"

„Er wollte wissen, ob Sie hier sind." Wieder sah Hermine zu ihrem Mann. In seiner Miene spiegelte sich Schuldbewusstsein.

„Aber wir haben uns natürlich dumm gestellt", sprach Hermine weiter.

„Trotzdem", begann jetzt Herbert sich einzumischen. „Hier ist es nicht mehr sicher. Weder für Sie noch für uns. Es tut uns leid, aber Sie müssen sich eine andere Bleibe suchen."

Hermine sagte nichts, doch ihr Blick verriet, dass sie die Meinung von ihrem Mann teilte, auch wenn es ihr schwer zu fallen schien.

„Das war mir von Anfang an bewusst." Marlene zog ihre Hand zurück. Es war als würde sich in der kleinen Küche plötzlich eine Kälte ausbreiten, die von den beiden zu kommen schien. „Ich werde Sie nicht länger belästigen." Marlene hatte sowieso vorgehabt, für die nächsten Tage in der recht billigen Pension zu bleiben. „Es wundert mich nur, dass es Sie gar nicht interessiert, ob ich im Pflegeheim etwas herausgefunden habe?" Marlene sah von einem zum anderen, doch die beiden verzogen keine Miene.

„Bevor ich gehe, wollte ich Sie außerdem noch etwas fragen", änderte Marlene das Thema, da die zwei keine Anstalten machten, etwas zu sagen. „An dem Tag bevor Sophie verschwunden ist, was ist da genau geschehen?"

Plötzlich änderte sich Herberts Gesichtsausdruck. Seine Züge wurden hart, sein Mund zog sich zu einem dünnen Strich zusammen. Er sah seine Frau mit festem Blick an, bevor er ihn wieder auf Marlene richtete und sprach: „Ich weiß nicht, auf was Sie hinauswollen, aber ich glaube wir haben uns nichts mehr zu sagen. Wir müssen Ihnen keine Rechenschaft ablegen. Die Polizei hat unsere Tochter nicht gefunden, wieso sollten Sie sie finden? Oder ihren Mörder?" Wieder sah er zu seiner Frau, die betreten auf ihre Hände sah.

„In Ordnung." Marlene stand auf. „Ich hole nur noch meine wenigen Dinge von oben, wenn es Ihnen recht ist und bin dann auch gleich weg."

„Wo werden Sie wohnen?", fragte Hermine plötzlich besorgt. Marlene sah die ältere Frau an und war sich nicht sicher, ob deren Besorgnis echt war oder nur gespielt.

Als sie nicht antwortete, sagte Herbert an seine Frau gewandt: „Das geht uns nichts an. Besser, wir wissen von nichts. Er wird wiederkommen. Und er wird uns nicht in Frieden lassen, solange er auch nur den geringsten Verdacht hat, dass wir wissen, wo seine Frau ist."

„Ich komme zurecht, keine Sorge." Marlene hatte nicht vor, ihnen ihren Aufenthaltsort für die nächsten Tage zu verraten. Aus irgendeinem Grund traute sie ihnen nicht mehr.

Mit einem tiefen Seufzer betrat Marlene schließend das Zimmer im ersten Stock, welches Hermine ihr für die erste Nacht zur Verfügung gestellt hatte. Sie zog die geborgten Kleidungsstücke aus ihrer Tasche und legte sie zusammen gefaltet auf das Bett. Sie hatte jetzt eigene Kleidung. Dann horchte sie an der geschlossenen Tür, ob ihr jemand gefolgt war. Das einzige Geräusch, dass sie vernahm, war der Fernseher aus dem Zimmer, in dem Sophies Bruder wohnte. Bis jetzt hatte sie ihn nur einmal kurz gesehen. Sophies Eltern hielten ihn von ihr fern, als würden sie sich für ihn schämen oder als wäre er … gefährlich? Marlene erinnerte sich an den Abend, als er laut geworden war und bekam prompt eine Gänsehaut. Der Verlust von seiner Schwester war mit Sicherheit nicht ohne Spuren an ihm vorüber gegangen, wie es auch bei gesunden Geschwistern gewesen wäre.

Bevor Marlene das Haus für immer verließ, musste sie noch etwas überprüfen. Eine Sache, die ihr in der letzten Nacht ständig durch den Kopf gegangen war.

Leise trat sie zum Wandschrank und öffnete ihn. Beim Knarzen der Türen hielt sie die Luft an. Erst als sie sich vergewissert hatte, dass niemand etwas gehört hatte, wagte sie es ihren Blick zu senken. Der schwarze Trolley stand immer noch halb verdeckt von Kleidern und Mänteln, die einmal Sophie gehört hatten, im Schrank. Ohne zu überlegen, zog sie ihn ein Stückchen hervor.

Sie hatte gehofft, dass es nicht so sein würde. Doch er war da. Der gelbe Smiley lachte ihr hämisch ins Gesicht. Noch nie hatte sie beim Anblick eines Smileys so ein düsteres Gefühl gehabt.

Marlene wurde einiges klar. Sophie hatte ihre Eltern, nachdem sie für ein paar Tage zu ihnen zurückgekehrt war, nie wieder verlassen. Die beiden hatten Marlene etwas verheimlicht. Und ganz offensichtlich sollte Marlene nun verschwinden, bevor sie hinter deren dunkles Geheimnis kam.

Marlene zog den Trolley ganz aus dem Schrank heraus, legte ihn auf den Boden und öffnete den Reißverschluss so leise sie konnte. Als sie den Deckel anhob fand sie wie vermutet Kleidungsstücke und ein pinkfarbenes Toiletttäschchen darin. Ihr Puls raste. Was sollte sie jetzt tun?

Plötzlich hörte sie ein Geräusch. So schnell es ging schob sie den kleinen Koffer in den Schrank zurück und schloss die Tür. In dem Moment als sie sich umdrehte, stieß sie mit jemandem zusammen.

Ein Schrei entwich aus ihrem Mund bei dem wilden Anblick den Sophies Bruder ihr bot. Sogleich fing er ebenso zu brüllen an und fuchtelte dabei mit seinen Armen, als würde er versuchen einen Schwarm Bienen zu verscheuchen. Marlene bekam einen Hieb ab und taumelte rückwärts gegen den Schrank. Panisch überlegte sie, wie sie an dem jungen kräftigen Mann vorbeikommen konnte, ohne noch mehr Schläge von ihm zu kassieren, doch er bedrängte sie immer weiter, bis sie vor dem Fenster stand. Kurz hatte sie den absurden Gedanken, dieses zu öffnen und hinunter zu springen. Doch dabei würde sie sich vermutlich alle Knochen brechen. Ihr Blick wanderte hinaus in den Garten, dorthin, wo sich früher der Teich befunden haben musste und jetzt die kleine Hütte stand. Marlene fiel das Licht ein, dass sie vorgestern Abend dort gesehen hatte. Nur zu gerne wüsste sie, was sich dort drinnen befand. War es bloß ein Schuppen oder eine Werkstatt? Wer war vorletzte Nacht dort gewesen? Oder hatte sie sich das Licht bloß eingebildet? Eng an die Wand neben dem Fenster gedrängt stand sie jetzt in diesem Zimmer und blickte wieder in das Gesicht von Sophies Bruder.

„Wo ist deine Schwester?", flüsterte sie in dem Wissen, keine Antwort auf ihre Frage zu bekommen.

„Sie ist nicht hier!" Herbert stand plötzlich im Zimmer und zog Thomas von ihr fort. „Und jetzt verschwinden Sie!"

„Sie können gerne die Polizei rufen", sagte Marlene und wunderte sich gleichzeitig, wie ruhig ihre Stimme war, obwohl ihr Herz wie verrückt gegen ihren Brustkorb klopfte. „Sophie ist nie zu Martin zurückgekehrt, hab ich Recht?"

„Bitte nicht." Es klang beinahe wie ein Wimmern. Hermine war ihrem Mann ins Zimmer gefolgt und blickte angsterfüllt auf den geöffneten Trolley. „Es war alles ein Unfall."

Ungläubig sah Herbert seine Frau an, unfähig etwas darauf zu sagen. Stattdessen konnte Marlene deutlich erkennen, wie sein Gesicht förmlich zu verfallen schien. Plötzlich wirkte er um Jahre gealtert.

„Sie hat sich das Genick gebrochen", sprach Hermine ohne Aufforderung weiter.

„Bumm!" Marlene zuckte zusammen, als Sophies Bruder die Schilderungen seiner Mutter mit einem Schlag gegen die Holztür kommentierte.

„Er konnte nichts dafür", Hermine sah ihren behinderten Sohn voller Mitleid an. „Er hat sie nicht mit Absicht gestoßen."

„Hermine! Jetzt reicht es!" Herbert erwachte aus seiner Lethargie. An Marlene gerichtet sagte er: „Wenn Sie nicht noch mehr Unheil anrichten wollen, rate ich Ihnen zu gehen. Vergessen Sie, was sie eben gehört haben."

„Martin hat nichts mit Sophies Verschwinden zu tun", stellte Marlene trotzdem fest.

„In gewisser Weise schon. Hätte er sie nicht geschlagen, wäre sie nie wieder hier eingezogen und dann wäre dieses dumme Unglück nicht geschehen." Wut wich dem Schmerz, der eben noch in Herberts Gesichtszügen gelegen hatte.

„Was werden Sie jetzt tun? Bitte informieren Sie nicht die Polizei. Sie werden uns Thomas sonst fortnehmen und in eine Anstalt stecken. Er ist das einzige, das mir noch geblieben ist. Bitte…", schluchzte Hermine und sah Marlene mit einem flehenden Blick an.

„Wo habt ihr ihre Leiche versteckt", fragte Marlene und wunderte sich darüber, wie normal es sich anfühlte, so einen Satz laut auszusprechen.

Für einen Bruchteil einer Sekunde wanderte Hermines Blick hinaus in den Garten.

Der Teich! Marlene spürte, wie ihre Knie weich wurden, als sie das Unfassbare vor ihrem geistigen Auge sah. Sie wettete, dass Sophies Eltern den Teich kurz nach dem Verschwinden ihrer Tochter zugeschüttet hatten. Das Gartenhäuschen hatten sie dann an dessen Stelle aufgestellt. Vermutlich war an diesem Ort Sophies Gedenkstätte.

Plötzlich läutete es an der Tür. Alle vier erstarrten. Erst beim dritten Läuten löste sich Herbert aus seiner Starre und lief die Treppen hinunter. Die beiden Frauen sagten nichts, sahen sich nur stumm an und Marlene meinte in den Gesichtszügen der alten Frau so etwas wie Schuldbewusstsein zu erkennen.

„Komm herein", hörte Marlene schließlich Herbert sagen. „Sie ist oben."

36

Als Martin ihr plötzlich in seiner vollen Größe gegenüberstand, war es, als wäre die Welt plötzlich stehen geblieben.

Marlene sah den Mann an, mit dem sie die letzten eineinhalb Jahre verbracht hatte und empfand rein gar nichts mehr von der Angst, die sie zuletzt täglich begleitet hatte. Er war ein Mann der Probleme mit Frauen hatte und der seine Gefühle nicht im Zaum halten konnte. Viel hatte sicherlich mit seiner Kindheit und seinem lieblosen gewaltbereiten Vater zu tun, das wusste sie jetzt, trotzdem empfand Marlene kein Mitleid für ihn. Doch er war auch kein Mörder, wie sie seit dem Tag, als sie von Sophies Existenz erfahren hatte, geglaubt hatte.

„Marlene", begann Martin mit sanfter, fast betörender Stimme. „Ich bin so froh, dass du lebst." Er wollte nach ihren Schultern greifen, doch sie trat einen Schritt zurück.

„Wie hast du mich gefunden?" Sie wusste die Antwort, in dem Moment, als die Frage ihre Lippen verließ. Sophies Eltern. Es konnten nur sie gewesen sein, auch wenn Martin jetzt nichts sagte. Marlene sah die beiden Alten an und konnte aus ihren Gesichtern lesen, dass sie Recht hatte. Bevor Marlene zu viel herausfinden hatte können, wollten sie sie wieder an ihren besorgten Ehemann ausliefern. So war Marlene ruhiggestellt und sie hatten gleichzeitig Ruhe vor Martin, der endlich wieder mit Marlene, seiner neuen Frau, seinen Frieden finden konnte. Ohne weiter nach seiner Ex-Frau zu suchen.

Doch dieser Plan ging nicht auf. Martin war zu spät gekommen. Marlene hatte bereits das Geheimnis seiner verschwundenen Frau gelüftet.

„Kommt dir dieser Koffer bekannt vor?", fragte sie Martin und schloss den Trolley, damit Martin den Smiley sehen konnte.

Er wurde kreidebleich. „Ihr habt mir immer erzählt, Sophie wäre mit ihrem Koffer zurück zu mir gefahren. Bevor sie dann verschwunden ist." Er sah Hermine und Herbert an und seine Miene verriet, dass seine Gedanken in seinem Kopf durcheinanderwirbelten. Dann wurde sein Blick plötzlich klar und er trat einen Schritt näher an Hermine heran. Marlene befürchtete schon, er würde zuschlagen, doch er sagte nur in eisigem Tonfall: „Wo ist sie?"

„Sophie ist draußen." Thomas war wieder ins Zimmer getreten. Es war das erste Mal, dass Marlene ihn einen vollständigen Satz sagen hörte.

„Wo?"

„In der Hütte", antwortete er und das Stottern, dass seine Sätze sonst begleitet hatte, war wie weggeblasen.

Martin stieß Herbert aus dem Weg und rannte die Stufen ins Erdgeschoss hinunter. Nach einer kurzen Schockstarre folgten ihm Marlene und Sophies Eltern.

Martin öffnete die Terrassentür und lief in den Garten, direkt auf die Holzhütte zu, in der Marlene vorletzte Nacht Licht gesehen zu haben meinte. Als die Tür zu der Hütte nicht sofort aufging, trat Martin diese mit einem einzigen harten Tritt gegen das Holz ein. Keuchend sah Marlene ihn in der Hütte verschwinden. Dann war es still. Marlene verlangsamte ihre Schritte, sodass Hermine und Herbert sie einholten. Erst als Martin weinend aus der Hütte trat, wagte sie es ebenfalls einen Blick hinein zu werfen. Wie sie bereits insgeheim vermutet hatte, war an diesem Ort ein Schrein für Sophie errichtet worden. Unzählige Bilder und Kerzen standen dort auf einer Art Altar.

„Wo ist sie?", flüsterte Martin und wischte sich mit dem Ärmel seines Sakkos über die Augen.

„Ich schätze direkt unter uns?", richtete Marlene die Frage an Hermine, die kaum merklich daraufhin mit dem Kopf nickte.

„Es war ein Unfall", wiederholte nun Herbert die Worte, die zuvor seine Frau gesagt hatte. „Thomas hatte einen Anfall. Er hat sie gestoßen und sie ist die Treppe hinuntergefallen. Sie war sofort tot."

„Unter uns? Ihr habt sie vergraben?", begriff Martin langsam und sah ungläubig in die betroffenen Gesichter.

„Sie wollten Thomas, ihren Bruder, schützen." Auch wenn Marlene die Tat nicht verstehen konnte, Sophies Eltern taten ihr plötzlich ein wenig leid. Trotzdem holte sie ihr Handy heraus und wählte die Nummer der Polizei.

37

Sechs Wochen später

„Hast du Lust noch einen Kaffee mit mir trinken zu gehen?"

Als Marlene ihn fragend ansah, fügte er traurig lächelnd hinzu: „Keine Angst. Das wird kein Versuch für einen Neustart. Schließlich sind wir ja gerade frisch geschieden."

„Was wird es dann?"

„Ein guter Abschluss. Wie findest du das?"

Marlene überlegte einen Augenblick, ehe sie zusagte. Einen Kaffee konnte sie jetzt wirklich gebrauchen.

Sie verließen das Gerichtsgebäude und bogen an der nächsten Ecke ab, um kurz darauf in eine kleine Konditorei einzukehren.

„Wie geht es dir in deiner neuen Wohnung?", fragte Martin, nachdem sie zwei Cappuccino bestellt hatten.

„Ich habe mich schon recht gut eingewöhnt. Ein paar Dinge fehlen noch, aber sonst fühle ich mich dort sehr wohl."

„Du weißt, wenn du irgendetwas brauchst… Das ist das Mindeste, was ich für dich tun kann."

„Danke, ich weiß." Sie lächelte ihren Ex-Mann an. Kaum zu glauben, dass es der gleiche Mann war, vor dem sie fortgelaufen war. Aber sie ließ sich nicht täuschen. Sie wusste nun, dass er krank war.

„Wie geht es dir mit deiner Therapie?", fragte sie. Nachdem man Sophies Leichnam geborgen hatte war viel geschehen. Martin war eine Zeit lang Thema Nummer eins in der Öffentlichkeit gewesen. Schließlich wurde seine erste Frau endlich gefunden - allerdings tot - und seine zweite Frau, die schon als ertrunken befunden wurde, lebte plötzlich wieder. Das hatte Marin alles ziemlich zugesetzt. Auch die Tatsache, dass Marlene nicht mehr zu ihm zurückkehren würde. Doch zu ihrem Erstaunen hatte er von sich aus beschlossen eine Therapie zu beginnen. Er wusste, dass er Marlene dadurch zwar nicht mehr zurückgewinnen konnte, aber er wollte seine Aggressionen endlich in den Griff bekommen, um irgendwann ein normales Leben führen zu können. Er hatte eingesehen, dass sein Verhalten falsch war.

„Es läuft ganz gut. Ich habe eine tolle Therapeutin."

Der Kaffee wurde serviert und beide machten gleichzeitig einen Schluck von der warmen Brühe.

„Wie geht es deiner Mutter?"

„Du wirst es nicht glauben, aber sie hat von dir erzählt. Sie konnte sich allen Ernstes an dich erinnern und hat gefragt, wann du sie wieder besuchen kommst."

„Sag ihr, ich komme sie sehr gerne wieder besuchen."

Martin lächelte sie an.

„Danke. Für alles."

DANKSAGUNG

In erster Linie möchte ich mich bei meinem Mann bedanken, der mich dazu animiert hat, dieses Buch zu schreiben. Ebenso bei meiner Mutter, die meine ersten zaghaften Versuche „Schriftstellerin zu werden" von Anfang an miterlebt und ernst genommen hat.

Danke, dass ihr immer wieder an mein Selbstvertrauen appelliert habt, diesen Schritt zu wagen und es einfach zu versuchen.

Natürlich möchte ich mich auch bei meinen zwei großartigen Kindern bedanken, die mich stärker gemacht haben. Durch sie ist mir erst bewusst geworden, was im Leben wirklich zählt. Und das ist die Familie!

Am Schluss möchte ich meinen Dank an die beinahe wichtigsten Personen - nämlich Euch, liebe Leser und Leserinnen - richten!

Ohne Menschen, die ein Buch lesen, ist dieses wertlos. Ich hoffe, ich konnte Euch mit dieser Geschichte ein paar spannende oder entspannende Stunden schenken.

Alles Liebe

Eure Melina

DIE AUTORIN

Die Autorin lebt mit ihrem Mann und ihren beiden Kindern in Wien. Schon früh hat sie zahlreiche Bücher verschlungen und hatte schon bald den Wunsch, ein eigenes zu schreiben. Sie nahm erfolgreich an Kurzgeschichtenwettbewerben teil, ehe sie 2018 ihren Debütroman »Wo immer du bist« schrieb und sich so ihren Traum vom Schreiben erfüllte. 2019 folgte ihr zweites Buch »Girlfriend«, ein spannender Jugendroman, bei dem es um Liebe, Freundschaft und Mobbing geht. Danach folgte ihr zweiter Psychothriller »Solange du mir traust«.

Weitere Bücher:

»Girlfriend«

»Solange du mir traust«

»Ein Koffer voll Sommer« (Kurzgeschichtensammlung)